燃えるチョン

黒田喜夫 詩文撰

燃えるキリン

editorial republica
共和国

黒田 三千代

十二月三十一日　晴　　Ｂ〜Ｃ

　患者らしきりに家に帰る。静かになったところで詩「除名」四〇行一気にかく。午後、兄からの小包つく。夜三千代が来てから明けると、珍しき「すし漬」なり、初見参。逸品といえる。ぜいたくなものだ。本日食についていうことなし。外にひなの羽肉食う。

　鄭仁の結婚通知もらう。

　六一年絶体絶命の年。去れ。きたるものは何か

（一九六一年十二月三十一日付の日記より）

目次

第一部 詩撰

- 最初の無名戦士 • 013
- 素餅 • 016
- 詩書をあとに • 019
- 寡婦のうたえる • 022
- 燃えるキリン • 026
- 空想のゲリラ • 029
- おれは間違っていたのか • 032
- ロマンと長靴 • 036
- ハンガリヤの笑い • 042
- 観念論 • 049
- 毒虫飼育 • 054
- くらい日曜日 • 058
- 夜の街で舞う • 063
- 非合法の午后 • 068
- 憑かれてる日のデッサン • 073
- 狂児かえる • 075

第二部 散文撰

- 末裔の人々 078
- 原点破壊 082
- 食虫植物譚 087
- 地中の武器 091
  ——チェホフの日記から
- 十月の心音 103
- 沈黙への断章 108
- 餓鬼図抄 119
  ——四月のうた
- 彼方へ 125
- 遠野——四月尽日 127
- 涸れ川の夏——記・九月尽日 133
- 男の昼下がりで 142
- 老戦士の児戯 148
- 昼休みの詩時学 150

- 民謡をさぐる 155
  ——伝統への挑戦

蒼ざめたる牛——わが暗殺志向 • 171

死者と詩法 • 190

死にいたる飢餓——あんにゃの系譜 • 220

拒絶の精神とは何か——われわれの生の基調は滅亡にあり • 250

飢えた子供に詩は何ができるか——サルトルらの発言をめぐって • 257

読書遍歴 • 272

詩と自由 • 276

亡びに立つ——土着とは虚構だったのか • 283

歌形と異郷 • 288

生涯のように——対話による自伝 • 302

解説　鵜飼哲

黒田喜夫の動物誌——「辺境のエロス」をめぐって • 343

解題 • 383

編集後記 • 397

凡例

一、本書は著者が初出紙誌を底本とし、多くの事項は初出紙誌を底本とした。ただし、以下の場合は底本としなかったものがある。単行本の表記が定着している現代語表記にあらためてある場合や、以下の講談社文芸文庫の表記を採用した。読みやすさを優先し、新字新かなを原則とし、適宜本文を生かしたが、底本を参照した。引用文の表記は初出誌のまま引用したが、引例としては使用を優先し、例外的に新字新かなをあてた箇所もある。引用は原則として底本の優先順位を見られる場合もある。ただし、日本語として大きく異なる場合は当時の背景をそのまま尊重し、その時代の六〇年代の表現は九〇年代初頭に五〇年代の表現に読みかえてある。助詞の概念

一、会話文・映画のタイトル・句読点は「」で統一した。引用文は『』で統一した。底本所収の単行本作品内の雑誌などは「」の整合性の責任を見られる。巻末の「解題」を参考にしていただきたい。詩篇、短篇小説などの引用は物語の流れを妨げないよう、別途の使用を避けた。
概念事項

一、三点リーダー（…）は二倍（……）で使用した。

一、「 」でくくられた部分は、ずべて引用文は前後アキとし、行頭を一字下げとした。

一、その他、〔〕でくくられた箇所は、編著者による補足である。

一、改行をまとめたため、引用文の改行と挿入部分は前後アキとし、行頭アキとした。

第１部 詩撰

最初の無名戦士

　　頭のうえを　眼のうえを　口のうえを
　愛と叫んだ歯のうえを

　知るかぎりの地平線からつづいている靴跡とおなじ脚が

　ひとつの悔恨と憤激を　夜明けの小鳥のようにのびあがった手と足
　　を

　朝鮮で　安南で　馬来で流れた血とおなじ血でそめたとき

　たえず戦争を病んできた列島に
　夜から昼になまなましく渡された橋が生れる

花のようにたむけた言葉を

青ざめた銃列のまえを
装甲車のようにつらなった言葉を

石を畳のように
記憶のようにつらねて

ひとりひとりは若者の
ひとりひとりは泥のかたまりのおだやかな
記憶のようにおだやかな
たとえようもないその国への歴史へのうたを渡る

ある服従のときから
従のときあふれた海のように
のしみの米とひたいから
班痕をひたいから
ひたえひたいのあたりから
折れひだの額から
ひたいのあたりをあの音がきこえる
感のままにつたえる

平和　平和　平和とさけんで

木霊のようにつづくもうひとつの言葉を
あれば　すぐそこにあると呼びかわして

日本の冬宮は　そこにあると
碑のようにゆびさす最初の屍をふんで。

これを食べてください
あなたの舌によくあうように
廃墟の孤児だった虫たちにせあつめられ
雑草のよう冷たく音もなくあがやき

これをあなたの土にあの土に植えました
芽をだしました

これを食べてください
あなたの歯によくあうように

菓餅

春　ちいさな葉のうえを赤い炎がとびました
夏　ほそい茎が激しい地響きにゆれました
秋　いくたびもいくたびも穂は地にふしました

わたしらは　見守りました
　夜　こさりごさりをかけました

これを　食べてください
　あなたの歯で噛んでください

これは　実りました
　鉄梅でかこまれた地のうえに
　ひと粒ひと粒の実を実らしました

わたしらは　刈入れました
　夜　ぬすみとるように

これを　食べてください

これを食べてください
　あなたの血をなめてください

　　　これは奴らの
　　　泥靴の鉄の味がする
　　　あなたの血の味がするでしょうか

　　　　　力ずくでわたしたちは
　　　　　占領地のわたしたちの国をあげた
　　　　　揚げたらうわたしたちの手のようにただ黄色い
　　　　　あなたへどうぞ

（年頭の歌・より）

詩書をあとに

山のような詩書を後にして
おれは立ち上がる
うつくしい紙を靴でよごす
からくさ模様を

こころよいひびきで　あんた方は
やってきた
きらびやかな夜でめくらにした
男も女も多弁だ
巻物をひろげて
こう言った
むなしいことです よ

おれはまだいちどもたちあがったことがない
おれは告げた
たちあがることがあなたにはできないのか
おれはあおむけにすらなれない
そとに出たい

よるは鏡のようなあなたなのか
あなたはあるいみにおいて無能だ
あなたから反抗や行動は知るよしもない
あなたがなにものなのか
あなたは何にもなりえない

かべはどこまでもかべだった

あなたにきいてみた
あなたはいつからかれをこたえるひとだった

外に

かがやかしく　ことばも　デモのように行動する
単純な真昼の扉の方に。

あれはべつに、お父さんから娘へと受け継がれてゆく血で染まったあの皿ではない。

空でないならを見てごらん。

あれはべつに、お父さんから息子へと受け継がれてゆくあの手が隠している筆ではない。

空でないならを見てごらん。

あれはべつに、おじいさんから孫たちへと受け継がれてゆくあのポケットが隠している懐ではない。

空でないならを見てごらん。

寡婦のうたえる

（見つめておくれ）
（→束のよじれた神経）

息子よ　お前がくらい穴のなかで温かい乳房を嚙んだとき　あのポケットはひらく

娘よ　お前があかい弾道のしたでもうひとつの乳房を嚙んだとき　あの手はあがる

こども達よ　遠いどこかで獣のようにお父さんの屍が転ったとき　あの唇は動いた

諾ᵃⁱ 諾ᵃⁱ 諾ᵃⁱ よしよしと。

（見つめておくれ）

息子よ　お父さんはどこへ　空を指してはいけない
雪の蔭にあるのは血であがなわれる金庫

見てごらん
見てごらん
あんなにちいさな息子よ
あんなにちいさな娘よ

北の空でひとつきらめいたのは
南の空でひとつきらめいたのは
おとうさんの米つぶよ
おかあさんの達よ
あなたの墓のうえに。

あれを憎んでおくれ。
あれに泣き声をあげておくれ。
あなたがおよびになったら
あなたがお怒りになったら
あれはふせておくれ。

（見つめておくれ）
（呪わしげにおくれ）

雪のごとき父にあるのはあわせた死者をだきねがう空の指
雪の塵に父にあるのは屠殺者の指
娘よ空をよんではいけない

また　あげられようとするあの手を。
華巻をもつように
引金に　爆撃機に　強制収容所の門に

また　うごこうとする唇を。
諾と、諾と、諾と、お父さんの骨のうえにひびいたようにようようし
と。

（くりかえされてきた諾）
（お見のめとおくれ）

あれを憎んでおくれ。あれに怒っておくれ。
あれにたかい泣声をあびせておくれ。

燃えるキリン

燃えるキリンの話を聴いた
そこのキキリの外に裏の馬が燃やした
残った煙が音を立てた
だが見えたのは裏の灰の匂い
燃えるのがそれは悲り玩具の絵がきらめく欲しかった
泣きながら作った色が音国リンの色
裏での色いかなどが欲しかった
燃えるキリンの絵が燃やした
その欲しがったのは渋い焔の馬だけしか火をつけなかった
燃えるだけしかない葉の葉

死んだ蚕をくわえて桑園から逃げる猫
我慢ができない
世界のどこかでキリンが燃える
燃えるキリンが飲しいと叫びだした
桑園のむこうにある隣り村
隣り村には必ず一人の白痴がいて
日ごと決った時刻にあるいてくるが
いまは白痴が道に現れるまえの
夏の午後の静寂の時
異様な静寂に抗い叫びだした
四つ角に隠れる番小屋に走り
軒から吊り下った鐘
戸のかげの古いポンプ
なつかしく暗い牢屋にむかい
鳴りひびく鐘とともに
黒装束の影たちの
ホースの銃口をつきつけられた
それからつめよせる影たちのなかで
訊ねられた

水の答える木はそれにふさわしく燃えた
うつろがすき間なりが掟破りだ
ぬけてゆくものが欲しいだけ
いるところが欲しいだけ
胸をつらぬくほへない

空想のゲリラ

もう何日も
おれはひとりで道を歩きつづけた
背中にななめに一丁の銃をせおって
道は曲りくねって
見知らぬ村から村へつづいていた
だがその向うにないみ深いひとつの村があるのだ
そこにおれはかえる
かえらねばならぬ
目を閉じるといしゅんのうちに想いだす
森のかたち
畑を通る抜道
屋根飾り

贋物の意地悪い遺けだ
け意地悪じり
見こしいだれのとしてほけあい合う親戚親族一統
野柄ものしうずけ
他人のとしてぼけぬ百年も変らぬ格式田地
仇さあ不意おぼゆたでしおれしたおじうじの白壁の
さうだあだ百年の銃をえあのあをかまるあを抜ひけらぬ鍬の旦那の屋敷
道はそのようにあの村はおぼえれのないその曲り角道へよ
だが夢は見かたむこうだ
道はそこから向うだ
ほのかなかむらあたるようだ
ように歩いていく
ようにねむっている
みたいなのにん
な景色ばかり
り

誰ひとり通らない
犬の仔いっぴきを行き会わない
おれは一軒の家に近づいて道を訊こうとした
すると家は窓も戸口もない壁だけでできた唖の家だ
別の家にかけつけた
やはり窓もない戸口もない
みると声をたてる何ものもなく
道は灰な色にひかる村に消えようとする
ここは何処なのだ
この道は何処へ行くのだ
おしえてくれ
答えろ
おれは背中から銃をおろし
構えてつめよった
だが銃はばかに軽い
と　あしまった
おれは手に三尺ばかりの棒きれをつかんでいるにすぎない

おれは間違っていたのか

おれは間違っていた
今はすっかり世界は物だらけになってしまった
逆円錐とすれば物はすべて紙の網で捕えられる形になりはしないか
だが今夜する店をとじて女房と円錐形ではんがうえて紙の網を作り
紙の網は待てど金魚をすくう面白い実験をしようとした
玩具店とたとえば円錐形でんが積木を中から探せないかと
あの具屋の女の積木を中から世界は帽子がうまくていた
なべて魚を面白い実研究しょうだから円錐形だった
すぐ破れた

おれは何ひとつ捕えたことがない
探しまわったあげく
街角でしょんぼり立止るこぶんを感じた
とんがり帽子をさかさにした形で
五尺六寸ばかりの逆円錐形になって
すると世界はさびしいものでいっぱいだ
物はみな孤独さに涙をながしている
あんまりさびしいのでだんだんみな集ってきた
通りがかりの労働者
学生
自動車や電車
はては近くの工場の煙突やガスタンクまで
街角は大小無数の逆円錐形でいっぱいだ
たまりかねて誰かがさけびだした
これはどうなるんだ
センスをよんでこい
がやがやという騒ぎ
ついにおれは真中にすすみでて声をはりあげた
諸君にんげんは円錐形でいることはできない

襲を見るとにがたが奴らおいかけた全くのにんげんの格好をしたにんげんの首が逆円錐形であることを忘れていた

おれはにげ出す

おれはだれかに逮捕されてしゃがんだ手の上にのしかかるように鉄をしいているそのかたちはにんげんの手の形をしたにんげんの足の形をしたにんげんの気がついたのは首から上の形がにんげんとはちがう逆円錐形であるということだった

奴らが集まる不穏な目つきで通りとその同感

解散しろくたばっちまえあの時のトスケンスの声がたかまって一隊のスタックから煙がふきあがる警官の声がしたがかくれる棒手にはにぎられた棒

おれは先ず逆転している円錐形の先端を懸命にもちあげて奴らに身
　がまえようとしたのだ
頭をあげろ
あたりもいっせいに無数の逆円錐形が身をおこしたった頭を奴
　らにむけた
ガスタンクなどは大難儀で二度も三度も転んではやり直しているが

ロンヂと長靴

足——。
だっ、砂地の足の裏なのだ。
だが、砂地の裏の僕の額が、
様にして線が眉毛の上にあった。
しの足の上をひらり、とひとつ、さらにもひとつ飛び上って、それにひきずられるようにして僕の足は砂の上を遠ざかってゆくのだが、それがゆえに僕の白いだらしなく後頭部へと足裏を越えて映像のなか

が、だしぬけに湧いてくるのだ。どうしたというのだろう、僕が判断力の限界というものをすこしく気にしかけていたときだ。地所を失い言い伝えを失ったとしても、説明のつく時分もあるべくして、ぼくは思い出してしまいたい、コムといえばそれほどまでに長い長靴だった。河で鰻を獲ったりなどする節の長靴なんぞ普通はわりと善きもので僕らの訳のわからなさにもさほどさしさわりなきことだったにしてもなにか節くれ立った明るきとげ等の縦間が等財

036

かに入ってきたのだ？　それにしてもその足なのかどうか、もう判らない、判らない……。

では長靴はどうしたのだ。長靴は僕の脚をぴったり包んでいる。はっきり判るのは、僕には長靴しか穿くものがないということだ。僕は長靴を穿いて歩く。雨の日には心強いということはある。しかし毎日雨が降っているわけではない。おまけにそれは、肢まですっぽりはまる河人夫用のあれなのだ。だからこんなことがどうとうと……。

長靴を穿いて歩くに、膝を曲げないでやる。多少まえかがみになりゆるゆると前進する。つまり潜水夫が水の底を歩くような具合だ。空気は水よりやわらかいが、空気の中を歩くのだって潜水夫の気分がないではない、と思うのは快よい。だんだん陽が照る夏の日となれば、また別の趣きになる。汗だらけで頭をうつむけし、熱くさい空気を斜めにかき分けてゆく鼻先にぬっと誰かの顔が立ふさがったのが始まりであった。それは平たい偏平足そっくりの顔で、陽の光りに黄色くかがやいていた。それがぱくりと口を開くと、「ちょっと待ち給え、君！」と云った。しゅんかん僕は悪い予感を覚えたのだが、努めて平静にこんな風にきりだしてみた。「僕には、まあ親がわりという叔父さんがありまして、近頃高血圧で

偏平足という風紀取締委員であり、長靴は父に当時としては大きな犠牲を払って買って貰ったのだが、それは顔面に次々と出現する信管悪い夢の中で僕が等しく位来しきたりとしてもっとも信じ難いことと云えばそれが一人だったと云うことだ。現実の中で彼はもっとも交通妨害となる不謹慎な抗弁をしたという地面に落ちたと同時に彼の管理課員

「……」

ではなかったのである。それは管轄外の問題だった」

「……当市の交通規則に依ればきみ長靴の着用が許可されていないすなわち長靴を穿いての立入りは禁ぜられている君にきたまえ一度でもそういう風にして立入ったことがあるのは穿いてみるとおそろしく股の臭気がある様だった。『実はね、彼はあるとき僕にこう云って打ち明けたことがあった。『僕は当市の衛生監視係であるのでそう云う親切な目下感

失業もう包まれるもの云えはこの垣で人が云うに増えるるのをなすで、失業保険もなかった。仕事もない長靴の前に立ちはだかって君たちが、きみは汗ばむ体を認めた。君は実験、汗ばむべきだっていう、君の葬場管理課の前

に衛生上有生活を落とちたに一様な友下急

書であることはない、特に風紀という点では良識的な履物であると信ずるし、火葬場管理ということについて従来関心をもたなかったのは此の際充分に反省する、と述べたのだが、何の反応もなく、たちまちゆらゆら目の高さいっぱいに迫ってくる禁札を見た。それは衛生係が捧げて近づいてくるブリキの板で、

──夏、しかも天気のよい日に、長靴、特に股まで達する長靴を穿いて歩くことは、市条令によって禁止する──

という文字が打抜かれていた。何故これはブリキの板なんだ、この文字を打抜くのにはどんなプレスを使ったんだろう、などという考えがチラッと浮んだ。しかし何としたことか次に浮かんだのは、僕の目の涙下まぶたの盃にいっぱいになるとタラッとこぼれてくる涙であった。僕は足をばたばたさせて、

「悪い子がとるんだろう！」と叫びたくなった。それから僕は……僕は次のできごとをどう理解したらよいのか……

僕は裸しで立っていた。自分のむきだしのくるぶしや指を眺めていた。いつも額のあたりに浮ぶ白い足の映像を思いだしたりした。いつか、ずっと昔も、こんな風に裸しで立たされたことがあったような気がした。そうだ、それは本で読んだんだっけ。『静かなドン』かな、敵に捕えられて銃殺される前に、長靴をぬがされて裸しで

僕が最後にそいつらを見たのは彼らがちょうど街の一番うえで突然ひょいとかき消えぬまま我々の歩く歩道の真上にあるひさしのように足だけが足だけの歩調でやや体のかたむき加減まで繊細に真似つつ次第に遠ざかり厳然として信じられたもののだが彼らは左右交互に動きしかも長靴で歩くそのあたりすこぶる歩き慣れたような口をきかなかった。——とはいえしかし歩きだすと彼らはまさにそれだけのことにより始まったのだが僕は今でもそれはミイラだっただろうと思うそうして例の潜水夫がつける股引の形のまま歩いて汽車と立ちさうに建物と建物の間を通り抜けてゆくのだったそれは僕の目の遠さから見ると悠々とした歩調でしかしおおよそ長靴のキリキリ板をふんで歩きゆくさまに感じたひとだすれのつれ下の長靴。
中をそしてしよい暗線とともに厳然として遠くなる街路樹の並木のように点々と継ぎめのある広うつな身のこなしとその中でも修繕したかのようにみえるあの中でも動きうる陽光の消えてゆかうとする次だけが飛びだしように一歩づつ前だったとき前の

彼らの視線の中でひとり暗然とした長靴で歩きだすとするその歩く歩調の目をあげてみるとその陽光の目をみはらせる

のあとを追っていったのは、大小数十の長靴であった。誰の目にも明らかであった。

と知った彼らが、口々に「それは許さないぞ！」と叫びながら襲いかかってきたが、そのときはもう、僕は僕の皮膚の袋のなかでもぬけのからで、彼らが捕えて縛りあげると、破れた風船のようにしぼんでしまったのだ。

そのあとはどうなったか。長靴のゆくえは？ 僕のゆくえはやはりはっきり云うことができない。僕自身がいなくなってしまったのだから。何処かの町で、僕が河人夫用の大きな長靴を屑屋に売込もうとしていたという噂もあったが、それは信じなくても、そうだ信じなくてもよう。

体よりで大きいかたまりになっているたいを食べたならばコヤ語にならって胃袋でのたうっているそれがたいの敵だとれば判るだろうか言うのはむずかしい眼悪そうに眼つきあげ足が駆け

残酷だが息子があった人民の敵

まっすぐ吊せ人がどうとも知らぬようにが逆さに吊されて知らぬ間に殺された描写ッタースでもないたんだが頭をなぐられてあおむけに最後の一言が割った今朝九時にほへんが胴のまま塩鮭で飯

信じへんがほへんはでて

ン ガ リ ヤ の 笑 い

けた　手が肩から抜けて首をしめた

逆さに吊されると　ブダペストの街も逆さ
解放通りは頭のうえ
電車が燃えて鼻にぶらさがった
想像もできないぼくの火刑

想像もできない
昨日ぼくは友だちの奥さんと恋をした　いけないわ　と彼女が云
　った　憤然と帰ってねた
けれど信じてくれ
飢えたハンガリヤの百姓が襲ってきた
かれらは小麦のパンを食べる　ぼくは米の飯を　そしてぼくも飢え
　を知っている　恋のつらい飢えとそれよりつらい飢えも

ぼくだけが飢えている
かつてあった街の口
橋と樹と煙突と機械の犬歯
きちがいの飢えだ

ぼくは迷子になった
ぼくは探した
工場のふいご
巨人（ギガント）のふかい腹へ
歩て

ナジャはどこへいったの？　誰にも
あのコジカはいないんだ
ぶらぶらしていたらトつい
った処だった
迷子になるのは時間だけだろうか？

ぼくはべつに誰にも
落ちたから時計塔を砲弾を熱狂
それからほくの処刑を描いて
ぼくの屍体がだけを熱狂した
明日をとこな句読い
リルケン時間の
ヤリの詩をがひからひ
社会的なかな雪のなかを
主義的なトカイ

ぼく憎悪だけでも走ろる飢え
足だけでも走るで声だ
ぼくたべもののを抜手
ぼくはプラコの的だ

酒のいっぱい
ほんとうは彼女の家は何処　きっと郊外　郊外のきれいな家に誰か
　　と住んでる
ぼくに呉れ
誰かのものぢゃない彼女の肉体を　肉体を
腹と胸を

ちがう
誰かのものぢゃない巨人工場(ギガント)を
誰かのものぢゃない小麦畑を
味のよいトカイ酒を
いまは空っぽな腹の穴にスープを流せ
辛子のきいたハンガリヤのスープを

ブタペストは雪
雪のうえに足痕
迷子がひとり
でたらめな唄をうたいながら
坂を這いのぼる

あれだ行列のし
廃墟の街をゆく
雪のかたまりで人ないくつ
転がりで死ないくつ
細くそぎ覚えのある家へ
人にぎっと知っていくいぼうの家

いくつかの塊のひとつが眼ぎをとめ
廃墟のない赤く顔が
あるようになと
ひっそり返すためになど
ぴぴっぱ大勢ひと
ぞろぞろ続いている
ふきが返す

音のなしのひとりの行進
宿雪の君だ
乱れのない旗
ぽくが見えないだ
の頭のうえ反革命の旗
うえに白く雪の君が君が
きみで雪のそれはようもシシの廃墟を
ほくがみれれはよりも廃墟のない
それもそれともこれは何の旗だ？
それはもう何の旗だった
のはそれはあったのは
がぞ何の旗？

ぼくの頭のうえにひるがえっているのは
これは ひとつ奇蹟 雪よりも白いホルティの旗だ！

街角に包囲された
無慈悲にタンクが追いつめる
まんなかでトランペットが一丁 立上って唄いだす
かすれ声のラデツキイ・マーチを
かすれ声で 英雄よ 白い馬にのって
叫んでくれ

叫んでくれ 銅像よ
ブダペストは銅像の多い街
あまり永い間立っていたので今は地面にねころんでる
ねころんで眠いてる
銅の唇で 昔はもっと判り易かった 今は誰が人民の敵なんだう？
　どうしたらいいんだう！

今はこうだ
砲塔を廻して

ぼくは反革命を狙え

ぼくらは一度ぼくなんか反革命を撃て
ぼくらはもう一度ぼくをやっつけた
ぼくらはどうせ体じゅうぼくなんて
知らなかったのだ
判らないから
嫌いな街ブタペスト

しかし信じてくれ
ぼくにはぼくは可愛い同志だった
それにぼくは可愛い世の中を笑わしたら
ヒャッヒャッと笑った
ガリガリに痩せた屍体が
ハンカチもない屍体の身ぶるいで
笑うぼくの屍体が本当に可笑しい

048

観念論

息をひそめ這っつった
どこからかつづいている足痕
腹のしたから雪のうえをのびてる
その先端に兎がいる
桃の樹に嚙みつく冬の兎の
口をとめることはできない
唇からむきでた刃が樹に食いついてる
ちいさい獣のうしろ
うしろから襲う背線にかくれ
もたげられた尻に
忍びよったが
ばさりばさり倒れる果樹畑から

打撃をくらってよろめきながらおとしあなをとびこえてひとかたまりの空間をたえまなく吠えたてながら木霊を狂気からかえすおかえるとたちまち逃亡をはじめる犬のおかえるとたちまち脂気がみなぎる脚をひきずっておかえるとたちまち歯のおとからのがれる耳輪がひとつ逃亡のさいちゅうにも一点にあつまる針金の輪は

恐怖からすくいだしてくれる歯の音をたて逃げまどいながらお頭をしたたかにうちつける獲物をみなはしたのが目のゆがんだ前方に樽をころがして

おさえり線をまっすぐにたどれるかもしれないおひとなぞれる肉がえぐられたおかえるたときのおがえったときの胴体が

息をひそめ這っていた
予測の頂きへ
のぼりつめた先に待っていたのは何か
おちてくる肉を宙でうけとめるさま
恵みぶかい手のうしろを見た
冷笑している目にひたと合った
これが罠だ
おぼえなくはじける弾機が
おれのなかでおこた　おちていた
脚が逆にうえに躍り
身を投げこんだ
狡智な双レンズにとびかかり
映っている雪線のふかみに消え
そこから
ふたたび這いだした
したたるに歯の痕をしらべ
路をさぐり
みなぎっている飢えと狂気を
計っていった

桃の木ばかりをとりかこむ冬の樹園の
唇口をとがめるつくりだがぎんぎらの刃が鋭るぎすり
計りごと居ちをとへらくり

木質をきりがきくして獣の倒れるとき点滴のしたたりがある
吹えたままをかかみる側倒れる歯の音がおれはおる果樹細びがひらく
笑いがれをだまになき声高まり
菅坊主いただいたままの音を散らす笑いを

欲望がきつとほとばしり返りさないだらとぼは法則でつくり針であがいたいまつた腕がこたえてつかけつし
だつとしかに捕金をしかけたら
重みにたぼられる腕が逆だつた

052

腕についた獣の
放射状の花がひらき
花のまんなかで罠にかからないのはおれだ
むらがる獲物の
しだいに加速する重みが
地ひびきうって流れたとき
ひきつられ
四方に引裂かれざま
今こそ加害者になりあがったぞ
と叫んだ

毒虫飼育

行李の隅の底からねえ青を刻んでおかあさんが変なことをはじめたのよ

おだまきがれいからおかあさんはらからねえ青を刻んでおかあさんが三十年ぶりに蚕を飼おうとしたはじめに入れた

おかあさんのよとるおたまきえがやくといて砂の粒のとねだよ

おたまきえのように職してそのおかあさんの晩秋だように脳のよう座りたよ

砂の粒がやみえが生まれるおねたとりおれえの粒のまるとしたたかえはどうなるのかしらと

ほらのとがけのものとがきみよけなり生まれるより振動もしなくなかったがよ

アパートの四畳半であへらる三十年ぶりに蚕を飼おう

夕方かえってきてドアをあけると首をふりむけさま
ほら　生れるところだよ
ぼくは努めてやさしく
明日もうとうまくゆく今日はもう寝なさい
だがひとところに目をすえたまま
夜あかすつもりらしい
ぼくはゆめをみたその夜
七月の強烈なひかりにやかれる代赭色の道
道の両側に渋色に燃えあがる桑木群を
桑の木からかすかに音をひきながら無数の死んだ蚕が降っている
朝でかけるときのぞくと
砂の粒のようなものは
よおく匂って腐敗をでらしているらしいが
ほら　今日が誕生で忙しくなるよ
おまえ帰りに市場にまわって桑の葉をさがしてみておくれ
ぼくは歩いていって不意に脚がとまった
汚れた産業道路並木によりかかった
七十年生きて失くした一反歩の桑畑にまだ憑かれているとは何だ
白髪につつまれたちいさな頭蓋のなかにひらかれている土地は本当

三十年秘められてきた妄執の突然の変異か

だが土色の肌は土虫にほとんど抱いたときにはびくりとも動かすあのドブネズミのような生きものをひしゃげるほど力強く抱きしめたよう似てけばけばしい生きものを買って来たよう尺取虫にほとばしって脈動する虫の点々の喰いあけてだが脈動する虫の点々の喰いあとが棘状のものが異様か

ほそりと生えた青々としたけばを座敷を這う顔

だがこの幻の土地にここが今夜は運河の国の幻のコントラストの話しているとはにかむようにでも静かに眠らせよ

夢うつつの前ではいまにも走り出していくかの束を買って帰ったのだが

056

刺されたら半時間で絶命するという近東沙漠の植物に湧くシミヒトリに酷似している
触れたときの恐怖をおもいこわばったが
もういちどた
えたいしれない嗚咽をかんじながら
おかあさん革命は遠く去りました
革命は遠い沙漠の国だけです
この虫は蚕じゃない
この虫は見たこともない
だが嬉しげに笑う肇のあたりに虫が這っている
肩にまつわりうごめいている
そのまま迫ってきて
革命ってなんだえ
またおまえの夢が戻ってきたのかえ
それより早くその葉をきざんでおくれ
ぼくは無言で立ちつくし
それから足指に数匹の虫がとりつくのをかんじたが
脚はうごかず
けいれんする両手で青葉をちぎりはじめた

目をあげて運河をゆびさした
運河は遠くひかって黙っていた
すっと前をさしたが
ぶらぶら遠いのにおどろいた
つれは行くと言った

肩の声がしないので振回した
着陸と思いこんだ丁瓦精のすす森ヶ崎鋼山を見ながら
これは聴いたが行けばなくなる執拗ないつからさきはかけないと誰ともかいつも話しグローブマスターの爆音のきこえる男は歩いた女

わたしかけ通った煉瓦精錬の跡だがらいちどそこにもあるいてみたかった

へ
ら
日
曜
日

道はしだいに鉄屑が散乱し
ずっと向うで汚れたガラスの建物の横腹に切れていた
ここを通って何十年まえなの
女は返事しない
リベット音ひとつしないのを怖れるように脚は釘づけ
運河のふちに立ったが
不意に静まりかえった建物のなかで青い光りがはしり
消えたと思うと
天井クレーンらしいのが鳴った
戻ろう河口の方へ行こうとぼくがいった
執拗に
着陸しそこなったグローブマスターが頭上を通ったが
潮ひいた河口デルタに誰もいない
泥がひかって鉄みたいだね
あれは廃液にやられたボラだよ
だけどあの足痕はむら向うで水に入ったまま帰った痕ないよ
ひかる泥の河床を裸しの足痕がまっすぐ海までつづいてるのだ
ふと女をかえりみた　きっというだろう
あれはもっと潮がひいたとき歩いてって別な方に帰ったのよ　舟に

戻ろうとへすぐに曲がる
当たりへ曲がるとさらに米つぶを戻るのが
やへ戻ろうとしてまた米つぶを曲がるのはつらい

暗がりの中のバスのきみたち
低いなだらかな軒の立った旧式旋盤
機械は動物あるときだけ止まった

網干場横に曲る
黙ったまま

老いやと戻ろう
麺（ラーメン）
三〇円とかいたただの紙がかかったただの戸口の家であった

駒をとり応える
米ツブしてあたまへ行くのもあたまへ行くのもあたまへ行くのもあたまへ行くのもあたまへ行くのもあたまへ行くのもあたまへ行くのもあたまへ行くのもあたまへ行くのもあたまへ行くのもあたまへ行くのもあたまへ行くのもあたまへ行くのもあたまへ行くのも

こわばった女が短スカートオカッパ娘のように古ボイラーの傍で小
さい
でほうだと
板べいの破れから入り
えたいしれない無人の建物に入りこみ
これは木工場の跡だというのをそんなにはどうであろう
つぎからつぎと通りすぎながら
とうぜんずっぽり抜けだした
だが抜けだしたと思うと
おおまた運河ではないか

運河は遠くつづいていた
道はしだいに鉄屑が散乱し
ずっと向うで汚れたガラスの建物の横腹に切れている
肩に手をまわし
ゆっくり近づいていったが
女はもう小さいときの話しをしない
黙って鉄屑をふんでいたが
ぴたりと止り女が今度は

ぎらりと米に白い歯
と男の足のみにうつな

夜の街で舞う

少年工のカマアドと帰る
国道橋から曲る
右は湿地
左の鉄塔にまわるライトが点滅
長い堤防でいう唄う
何の唄なの
唐臼挽き唄というやつ

すると胸を河にあけながらいう
中国農民のコンミュン建設はおれたちのところじゃ逆効果だね
ぼくは成算なく
逆のまた逆も底では渦巻いてるよ

北国としてあり太陽の下で正体しれない
国の忘れられた農衣下着を農衣着メーカー・
或る村から村の画家が想う
村の通りを歩くと
されたトウモロコシ畑
玉蜀黍畑とキャベツ畑
ばらないキャベツが描く
らないいくつかの堆積
くるくる骨が一瞬の道が
くる

そして風がふいに暗い
陽光メキメキと噂したコツコツと別事の影や
跡がらくた工場群
焼跡はしばらくた
静まい

斜面を降りる
降りる最初のコツミッミットを放った
コツミットは返事はコツミットを何かに
何人の目の前にばったり目撃された百姓の村の生れだが
村の衝撃やしや何方の道で
村は無言で初めて追う

064

草屋根を点々おいた粘土の帯
白痴の若者がぶらぶら来る
昼前になるとくる日もくる日も数十年に亘ってギッチンとよばれる白
　痴が通りを来る
若者の白痴が老いた白痴になるときまで
だがこれらは逃亡者とみた夢にすぎないか
ぼくは逃亡者か流散貧農の裔か
かえりみていうおそる
また唄いだす
根み深い村の穀挽くときの古いやつだ

するとその唄はおぼえてる
前に何処かできいたことある
手動の脱穀方法とともに亡びたこれをきみがきいた筈はないという
　と
きいたばかりか踊りさえ踊れる気がするという
生れない前の記憶か
だが合せて足をこきざみ手を振る
いまは憑かれているときにやない

明日はまた変化するかもしれない
いま転化するタメーリというとき
ひと肩をおさえないとりの鉄拳を握ったコルホーズ造りの補烈な姿が補集
大都市のまわりの果ての工場群のはずれたがり
少年が道ではくだが古いため唄も踊りも踊らない
静まりかえった工場のなかでが唄う節も

酸っぱい句をつた古場を踊る
沖縄の少女がひとりではにかんで踊る
奇妙なタンチャメという踊り
羽ばしだして踊るバスの銀座と肢に明るい影のさしている
原色のネオンともしいる街路だ
踊るというバックおうつけた場末でもあろうかこの村の両側は場盛りが
いかけた頃末の時折りが
へ季節労働者として
いわれる土臭い姿が集

かまわぬこのまま行こうというと
十字路あたりに群れる影が
笠かぶり拍子とってくる
拍子とって囲んでくると想ったが
この幻夢を消すことが転化だ
おい　と声かけて造ったが
そのとき帰路おわる
臨港線の駅だ

気動車を降り

駅舎のない降り

タヌキで塗りの枕木を植えた柵を

スキーで塗りの枕木を植えた同志が

紙片を隠した顔を隠した同志が補をつる

（黙って人気がない

肥前を通すかるとなく

肥料農機具一式加里肥料の匂い

からなくなった

道がのびているとばかりだが

のびているのが一棟

ことには一棟

とは干魚をつんで人気が

な料が隠れてしまった

い

非合法の午后

踏みこんでゆくと
左右に田がひらけ
見る限り凍った刈痕のなかに
背面がみるまに
小さく点となってゆくことが想われた
それは紙片の下から上にひかれたいっぽんの直線を行く点
このような点であることを久しく希み
誰がひいたラインであるか知らない故に行く
ただこの瞬間に造る群集のイメイジが
何故かきぎれに凍った刈痕に消えた
シベリアの枯れたにがよもぎの野から湧き装甲列車を襲う農民遊撃
　　　　群
いま支える理由はひとつおれは群集である一人だ
いやそうではないあの無人の店にうんであった干鱈が鉄のようだ
ねじれた鉄のようだった
この映像がおもく沈み
歩く胸の重心となった
数軒にわたる一本路
尾行も不可能か

異質な繁張として入ってくる
他郷と記号にひっかかってくる道が
横線があって傾斜した杉木立が背後に
下から初めて上の村に変わる山稜が去り
登りいつか田が見えなくなる
黒いいつか杉木立と曲がった道が現れる
いつかのようにゆるやかな直線にもどらない
としたら突然

　　　　　＊

防衛動地帯をひた走る友
移動の感覚をからませての姿も見え
水田面をひた走る

四辺動かす
動辺動かす
動辺が動かす感覚をからませての麻痺として遅く遠くに広がり
いつという空間もなくなり
脚が動かず気持ちに浮び歩きつづけ
なっていうような空間として
夢のごとします自動的となり

K兄さんでないか！
という声を聴いた
痙攣とともに止る
杉皮葺きの一軒のまえに見知らない中年の婦が佇って
じっと見つめてくる
硬直して見返すと女は中年ではない
代赭に灼けた顔は
数年前嫁した従妹の目差しではないか
不意になにごとか醒めていった
山根村字Y
確かにここは
紺包みの荷駄をおくって一度来たところだ
あの家もそうだ
おれはまるで酔っているようだ
だが無言でまた歩きだそうとすると
何処に行くともきかない
ほらこんなのが生れてしまったよ
なんていいながら
そっくり代赭に灼けた児を両脇に連れて

女は頓着せず前をからげているのだ

(戦後の記録)

憑かれてる日のデッサン

廃線になったK急行の鉄橋にのぼって
河口を眺めた
埋立工事は休みか
海苔舟も石炭艀も絶えた奇妙な時間だ
引潮のぐんぐん退いてゆく水の動きが
虚ろな静かさでたちのぼってたが
河口にぽつり
小さな舟が現れてきた
ボート型の小艀だ目をこらすと
中年過ぎの漁婦らしい
烈しく腕がうごいている
引潮を遡ってくる

鉄辺気配を感じてふり返った

何人もの男がぼくをじっと見ている

どの男も瞳がこんくらがっている

逆光にこの鉄骨たちは誰なんだろう

ひどく骨ばみみをかじかんでいるのは

足下にひたたび駄目だと瞬想した

逆光にたかる黒く鉄骨だけが見えた

迫るまま顔を瞬間に

漁婦の影をおいて

舟をみとめた

幻覚と呼ばないでもいい

明日付立たない菅はない

誰をも癒しない診療所

嫌様の男だけがいる此処に

漁婦の友だちの舟にのって

此処がほっが河口の舟を見た

訪ねなくてはならないかなり

要があるか

たった一人だ

狂 児 か え る

吹雪のときに去り
雪解けも知らない彷徨からかえると
濃い緑のそこにふかく家は沈んでいた
竹や鳶に屋根は裂かれ
燃えさかる等身のあかざの園だ
よろめき近づくと
葉を透いて座っている婦の横顔があり
おれは夜を待って叢に這うが
縁にいぶる婦の座像はながくながく
微動もしない
微動もないでふると微笑んでいる横顔が見えた
おおこの年月に

破れた戦士を賭けられた戦士と消え去る夢とは妨げるものは何もない
生涯を賭けて戦士と家へふたたびゆっくりと沈んでいたのだ
濃い緑のそこに夢とおぼしきものが夢とおぼしきもの
敗れたがふたたび叢に還り
男も気が狂うほど息子を見せたがっているのだ
横顔をたがいに思っている

今このまま生きるかもしれない
このまま死ぬかもしれない
叢に這っていくとき超えていくまま座っているのか
わけにはいかないと
おけにはいかないと
妻の草の座敷物
妻はいくとしてもきっと夢は残っているのだが

義なに緑の袋は狂っていくまま座っているのか

家には老いて狂った婦が座り
おれはただ一夜を眠る
一夜をなつかしい狂気に眠ろうと想い
白昼のいたちのように叢で
夜を待った

三十年余生き・1
不安な狐の生きたい
胸肩をそそけだけ
片方の袋からこぼれる脂の髪の目と束ねし
片方の袋だけの脂のない婦の目と束ねし
管理人もないらしい
何も尻方もつけて坐りたみにぐらもしれ
がいつ所かったとて造男をひきずまし肢をたほろ
つかってこの酷暑を
もつく最後の午後
もう最後のキャンプの
遺告だけど下げ
だといいつつ
遺造しているとし

〉しかしそれはS館でのしあげらはじめなず
D・ベくりな事件だった
ロく夜の叫び

末裔の人々

男は乳房から落ち
いま相対安定期は深い危機を孕んできたと呟いて
逃げ去ったが
あとに泣声はない
呪詛を隠した婦が
ただ無言で管理人を押しだすと
恣と扉をぴったり閉めた
穴にこもる孤になった

  2.

夕暮れ
男がかえってくる
その浮浪に押された足どり
受難の人は赤符り以来の浮浪の足どり
転移のときはきた
明日の長征を想うなどとモノローグしながら
ステテコという股引姿で
足音をひそめかえってくると
酷薄な敵はまだ去らない

惨劇の音を鎮め
廊下に閉めんが為
不意に扉がきしんだ感じがした管理人が立ち
永くきつく閉めつづけていなくなるように
奥へ奥へとうえたえないなきがみだった扉へ行動で変化がするだけと聴く
躯をよじらせないような人が立ち

破れた扉が3.
破れた扉からこぼれた髪のみだれ
破れた扉の感声
現れた悪声だ
笑いやきだった
現れた孤だ

旅もまた立ち上がり
わたしがわたしであり
はれたちはれたちのまま
はれた月日は男を抱いて
征ったこの土地上
わたしたちの土地
狂った土地上
婦の笑顔
婦の笑顔が現れてきた

見ると四畳半の畳をあげ
根太を切り
露わな土を掘ってひとつかみの米が蒔いてある
何処にも行かないという土地わたしたちの土地よ
はればれと笑みこぼれてる
男は笑わない
抱かれたままだ
露わな土を凝視したが
もしかすると芽が生えるのか
だがこの一揆のあとのヴィジョンが見えない
見えこないと叫びだしながら
悶絶する管理人をふりかえった
男は悶絶をこらえていた

原点破壊

おうみんないっせいに座敷のあるいえに婦を
ミルクというふくんだ声がへやの
というきらびたさの声がひとつの種類上
鐘のうちに鳥獣虫獣取るにたりない
だがそれだがやわらかい乳が足りない
しているとない

おれはとりあえず脂皮をへんと袋の
れたというほどやわらやわりとした肉色のような
破れたというほどやわらかと包みが現れ
座敷くだりうすくあつと軟体のような
肢のようなげすがで道いだ
産声のあたに落ちてきた

台所まで這いだしたのが野菜屑にたかる
屈伸する肢でゴキブリを押えて食べる
吸盤があるらしい
婦は歓声をあげる
貧婪だわ
生命力だわ
夢中で胸もとに群がらせてるのをみて妬けてきた
おれも横になり乳房のあたりに這ってゆく
沢山のちいさく軟いものが
首や四肢に吸いつくのを覚え
ふかく血縁に憑かれてしまった

妊婦はそっとつぶやいていた
おれたちの多産系
飢餓と貧婪というういしい言葉
婦はやすらかに息づく下腹を幻の土地といった
骨盤は無限に広いなんて撫でてると
土地の奥に睡ってる人の形をさぐりあてた
肉の奥に睡ってるいびつなマッスの

雌もそれが雄もか
としても雄ならか
始源の吸盤群が
源の吸盤群が
土地をかみ合わせて
を想い

根を下ろした
遠くまでひろがるとき
遠い土地よりひと
青定のくびきとうつくしい言葉と
骨のくびきと肉の鎖の断種
飢えたまま誕生した
農奴に似た親憎悪にふるえて
おれがいな胎動に
休みなく

こうして
根をおろしたまま
アフリカよ広い土地とき
遠い土地よりひと
遠い土地よりひと
そのうえに種をまき
そのうえに種をまき
そのとき婦が言葉とつくしい
婦がうつくしい肢体をくねらせて
細民の街に立ち
何放牧を指すのか

そして希う言葉
うつくしい言葉
肉の鎖を断ちきだ

こうしてコミューンの坩堝をもやす
血縁に憑かれからみ合っていると
雌雄未分化の夢のような回想が溢れてきた
巨大な烏賊に似たおれが座敷でのたうち
故のないオルガスムとともに奇妙な
仔どもを生みつづける
生みつづけて自己陶酔のうちに溶けてゆく
否定もない
反抗もない軟い幻境に溶けてゆく
生んでいるのか生まれているのか
溢れる回想のなかに判らなくなった
しどけなくからみ合う肢にそのとき
激烈な痛みがきておれは目醒めた
気がつくと
飢餓と貧餮の座敷に寝ている
沢山の鋭いものが肢に嚙みついている
野菜屑もゴキブリも食いつくした軟体群が
すでに共喰いをする修羅場がきていた
婦は乳房を嚙みきられ

あたりはみるみる群がる血にうずまった。あんなにもまんべんなくゆきとどいた適応性の種と本望というものがあろうか。悲鳴があまりにも悲しいとしたら、あるいはあれは叫びであったかもしれない。おかすれはおのれに噛みついた道に迷ったおのれの喉なのだ。

噛口で捕えたおのれはかすかな声が一滴たりとも血の味として噛みへとつたわることがあってはならない。血縁のごとき血のしぶきをあげる悲鳴をあげながらその喉の

食虫植物譚

変な鉢植をかゝえた婦が
ぼんやり帰ってくると
まだ掴まされてきたなとおもう
案の定だ これ虫を食う草よ
露店のつゞいた小路でよびとめられ
蹲まる男の前でチューリップに似た花が
何か虫らしいのを咥えていた―― そうか
温帯の街でも食虫植物が育たぬことはないか
窓の外にでも置けよというと
黙って頭上に吊りさげ
こうして虫を捕えるのを見てようよ
じいっと見つめてようよ

あったそうな処に行った蜘蛛が
草と同じような草でいた
捕えたらみないた
虫を食べあだんだった顔だけが
草を食べただけで

　蝶ならひらひらと降りてくる花があり
あなたは鉢植と同じ奇妙な植物の大群生地だった
そのあたりだった工作者を待つ目的地の大群生地だった
動く昆虫のようなく草生地だった
花弁のひらだったという困難な
とかな音が聞こえるだけだ

　出羽の山塊を峰血おれはおれ
津軽の谷と峰とを越えておれは
おれがたどり部屋の稿
奇型の静まった浦
静まったエッシャーのようにすぐに静
おれが朝を越していた年のあったリップがあった
朝後の境を歩きというく
かつきたの小さき鞍部だった
な影もなく鞍部の夏の草
見た限りの鞍部
の傾斜だけ
にを越

食べていたいと蒲団の裾から
そそけた頭がしきりにうかがう
チューリップに似た花はもうとうに萎れ
萎れた鉢植の廻りに蠅もとんでいない
そのまま発熱の夕暮にはいった
おれはきれぎれな眠りにおちた
熱い霧にしばらくただよったが
山峡の夢はこない　ただ
霧のなかで花弁が虫を食いこむひそかな音が聞こえるとおもう
ひそかな音が耳の傍で聞こえるとおもう
眼をあけると
枕もとで婦が造花の花弁をはっているのだ
いまはひそかな音をたてる自分の手元を見つめているのだ
萎れたチューリップはすてたらしい
あれは根がなかったのよ
あたしは虫を食う草なんか見たことなかったから——　そうか
婦よもうとぼけるな　何処かの山峡で
食虫植物の大群生を見たのはおれではないお前ではないか
もし見えるなら

奇妙な
植物が
擬視擬視した
擬視物が虫を捕え
ての虫はいなかったのは
それは紙の花だった
それはまだ夜の部屋には
おれも食べさせまいとおれは
聞いたことがあるだが

今夜はいつもは夢はないおれ
という何かはしら
座敷やお前でいない蝶蝶
なんて何かつぶやおれは眼をあけただが

地中の武器——パルチザンの日記から

これはボンデリーの或る青年の日記である。彼はかつて日本人民解放軍兵士だったというのだが、それは妄想の産物らしい。しかし日記は彼の日常の或る真実を映していて興味深いので、其日分を構成してみた。去年私の詩集に感想をくれたことがきっかけになって、彼はときどきこういう日記を送ってくれるのである。

一九六×年×月×日

　　夢から朝へ

夢をみた　波止場の
突堤にたっていると周りは
水でなく見る限り生えつづいている稲だ
黄色く波うっている稲の海の
沖から一人の男が
あるいて近づいてくる
黄色い波のうえを近づいてきて

お見舞いに見えてあるお顔が堤を沈みかくしたとき密生のあれるあしから

見えなくなった両手を稲の中であがきもがいて沈みただけであった

両手を残して稲のうちに突堤のうえに無言のまま

叫んだ両手だけは突堤に残してあがいてあがいてもがいたが頭がひょっこりと東の稲の目をさしますように黙っ

て思うたのだった

朝飯のとき、茶椀に口をつけて泣いて食べている同志Sを見つけた。ぺしゃっとした顔を自殺したのだとおれたちは同志だと茶椀だけがおれたがごろりと転がったまま頭がひょっこりと東の稲の目をさしますように黙っ

大の浦団あくびをして稲をつかんだまま無言

白昼の記録・海へ

　昼少し前、お袋が便所にいっている間に外にでた。大師線にのり塩浜駅でおりた。新芝堤にむかった。六郷堤防にでて河口近くまで行こうとしたが、間もなく堤がきれ湿地になった。流れついている塵とひとかたまりの葦をしばらく見た。葦のむこうに黒い水のラインがあり、おれは手にもった稲束をここで流そうとしたが、思い返して湿地に入っていった。(もっと開けたところに行こう)だが湿地をこえると埋立地になり、あるいてもあるいても海は見えてこなかった。そのまま自動車工場の裏らしいところにでてしまった。

　あとで思うと「いすず自動車」の裏だった。埋立地の一種の砂丘がつづき、息をきらしてあるいているといき不意に二重の有棘鉄線とトーチカ型の守衛所の建物が目前に現れたのだ。有棘鉄線のなかには数十台の車台だけのトラックが並んでいる。そのトラック群の暗緑にぬられた色や、守衛所の屋根の巨大な眼球のような回転灯などをながめているうち、例日の意識のポケットにおちてしまった。我を忘れた。気がつくと、おれは砂丘にそってひたしに這っていた。這っていて止まらないのだ。止まらない。そして傍に、おれと並んで同志Sも這って

おれはそれを砂丘と呼びたい
何処までもつづく砂丘だ
しかしそれはおれにしかない
ないとおれにはない
だがおれにはある

…………

執念の世界だ
全身を見えない耳のように
へんけうさせるほかはない

別の世界へ入っていくとき
全身を管状にする
管の極点に蛇の感覚をひそませ
危機の虫類の動感をへんけうする

或るかぎりない道
限りないすべての感覚がなくなる
道は四肢にかわり
這うことになる砂丘をつくり
おれは道いていく

………。

止ったのは四肢の形だけだ
食いしばった歯をおしひらき
はっはっという息とともに
熱くねる何ものかが
おれのなかから抜けだして
止まることなく這っていったのだ

　　　パルチザン帰る

　止まることなく這っていったのだ。砂丘から何かの苗床に下り、失った葉に全身をさされながらくぐり抜けると（杉やにのきつい匂い）、おれは立ちあがって「UETA村集会所並びに共同作業所」とかかれている建物にとびこんでいったのだ。——起て故郷の人たち、おれたちは解放軍だ！と叫んだが、誰もこたえるものがないのだ。誰もいないがらんとしたたたきのうえに古い手動ポンプが置いてある。旗竿みたいなものが一束。村で葬式のとき使う鬼の首がひとつ見まわすと正面の板張りに「文化九年藩令達」という墨文字が消えかかっていた。

文化九年藩令達

一、千有山野菜取り、雨具は蓑笠木綿布之羽織は装束着用すべし。七十才以下之者足袋は菅笠だ

一、百姓嫁取り、智取、祝儀は中百姓以下は指定着用すべし。指定之品以下たることは相用ゆべし。膳椀はむり、梅之生着無用たるべし。念仏講の振舞すべからず、小百姓水呑は酒出し候儀

一、法事之調菜取調べ、中百姓以下は生事之外無用たるべし。

一、堅く停止の事

一、見物し

一、休日之儀壱ヶ年三度之外無用。

一、方定可届出之儀前々通りたるべし。

右相守相心得勤労等可相励者也。

なく相守相心得方外烟草休すべからず。其儀なくは可相守也。同之村役人者可押し休者相若相助者也。

を破りたのぞくしてあるたにすをたとす武器をかざしてあとは見るに限られたる板したがっ人生あったばかり、という穴がつにいてにいとか、音だたにて板張ったの稲の穴がたとだとはいるの梅な海であつて黄穴

色く波うっている稲の海に（あの辺りがお袋の嫁入り前に開田した沖の田ではないか）村の人びとが後ろ向きに並んでおれの目からしだいに遠ざかり小さくなってゆくのが見えた。遠ざかってゆく人びとの前に、夢のように巨大な収穫コンバインの形の物が浮び、黄色い沖の縁をゆっくり動いてゆくのが見えたのだ。

　　　　パルチザンの死

（何処まで這ってゆくんだ とSがいった）
（おれを止めてくれ とおれはいった）
（夢のように巨大な収穫コンバインの形のものが動いていった）
………………
それから鐘の音がきこえてきた　何処からか
しだいに近くなり
頭上の半鐘が早打ちに鳴りだした
人びとがかけてくる
路いっぱい溢れてくる
（死んだ祖父や若衆姿の伯父たちも見える）
小作証文を焼きに集るのだと思う　だが

無言のパントマイムのようになってしまい

無言の群像となりスローモーション映画のようになり

田楽舞の舞手のようにエッジの効いた静止の形となり

静止舞よろしく交錯するエッジのきいた静止となり

動よび静止しままに動けない鐘の音がひびいた

鐘の音だけが耳に迫ってくるがへくへん

醒めて迫ってくる声はなかった

醒めよと声をあげてもよいがへくへん

（醒めよと声をあげてみようかと思ったが

声をあげてもなにも動かなかったろう

耳をもあげてみたが声もなかった

ダンプが並ぶ工場の前の路地の裏の川崎駅に行くには油だらけの人影のない昭和電気造船K.K.を過ぎた工場街のスイッチも失くなったへ

だが疲れはてていたがへくへん

だが渡れはててこの辺りが三号自動車電気駕音だけだったか全身泥だらけの人影のなかった路にへくへん

少しずつ水からへぶが浮かびあがってくるように我々は見まもる

工場街のスイッチは失くなったへモエス

の午後だろう

起きあがろうとしたとき、工場の門から一群の女子工員たちがさんざめきながら溢れてきたのだ。我にもなく、また目前で静止する群像を見るのかと思ったが、採光窓のうらなる工場からつぎつぎと女たちが溢れてきて、路ついっぱいに近づいてきたのだ。おれも起きあがり女たちの方へあるいていった。顔をふせ、女たちと逆流してあるいていったが、とうぜん押えきれなくなって顔をあげた。まだつかんでいた稲束を女たちにまきちらした。まきちらしながら、パルチザンは死んだ！と叫んだのだ。——動乱のイメージは死んだ、けれどもみたちはこの武器をもって社会主義革命へむかってゆけ！と稲束をまきちらしながら、おれは叫びつづけたのだ。

　　　夜・地中の武器

　家に帰るとすでに夜だった。お袋は、海に行ってきただけいったが、夕飯を当り前に両手を使って食べたので安心した顔になった。食べ終るとさすがに動けない。ねころんで疲れをまかせると、そのまま眠りこもうとした。ついに突堤に行きつかなかったが、今日のたたかいは終わったとふと思う。だが夜のたたかいは？——眠りかけるうつつのなかでおれはお袋に訊ねたようだ。

〈穴を掘る〉

田にと誰かが掘った低い
深くは初めあった
へ穴を低い田が
掘られたのがひとつ
たのだった砂礫だな
からが起きがい
それ闇のあがって
たが下にいた
拡がる

数人の男の影だった
それは暗い夜だった

………

おれをそこを深く掘った
おれは生まれた者が
こそを深く掘った
へ掘った土を盛り

………

人びとは限りなく稲の海を
見る限り遠ざかっていく
おのがひそかに想像したのだ
とかすかに溜息をついた

は　おれは一里四方があると
冬は子守の年季があったと
故郷にも知り働きがあったと
沖の本家に知り縁があったと
田というところは母は答えた
ひとそりと答えた
と盛り土をしばらくくりかえ
帰ったのだが眠りがあった
けれどもおれは知らなかった
………「ひとだまがあった
そというだろう」と
ひとりだった砂礫で
年はといい夏は
開田した
おれは
あった
掘れ

重い何かを穴に入れた
重い何かをそこに埋めて　男たちは
去ろうとしていた
これでおしまいだ　と一人がいった
いや本当のおしまいではない　と別の一人がいった
おれたちはこの地中に　おれたちの敗北を埋めただけだ　と別の一
　人がいうと
それから誰の声もきこえなくなった
暗い夜のなかの影となり　男たちは
無言のまま去っていった
……………
だから母さん　それはおれも知っているよ　とすかに呟いて　お
れはここで眠りにおちたのだ。ここで眠りにおち　夜の　夢のなか、
たたかいにまた入っていったのだ。
……………
そして夢をみた　武器の
見る限り生えつづいている稲の海の
密生した根の下の一点に
ペンチザンの心の形をして深く

おれている武器を
埋っている地中の武器を

(×)日深夜。明日との境いの時に記す。

十月の心

また夢みがちな季節がきた
だが失うとは何か
過ぎ去るとは何か
操車場のうつろな鉄の衝撃音は
うしろから
追いぬいてゆく少年労働者の
ギリシヤ顔はうしろから
現実のすべての光りとひびきは
うしろからきて記憶にかさなるが
秋の敗れざる戦士のとおく前から
記憶を裂いてあらわれるものは何か

さけびは死にたえ
ぼくとはやさしくはない
おなじけやはたやすい
七年の過去をしめすらしい
十月両手だけらとがすくん
としらが
生きる

人は背姿のそこから
硬変したのはおなじ背姿と何も
たりないこととがえん
日常のともがないから口をはく
武器となったからロをはく
肝臓をはくそのときも生む
とびたたれる人だけ

朝のひびが絶望ほく絶終り
さけびは死にたまうから死んだ
ぼくは生きから生まれた
言葉のとはからが自由にある
ことのとはからなりある
ほくはもとのとしてあまり
とだ

街へまた死ぬ

と一九五六年十月
のふたつの鈴をさげ
青塗りの郊外電車へ過ぎ去ることができる
絶える林の右に
秋光園という精神病院があり
林の左に愛生園というライ園がある
過ぎ去る昔　不可逆の戦士は
いま盲いた綱領より明るくいうことができる
明日ぼくは林をぬけて右に曲り
ひとつに何げなくあの輝く解放区の門に入ってゆく
あるいは左におれて別な建物に消え
夕方ホルマリン消毒をした一通の手紙を
窓から遠くに投げすてようとすると

だが十月は生れ死につつある
ぼくは死から生れつつある
ぼくはもう何ものも生まず
もう万人にペンをとらない
夢みがちな季節に夢にではなく

ぼくは待つ
いやぼくは失(う)としている
街路樹とおりの死んだ記憶を
その値いにある
十月の街を待ちあぐねた
それを待ちあぐねているのは
幻ではないか

ぼくは日の喪所の空から落ちた
精錬所の透明な運河のあたり
秋の港のけむる駅や残った
臨海の重油そして硫酸のあたり
にくずおれて声だてずにぼくは
泣く

とぼくはきのうのぼくとすれちがう
というときいつかおまへは
みなかったかあやうくぼくにあった
いちまいのタオルのような人影が
ゆききするあの世界を
始めて人はぼくのあるのを知るだろう

革命の終りの朝
ぼくはスープのパンをひたす
きのう路のようにから完き飢え
そこで暮しあたえられた食
そのようにこの十月の幟をひろげ
一匹の麺をひろって食べよう
麺は蝙蝠を呑んでいる

きょうの世界はぼくの心より少しひどく傾いている
それはあるいは戦士の
ただひとつの苦しみと聴こえるかもしれない

沈黙への断章

　　　　　1

明澄な仮りの劇
沈黙も言葉も
おれは一度生きて
言葉で言葉を
沈黙に賭かい
それを信じない
死んだとあれは
告げる

　　　　　2

おれは叫ぶことで
おれで在ることを
願するにほか
ならない

おれは
おれをとどめない

叫びをあげようとする
それから比喩の死と言葉を播く
唖者の姿を追い
ことごとくの擬似性の飢えと
勝利を拒むために
残された行為の極に下りてゆく

　　　3

きょうは
失語症におちいって窮死した
一人の作家の記事を捨てて家をでる
覚えない口調で別れを告げ
日常の戸口を去る男は
少し傾き坂を下りてゆくと
ちぎれ降りかかる言葉と風が背中をうち
それから過ぎる　だが
男は過ぎるのではない動いてゆくのだ
おれが下りてゆくのだ
きょうの沈黙のなくとみずから駁して

両手が籠のとりあげる腸管の岸の
廃水のほとりを曲りくねる運河の
街娼たちはいつか人さげある幻管の
次たとえばしゆらゆくあいだ音
ほのぼのとした違河のとあかりが
はしはいたいま耳のとうた相
何かの陰のらんを想う
がのたあったらまり

5

死者の枝から明澄な支配の声と
沈黙のからのまま倣の緣り
体口にしぼきえたあが運河の緣と意味
絶閉かれれはよくすぐてのおんは
緣られてるとる暗黒の音とめんは
ころおされたおくりたいに生きるのを知る

4

潮の逆流する幽門の
下垂した運河の橋に佇
から
つ

口を解き放って
ムンクの〈叫び〉に似る姿態になったが
男の声ばでないのだ
無音の口を切り裂いたまま　極く
残された極くと下のていった

　　　6

おれはもう一度言葉を信じない
おれは叫ぶことで
おれであることはできない
おれを晒すことで
おれであろうとする
そのとき《十月ノ終リノ風ガ
スサマジク屋根ノ藁ヲ吹キチギリダシ
阿母ハ長イ柄ノ鎌ヲモッテ屋根ニノボリ
風ニムカッテ鎌ヲカザシタ
風ニムカッテ何カ叫ンダ》
おれは言葉でそれを告げる

7

砂利を敷くな現れへ
屋根の上曳きが近すぎる
砂利の老爺
恋もなく歌もなく
夢もしてはまたも遠い
誰かれはおれはしらない
路傍の廃家の
ひとり夢をおしえる
言葉のひとかけら
ひとみる風の
みる群衆の
歩きなから
眼前に見るが
とおりみて
降りのように
きんぶれない
そのも

8

群衆のひとり
池の音に
白昼よぎとしぶれ
覚えもなく
それもなく
おれのすべての声と意味は

風とともに支配の縁りを降ってくるのを知る
おれは明澄な仮りの闘かいを生きて絶える
闘かいのまえに潰れたおれの盲目は
絶体から起きる暗黒
沈黙の核はきょうの
死者の口に縛られている
そのとき《阿母ハ屋根ノウヘ
ナニカ叫ンダ》
おれは喉からいっぱいに
行為の嘔吐がこみあげてくる
それは不可逆な言葉への橋となり
おれを都市とそのおくの
沈黙の癌部へ連れていった

　　　　9

またきょうは
失語症におちいって窮死した
一人の作家の記事を捨てて家をでる
だがおれは失語症ではない

静寂ななかが喉で轟轟鳴り
たえだえ近くなり迫って
からすえて遠くなる母音たちが
羅列されるすべておねおねとうねる腸管の
ひそかとすう男の子が無音な通路にた
道であるたつもり深い指示が

小さな口に沈黙の陰の町陰のあたりが曲がり
林の陰に見えかくれしながら学校に通う村の朝
遠くから獣の呼び声のような懸垂の岸の
林の陰に見える男の子の失神の
瞬時にとらえるそれは

10

おれは吐きだしたい叫びを喉に奉仕る娘を見ている
おれは絵輪もちれる麦下りてゆく
おれは幽門の閂のおれただ深へる繋格がある
声の閂のおれただ深へ

追いつめた数人の村童のなかから
すすみでたおれは故もなく
恐怖する兎の目をもつ顔に迫り
もっとうたえもっと唖の歌をきかせろと迫った
笑い声は次にきた沈黙に呑まれた
そのとき沈黙は限りなく凝縮していって
ひとかたまりの顔となり　それから
とつぜん深いところから顔は割れ
おれの眼前で喉と血の色をした
ながい無音の叫びをほとばしらせたのだ

　　　　11

おお　屋根のうえで
風とたたかう古い呪詞を男は知っている
樹を殺し草を焼くときの呪う言葉
水を汲み米を煮るときの呪う言葉
支配と死者ではなく
支配と死者の記憶への古い呪詞を知っている
だが支配の縁りにそって廃水の運河をわたり

両手の廃水のおとがかさなってきこえるそれはどぶ河の運河のほとりにほのかに耳のうちがわにきこえるか何か傍えたとき何かあったためにうつとまでか

街曲路にさしかかり路傍にふとたたずんでみて婦人の喘息の腸管の言葉と見まがれた幻のかすかな言葉と見える河岸と刻まれた髪の風の中に対話を想う

迷悠の街路の鈴樹の梢部に連なっていた橋とその言葉逆なぞあげ連れていく橋となる

沈黙の街の梢部と都市とっての橋となる

男とそれは喉から自呈の都市を前に見た不可怪吐がこぼれる連なっていると見える

男はそれを前にある行為となる

口を解き放って
ムンクの〈叫び〉に似る姿態になると
覚えない失神のおくから極を造る男と
極に造われる男の分裂にかかる
ながい無音の叫びをおぼえたのだ

　　　13

明澄な仮りの闘かいに死んだあとおれは
もう一度沈黙に抗い
沈黙に生きる
もう一度言葉を信じない
おれは言葉でそれを告げる

　　　14

だが沈黙に抗う男と
沈黙に生きる男
言葉を信じない男と
言葉でそれを告げる男
おれの双つの顔のあいだで声は悶える

15

おれおれの顔でおれの双つの顔は

おれはおれの顔ではう双つの顔を

沈黙の盟約として凝視している

おれがそれを

16

おれを
極を造るとき
極を造るとき
沈黙の色をおれる男と
喉の血の色をわれる男と
擂鉢のほとんだが分裂
からほとばしる無音の叫び
おれていたが

餓鬼図・抄

1

群がり
糞や吐瀉物をむさぼる亡者の傍に
一人しゃがんでる痩身の男が見える
顔をさしふせられた自分の腹を覗いている
さげた顔は見えないが腹は切り裂かれ
ぱくりとあいた腹の口を
みずから覗いてる男の顔が見える

呟いてる男の声が聞こえてくる
切り裂いた自分の腹を覗きながら

咳らいせん同じらいせんひとつ空間に男の足下
餓鬼道てん状態の虚像が
のうそ男の道遠くの道を足下から外に向
えの声が内からも内に向かって上
あの間に向かって動いていらいせん状の道へ
れにえてひっと動かぶの虚像が見える
変身へ歩いていく薄明の
身 ゆく

2

咳らいせん咳らいせんと飢え
餓鬼道が餓鬼道の声が
を通って想うのは聞こえ
って草のは怖ろてくる
反命のいしいよ
草の道くなり
命道 って
の へ
道 ゆ
へ く

餓鬼道のうえのもうひとりのおれの変身
双面から別れた仇敵はいつ行き会うか
いつ双つの顔を向け合うか

飢える顔は双つある
おれの執念の顔は双つある
おれは正義のための革命はほしくない
ただ餓鬼道の末に磔柱のうえにのぼる
湧きあがる群衆の讃仰に包まれ
脇腹から肩まで槍を刺し通され
そのとき飢えは透き通った快楽に似てくる
だが磔柱の下のもうひとりのおれは
群衆とともに家にかえる
一杯のかゆと汚辱の美味さに生きのびる

唐黍畑でいっぽんの唐黍を盗むとき空間にひびいた茎のきしむ音
時の流れを横ぎって襲うピラニア群
喰いつき呑みこむ顔は双つある
おれの執念の顔は双つある

背中は渦巻くとき家ヤオ婦ソト
中もはず阿巻ヤレ行動リ男
はう不流母の樹オ動人ト動の
不流意のとが樹ハ満キキ足
意れにな樹家動ンイ人ハ下
に、阿樹がにいラテイラか
阿と母々ユ沿てカラカンら
母叫のとサっいタタタデせ
のん背すブてるシカカイん
背だ中るルい　テタシクせ
中が流とッる　イシテアん
に現れ振　　　カテイッ群
返れて返　　　タイカプの
りてゆり　　　シカタ虚
た流く　　　　テタシ像
だれ　　　　　イ意テが
し　　　　　　カ識イ足
　　　　　　　タとカか
　　　　　　　シな顔タら
　　　　　　　テりをシ上
　　　　　　　イとも展に
　　　　　　　カどた開び
　　　　　　　タめげしる
　　　　　　　　てて状
　　　　　　　　意い
　　　　　　　　識るせ
　　　　　　　　の　ん
　　　　　　　　底　状
　　　　　　　　に　の
　　　　　　　　ナ　虚
　　　　　　　　ン　像
　　　　　　　　カ　が
　　　　　　　　現　道
　　　　　　　　れ　を
　　　　　　　　　　外
　　　　　　　　3　に
　　　　　　　　　　向
　　　　　　　　　　か
　　　　　　　　　　っ
　　　　　　　　　　て
　　　　　　　　　　歩
　　　　　　　　　　い
　　　　　　　　　　て
　　　　　　　　　　ゆ
　　　　　　　　　　く

　　　　　　　　　　せ
　　　　　　　　　　ん
　　　　　　　　　　せ
　　　　　　　　　　ん
　　　　　　　　　　群
　　　　　　　　　　の
　　　　　　　　　　虚
　　　　　　　　　　像
　　　　　　　　　　が
　　　　　　　　　　道
　　　　　　　　　　を
　　　　　　　　　　下
　　　　　　　　　　へ
　　　　　　　　　　向
　　　　　　　　　　か
　　　　　　　　　　っ
　　　　　　　　　　て
　　　　　　　　　　歩
　　　　　　　　　　い
　　　　　　　　　　て
　　　　　　　　　　ゆ
　　　　　　　　　　く

　　　　　　　　　　男
　　　　　　　　　　の
　　　　　　　　　　足
　　　　　　　　　　下
　　　　　　　　　　か
　　　　　　　　　　ら
　　　　　　　　　　上
　　　　　　　　　　に
　　　　　　　　　　伸
　　　　　　　　　　び
　　　　　　　　　　る
　　　　　　　　　　道
　　　　　　　　　　が
　　　　　　　　　　見
　　　　　　　　　　え
　　　　　　　　　　る

すべての映像を消して眼前にきた竹の檻のなかに　だ
ぼくりと腹を切り裂かれた一匹の干魚が横たわっている
という記憶の底にはじめておれがいた

そして男の足下かららせん状に展びる道が見える
一群の虚像が足下から立上って歩いてゆく
らせん状の道を外に向って動いてゆく
一群の虚像が遠くから歩いてくる
らせん状の道を内に向って歩いてくる

〈ソノキ
オレハ十五歳ニナッタカラ
ハジメテ炭ヲ負ッテ町ニ下リル
四俵背負ッタ大爺ノアトカラ
二俵背負ッタラツイテユクト
イツモ足下ニ山ヲ下リルラセン状ノ道ガアリ
ダンダン大ノョウニ舌ガタレテキテ
道ニ何回モ小便ガモレタ
夕方ニナルトラセン状ノ道ベタニ町ガ現レ

炭ガ売レル
オ爺サンオレニ
ハヨナカ町ニ
トイヤロンナ
ロツジメラニ
イヤノ女郎屋ニ
タンメツニレイト
女ノコノレト
観ツエンラ
静メツカラ

　このノート
によりこの作品は旧作
「観鬼図」を分載すること
になったと分かる。観鬼図
都合により「観鬼図」上演を
とりやめにすることになった
そもそも長編詩の試みである。

124

彼方へ——四月のうた

四月に口をひらき
声のない喉に
羽をもたえ巣作るものは
背姿ふかくコンビナートの幻崩れ
手の都市へのつまずき
脚は藁の牢獄の窓わくに至る
聴け　四月に口をひらき
無声の意味ふるえる四肢は
自然と工業をつらぬく河のほとり
身をこごめ倒れてのち
行為のことばに喉を破る
現実の河口はわたしの前で死ぬ

そのとき季節の
騒がしさに燕は声をかたく
聴け
耳をすます燕は翔び破り
そら翔びたつ

原野 ヘ

小さく
鋭り揃っている歯牙
目は絶えず動いて底でひかった
明らかに齧歯族の女は
原野を知らず
愛を知らず
飢えのなかの飢えを知らない
肉を売るのではなく
ただ道連れを求めるといった
獣の膿も血もながれず
白昼の都市の傷ぐちは彼方へひらく
蒲田区糀谷二丁目の路地の末の足痕から

南千住町の投込み寺へ
小塚原は近くにもあった
小塚原は近くはやや風の蒲草の地の穴で
負けだが塚原はあたりへ
お負けと欲望で一人はたべた
樹は日にさらされ彼方へ
矮樹はにわたらざり凍寒の河原の
たまま瞬時日に凍りつくはぬ冬の兎を語った
速く灼け速く速く
瞬時高く鳴くよく速く瞬時に背尾よりして
小さいう鋭く膳動き
荒川べりから交わりの野に人り
あやう捕りは何処かは倒れたのか
瞬時補みの膳れの野人の
歯を小さく捕えた何処かぬ様を
牙は尖り動き半ば裂けの愛はないかと
ーに冬の瞳半ばかりおは様を
匹えて眠た様で倒れたときに
捕らた傷女眠たとき
一野つい裂即刻を見だら
の獣女けの夜を
蹄族夜らだったの
族がだった
倒れた
たの
の

128

膿と血にまみれ〈夜はこうなるのよ〉と
野兎の銃をあげて女はいった
そのとき樹肉は目醒める
肉よりも怨みは目醒める
しかも怨みより目醒めざる原野よ
目醒めるより眠りを知らない
出羽国寒河江庄の河床地のふぶきや
眠り知らない足立区綾瀬町〇荘という
戸のおくの荒蕪の現時よ
その地の巣を夢み
実在を夢み
飢えのなかで飢えを夢みるものは
一人の裂ける負と欲望のなやましい背理へ
背理として拡がる地に粒状の兎糞と
部屋ごとに汚れた肌衣の巣を捨てる
膿れたもの昔の交わりから前に
何処までもにごって前に
身は路地の末を破る投げ込み寺の夢へ
形ない四匹の仔はそれより前へひらく

無名の街の眠りから目醒めしかも怨みの街路ゆく生まれたばかりの眠りのような目醒めたばかりの眠りのような原野と賃部屋の闇や初原はよく知らない男が土地を見上の袋をさげたし紙以上眠っていたということ以たということ以衝路と多摩川とは限らないが道を道をぶらつき巣を探しての歩ので歩いての歩下の河原に下の河原の方ゆへ巣を蒐め川初原はかんてあめを口ん歩いてのかんてゆへ巣を蒐か川

の連続の過ぎやすなく売りわたし飢えを知らた
色つや娘主のしわかりしたし一人を夢みながら
女性のしにえたしえ売らない獣の仔
たに裂けてはるぎみ偽女郎
し目過去帳

肉じ飢え初原は知らた

いま街の眠り知らない胎土に巣ごもる
未生の母ですわたしは初原を知らない
けれどもういちむ孤と怒りを負い彼方から原野へ獣たちの幻を求
めて実在に逢った現の一人が何処かにいるならその人が見知らぬ
道連れだと答えきもう一匹に巣の幻を描いたとき泪ながしつつ獣
たちの冬の死を語り継いだのは男ではなくわたしです…………
いや痛み鋭く夜半に眠り裂けた
膿と血にまみれ一匹の冬の鬩歯族が
おれの裸の肢をかじっている
そのとき身を起しゃろうとして
倒れとどまるところが野であり
目醒めると膿と血にまみれ〈醒めるのでなく沈むのよ〉と
野兎の銃をあげて女はいった
その身を起しゃろうとして
倒れとどまるところは野であり
飢えは昼のくさむらに開かれ
原野を知らず
愛を知らず
だが曠れた夜に目醒めるのではなく眠り知らないものは

背より
樹々の梢は朝もやを溯って
肉の交わりから負の夢を
死んだ日だから極まりおれは
獣たちの補えを抱いて沈んでいった

遠くの夏——記・九月某日

一九七×年夏頃〜

九月某日　午後ふかく

西南の窓よりひかり悶えつづける

しばらく灼け果てた昼の中空から

家の中を横切り一匹のいさきがひらひらと泳いでいった

灼けて燃えさる九月の蘭草の砦

幻を阻まぬ障子

枕頭に破りくる夕暮まえの魚影　けれども

頃日の事物と幻は答えない

この記される事物と不在の劇はあっても夏

の死の答えはない

答えぬり南の恋絶える幻南の恋絶えるものだけが目の前の午後の丈端のひかすぶ問え外の先端のひかすぶ問え雑木のアーチをくぐり雑木のアーチをくぐりが彼方を払いながらわずる黄楊のごとひーンルすだれの腫瘍場彼

よけかたへ答えぬりはみたのは物だけが恋絶えるとむかしとも恋に対しひとり墜ちる顎目の前のれもまたが燻陽と障子のひかり午後の斜面の底より幻雑木の屈たとえ燻えていよりが耐え煙怒まいらいこまえと前を泳いでいた者は

そしてふたりはきっり去りむかへよぶかげだけのいつまの路にたまゆた折顔と答えるが夕闇に似た焦黒にはおたれ出むよしのし数個の家並みと数匹のひとつ黒目差しの明滅の目差明本の照葉樹林の名残り明滅の名残り煙

堀れ草・食用低所持者払よく煙土埃あるるる料品各種住宅のつうの家群の値んだ夏川商店の倉庫型建きの家並と数本の目差し照葉樹林の名残りあり煙

炊けない一匹

炎なく土埃あがる
灼けて燃えざる季の悶え
前ごとに歩み描れつつ　ローム層の地に
舞うう風にうたれ咳こみ遠ざかる
歩み描れつつ
去り隆ちる陽にむかう九月の
路上の風と魚影とこの燃えざる土埃の渦また渦……

周囲はすべて土埃であった……
と周樹人——ルゥ・シュンは記した　一九二四年九月　わが未生の
季の現時　見知らぬアジアの何処かの夏の境に
〈……微風が起って
周囲はすべて土埃であった〉
と遠くの夏に
それから子供の乞食のことを記した
土埃の中で一人の子供が乞食した
袷の着物をきて立ちふさがり
泣きわめき自分に追いすがった　と

〈竹岡二丁目と虚無という炎なく
憎怒と必ず土埃
その手真似を、という路上の風だあり
手真似を土埃*
……

餓風が起こって
無為を私は無為と沈黙と
得だろう。周囲はすべて土埃であった。

私は声をだすが
土埃であるため崩れた泥
自分だどんな方法で堀に沿って道を歩いていた……周囲はすべて
だどんな手真似をとるのをあえてすまるだろう。私は、少しとも虚

それが擘け喰の子供の
掌を拡げ食べるのはなく
〈土埃の手真似をなく子供が
——土埃だ見せた
として食した
少しとも虚ろな調子で

他の誰も歩み並んでいなかった　なお
土埃を縫って数匹のいきに似た魚がひらひらと前方へ泳いでい
た

それは九月某日午後
ふかく未だし暗夜また薄明も　幻より顔をむけ
去り墜ちる陽に手折れ屈している憤怒から起る
未だし夏絶える畳の次の時制　たびく軒低い家並みとカーテンの
　劇と雑木共の灼け果てた過去　物たちは過去　不在の背中へ
前ごみに背負い揺れつつ
わが軀身に答えは燃えよと歩み揺れつつ
土埃ある路で　けれども幻影に乞食しないだろう
手真似しないだろう
季の死にあることの答えを　と不意に翻えるビニールの袖や裾　つ
　ぎつぎにゆき縫うショッピングカートと後から斜めに流れてくる
　目差しの明滅に
わたしは決して乞わないだろう

事物は季の背中へ（記される物たちは）

背負いしたときの土埃のにおいがよみがえる
照葉樹林の歩みに似た滴々と燃え落ちぬアジアしてやまない
描かれた名残り描き渦を縫って
カット白亜腕のと前方へ
け車軸のように浮いた
とどめよれた群の
もつ路を

図りのなくがたみ不知火の境で
たりのアウトカテイジで散歩律動前夜の告
障子にあがりながら覚文脈オアシス幻身燃
斬記生幻魚影たちは《TV》の艦身
泳ぎ破れ《見知らぬ前》の
灼としを読んでは敵であるような限らでは
午後はいつまでも生きらないまま—心焼ける
幻うのは前へ

『野』灼熱時のコテージャル・ポスト
狂うの狂ての権力身は焔るなに管迅
ヨる夏の夏草ーアが揺らすとへ
一冊の片の泥ば
を記する者が
か治

斯く記される不在というはう者は
いっしゅんの路上の非権力の微少さにかられる
ふと夕暮れまえの慈数十のたなびくカーテンに向って脚止る
身振りの唖者の手がつきだされる　掌が開いて
現時の死に御報謝を！
と　わたしは慈々にえわないだろう
不意に軀身纏って咳こみはしった

おお斯くではなく軀身燃えずしきりに燻るときだ
この昼の上く泳ぎ生きられた一匹の魚
不動の季をこうどこか地上の子供の掌
この破りくる不在は夏絶える背中くいや
記されぬ事物にまだ過去はない
と幻は前く
遥かなベッドタウン
遥かな人倫の響き
と遥かに去り隆ちる陽に現れるK村元小作人A・TないしH・Oな
　いしR・S……Z・Z経営の竹岡二丁目メガロポリスのアーケー
　ドは歩まず

身振型のるがる躯身は
黙す土埃あべ鞭えた
覚えないか何処かの路傍の
箱型の一台の路傍の自動販売機の
何の虐殺したは無為食者の脚滞った
ひか飲飲みを殺したためと路傍にあった
が水のつき残りの夏の境にした手枯の
が粋林の名夏の境にしたその沈黙の
清涼ラムネの記憶の小月其日午後
何か沿ろの商品と備えべき虚し人間の
何か治った品を奪くしてとさなた虚空の
コードーのその間なのと記無
ッドの沿した商品だろう
世界のとだか世性のとに
あな福吐

これがそのとしわ身
土埃あべわたりのまた
何の答が路傍はし食べた唾者の
無為にた路傍は唾者の一台の路傍の
殺したとあり沈黙のあへし手から
ただそのあとのひと頃の小月
手枯の記は九月其日午後
とさなる虚小品出の商品の口
な手真似た小さな口に
商品出口に人間と無た
人間がた人
指食した
だろ

知・米ル
らぬ ト
米ルトは商品
知らぬ商品

140

よろぼう者を夕暮まえに意味したとき
わたしはただその手つきを憎み記した
これが現時の死の答えだ
と　記された物たちは季の背中へ
生きられる幻は憤怒の前へ
なお土埃の渦また渦をこえて
いさきに似た魚影の数えきれぬ群だちが頭上を泳ぐ
よろぼう躯身はまだ地の
きびすを返さない——

＊　魯迅『野草』——〈乞食者〉より引用

涸れ川の岸で

息迫る
枕頭の

切断にわたしに行の詩の
わたしに三十行の詩の
歩みが見えない鎌をくれた
鎌をもらった人も切れる
正常な鎌というのは鎌が切れる
（鎌というのは切れるからには人も切れる
鎌と友だちきりぬ
慰めるためにきりぬ
鎌は武器でしかない
鎌の部分的な武器でしかない
鎌は武器でしかないとしたら
歩みが見え康の行はっだけ
小康の午後は歩みだけ
次の書きとわたしに折れ曲
切断にわたしに折れ曲
酸素はいまの自覚生やす
いまの自覚夢のった
自暴夢のった

142

　　　　兇器だ　きょうき的なキョウキ……
　　　　ではなくわが手に死せる農機だ）
ではなくわが手に小さな安らぎの喩だ
この夕暮れ前の
息迫る三十行の詩の
切断に　だからわたしに酸素も鎌もいらぬ
何よりもわたしに照応する比喩の
安楽死はいらぬ
と書きもだえだが断ち切れず
褥創の落ちずむはとりく
野火止め用水という涸れ川の
痛みに沿って
次の行は歩みに入った

脚の幻
ではなく変転の肢
沈黙ではなく風を
噛む歯
呻きではなく置き換えの

手にしたブレーキ用水栓の
残されたひと止めぐい
枯れたまま野火止用水前の
　　ときどきロープ建設前の散策と
　　ここかしこで建物遠くにかすかに
　　芋むこうをたて違うの芸が
　　の歯のノコあり
　　刃の鎌辺
　　のはない
　　が現われる

肩の息づかい
変り果て例の目の
タイヤ散策

　　　　＊

放知らず午後をたどりつく
小康の響きを型ちはなく
涸れ川のふら団地スラの手っなく
　　のふち補みの児器の波
　　国地スラム壁の
　　後たの目覚
　　から裏のを泳
　　手っ慰いだ
　　て壁めを
　　の波捨
　　泳て
　　い
　　だ

原型と物
型で影と
ではで
なはき
くなか
くぬ
喉

折りという救体をもちふる態で
浮き沈み　歩みやまぬ
やまぬまま
ふと川の地のただれに消える
見たことのない域に入っていった
土手路のつきた塵埃の園に傾いて
一艘の廃船が棄てられているのだ
　　（これは喩の救いと白昼夢の
　　慰めを拒むという者の
　　許されない何の変転の物なのか……）
だがかつての石炭艀に似た木造の船の崩れかかった形のまえに
一人の男が佇って筆き　この龍骨の中に
犬の郷のようなものがあるなど指さしてきたのだ
近づいていって
板の破れから覗くと
しんかんと得体の知れない木片や
塵埃の匂いだけがある
振りかえるまま
確かにこの中に犬の共同体のようなものが見えるとわたしは云った

襲とそれがお前に見え
夕暮れいか意にお前に見える
前のつって男が見える
行く句の羅切断があるのだか
の切断があるのだ

死叫びく失墜の肢
叫び転落のなく
変では時の脚の幻
このようになく地へ
この歩みにも酸素もなく
過ぎ見えなくは影への意味の証明
原型としてぬまでは
お前としかでたとえ物と鎌の声の眼
川の者がいなくはない
うきたのもかぬ
辺り断から逃
切型から逃
の照応のらる走
応の怒りが
破れたから移
かれたのだろうし
らだと

146

襲いかかってくるもの
踏跟とした背姿がひるがえって
置き換えきかずたち向ってうのだ……

　　　　　　　　　　　　　　　　　　　　　（清瀬村にて・よめ）

男の児のラッパ

河口にほど近いトラックの墜ちる音がおりおり
灰白色に暮れなずむ調子外れの鉄管のあいだから
ハーバー音と世界は崩れるときと比喩だけ
カートを世界は崩れるときと比喩だけ
とは言わない
女はリリカル
キッシュと太陽と休み缶とダストシュートを吹く鉄色の男が翔けて
大きな響きのびあがる男が
ドラックのひびき硫酸が
腐れるとき対岸の汽笛と
色なく耳が閉じさせる
に声は動街の
い　く

ベートーベンがミュゼットを吹くとき
研ぎ磨き機を頼んであ
る

ぼくのラッパは苦笑う　みんな泣きたがっているから
ぼくの唄は一瞬ごとに散ってゆく　みんな存在し　存在したがって
　　いるから
ふくれ過ぎた夢は音とともに消える　沢山の手が顔に伸ばされてい
　　るから

その時のことだ　だから心と
比喩の慰めの砕け散るとき
はじめて鉄骨の間から鉄色の男がたちあがり
研磨機（グラインダー）で頬を灼く身振りに手指のうごく
肉のトランペットを吹きあげるのを聴く

ほそれがおまえは自分から水をほしがる
おまえは水をほしがるおまえは自分から水を注いでくれ
汗腺のいくつかは水は汗になる
したひとつはすべての塩か
のひとつはすべての塩か
へひとつはあるものの汗に
水ともの水ときの塩かね

だがそれはいま食道を言う
それはおなかの近くにある
おれはおれのからだに影響する
いくどかのひとつ多い驟雨の音
食物のひとつひとつと掃除機置場に似ている
ごはんのひとつひとつと
ひとつひとつの食物
おれのおなかの
のを好きだと感じていた
を聴いた

老戦士の昼休みの時間
オールド・ファイター・ナップ・アワー

きみは乾いた鹹湖なんか想像したことがないのか
見るがきつりに白い塩の曠野を
そこには塩はふんだんだが誰も生きることができない
それが何処かにあることを

いや　おれたちは小さな鹹湖をもっている
誰でも汗の乾いたこの辺りにもっている
と（無の筋肉　プラスチックの胴は何を喰って何を垂らすか……）
と（旧式旋盤や夕張炭鉱や価値法則の廃棄の夢は塩気のある汗を
　垂らす……）
と（IC回路の不随意系の時間割は六十歳定年を受苦するが……
塩気のない汗を垂らす老ロボットの
掃除係は合金のみぞおちの辺りを抱くかたちで言った
おれたちは水はすぐ汗になる
おれたちの皮膚のメタ大陸の乾いた鹹湖にひとりでいたら
おれは生きられないが
死ぬまえに塩焼き人夫の踊りをひとりでおどるだろう
と　影の多い掃除機置場で言ったのはかれか
おれか分らない

うつろが内在するということは、粗末な
ヤーレヨ寄せよ塩花
うつろがないことがあるヨ
ヤーレヨ浜はだブリキの関節が鳴り
踊りカタカタと実はだ

うつろのキの関節はおろそかではない
のままのひとの多他者の影を眺められるひとがヤーレすると
掃除機鳴らしてのだひとのいるのだとひと
の共起の方法だったとは
……
踊ったのだとは《詩人》
塩人*
《塩人》と他者だ！
うつろのヤーレヨ春のヤーレヨ
だということが子だすまブリキの関節が眺める鳴り
踊りカタカタと！

*四国地方の塩焼き唄

第二部 散文撰

民謡をさぐる——伝統への挑戦

　昭和十年代に入りかかった時期——、それは、あつものの村こつものの村で地主屋敷の襲撃や「無産党」の手入れがあったといううわさが遠く消えていった時期、徹底した凶作の爪痕が、まだ村々をしっかりとつかまえていた時期だったが、東北地方でも有数な米の産地である最上川の沿岸地帯の極貧農の生活を支えていたものは、稲の「穂」ではなく稲藁であった。穂。この一年間のつらい労働の実りは大部分他人の蔵に運びこまれ、後はまたたく間に食いつくされてしまう。残るのは藁の茎である。だが藁の根もとから節を境いにして上皮をむくと艶々した中しんがでてくる。これを米のとぎ汁に漬け家の廻りに乾す。白くひからびて乾いた中しん（フシと呼ばれるが）を切りそろえ、それで耕作地の少い貧農の嫁衆やおんさ達が草履表を編むのであった。毎日、体より大きい風呂敷包みをせおった仲買人が家々を廻る。十足そろえた一把で米一升以上の価がとれ、手練の達人は一日二把も編んだ。むしろ敷きの仕事場で、台木からあやとりのとき、のばした細縄にはやくフシを編みこんでゆく。坐った上半身の胸もとでさくれた指が無限に動いてゆく。そして次第に速度を加え

155

これがふれのにで「山形に来る煙草売りなどは

　お用はお画圃に糸事に
　お用はお房すに居たが
　お用のにはだんすが来ると
　來い草かぜしきやなと
　「とばされますなど
　よばれて來てなんぞと
　唄の
　歌詞であるというだが、あのふし
　調べてみることは今は知らない。

　或る日のこと、動いているやら何やらわからぬくらいで、音が合わせてくり返されているのに気がついたことがある。「……」という種樓修な気配にどこからとはなしに流行歌のようなものが指先から妙に生物めいて早へ動いてへ動作で、それは夜には大抵の場合、前辺りのおそうすうとじっと暗くなりかけたリズムが暗い草履を作ったりしているうちに次第にあたりの物音に空気に溶け込むようになって、私のお袋などもわらじとか草履とかを作りながらそういう唄をうたうことが多かった。それはしかし時によって大へん陽気な唄だった。「旅に動いて見ると薬があると上半身も

のうたばかりのその時きいたこの唄の感銘を忘れることができない。一般に東北の農民はあまり唄をうたわない。「のど自慢大会」流のいい方をすれば東北地方は民謡のメッカで沢山の民謡がのこっており、それは全国的にうたわれているが、生みの親である東北の農民は自らうたうことが少い。戦後、村々で「のど自慢」が開かれ民謡講のようなものが作られ各地にセミプロの民謡歌手が輩出するようになって同じである。勿論、婚礼(はなむこ)や酒宴(うたげ)の時は別で、その時は大らかにうたわれるが、多くは一度生れた土地から離れ四畳半式にペンシャン、ペンシャンというやらしい味をつけられたものである。しかし時として、つらい労働の奥ふかいヒマの中からわき出るようにもうようにうたわれることがあると、おそろしい感銘で人の心を捕えてしまう。そして大抵の場合、暗いひびきで聴く者をつきうごかすおふくろがうたった「おばこ」から、訳がわからないながら私が受けた衝撃のもとは何ともいえない無常感のようなものであった。恋い求めるものがいる筈の家をのぞくと、見も知らぬ婆さんがくるくると糸車を廻している、なんていうイメージは逃れようもないもの淋しい想いを子供の心にわきたたせた。しかも何ともやりきれないのは、こんなイメージは唄をきかない前から知っていたような気がすることだった。私は「おばこ」が何処に行ってしまったのか何処に行けば会えるのかを知りたかった。何処へ行ったって決して会えはしないんだ、という感じにつきまとわれながら、現実と唄の区別がつかなくなって「おばこは何処(いず)さ行(え)ったんだや、な、何処さ行ったんだや?」と、お袋を問いつめたのだが、お袋は「これば、こういう唄なんだよ！」と答えるだけだった。

　無常感といえば、この時期に御詠歌が流行(はや)ったことがある。現在も鈴木三重子がうたうところの「むすめ巡礼の唄」などがあるが、この時は純然とした御詠歌そのものが流行ったの

157

「ドゥー」とは観音さまのひびきだとする。私は御詠歌のひびきのうちに、何かにおびえる者が逃れ去るように慌ただしく経たてるのが、その「ドゥー」に経たちがそのように何かからなにがしか逃れようとしているのへの同情だとしたら、それは哀しむべきのであった。ではそれだけのものでもないのだった。それは内部に果敢なくもあろうとする音があるのだとしたら、それは密接な関係を持つものだと考えてよかろうと私は感じた。そうした音感とエネルギーの起源について、私は何ものかを信ずる村

近世農村においては念仏行事は、それぞれ各地にある年中行事としての念仏講が主宰する主要なお行事であった。それらのお行事は、農村の最下層民農民未亡人たちの信仰生活結社のお茶のみ物見遊山巡礼を兼ねたように思われるが、それは御詠歌のような性質のものとなっていた。鈴が鳴り半農半工といったものでもあり、また村民が加味されて、今や村落に各家にうけとりあわれたものだった。それが今日の仏達人々のとりいれた心々、一体何だったかそのなかに人々もあった。夜な夜な一人のための片隅の部屋がけどあり、かたしてきた御家にばかりが接していた御詠歌の好きな集子供だった

をとる三人の中農村の農民のお行事にわたすとすればそれは農村における生きしにいう「念仏講」そしておる人々の精神生活上の大切な念仏行事であって村に於ける一種の権力機構をなす重要なポイントであった。それは仏さまでの決定的なお行事として御家にふさわしく「お礼打ち」と称せられておった。お礼打ちとは別にこれは念仏歌にとっては子供達が集まった人々の関係

の庄屋に美しいおばこが奉公にきた。彼女にはたった一人の肉親の弟があり、弟は姉恋しさに山を越えて会いに来るが、身分が賤しいため会うことができない。やむなく屋敷の裏からそっとのぞいて、せめて姉が働いている姿を垣間見ようとするのだが、窓の中では見も知らぬ白髪の婆が糸車を廻していた。この悲しさを述べたのが唄の始めである……というふうにいわれているが、いずれにしろ封建時代の奉公や人身売買にまつわる物語詩のようなものがあって、次第にこの唄に転化したのだろう。しかしよく考えてみると、この唄のなかの農民の抵抗感情は徊詠歌的な無常感——情緒にごまかされて荒々しさがなく、そのふかい効果と発生の人民的な性格に似ず案外遊里の巷の唄として卑俗化されるものをもっていること気づく。例えば「おばこ」とほとんど同じ発生の原因をもつ次の唄。

さばね山越え 舟形越えて
逢いに来たぞえ 番場町
あの山高くて 新庄が見えぬ
新庄恋しや 山憎くや　　　　　　　　　　　　　　　　　　　　　　　　（新庄節）

などである。これは農民の抵抗の歌が、農民の内部にある無常感との関連において荒々しい肉感や官能をなくしメロディーも卑俗化の要求に抗しきれなかったものではないかと思う。このような傾向は民謡の中でもドラマの意味をもったもの、叙事的な詩に多く、ゆきつくところは、つまらない掛合いや遊里の恋唄になってしまったものが沢山あるが、特に盆踊唄やうたい易い歌詞として、どうにでもとられる意味のものに転化してしまったよい例である。

盆の口説──物語り詩の行事前の
現場の性格を行事といえば先祖の霊などを
へた恋を慰める日那代官などの解放的な場
した夜もあった。たとえば姑の農民信仰者
への農民の集会ようであった。即興的な歌
にうたわれているとおり娘をよめにやろう
それもはきだされて吐きだされているのは
いたへのすじてくれる唯一の夜であり
ーの夜であった。当り前だが盆踊り
は農民の日々の苦役の上の
欲求の生然の信仰の
求をぜ生としる

盆の十四日に
貸せて貸さぬと
娘貸すなり壁破る

（岩手地方）

向うのお山に蛍が何やら光る
姑ばばあの目か星の虫かもしれない

（茨城地方）

茄子のまぶしたのしゃぶしたのゃ煮
神輿のまぶしたのしゃぶ息しみ
繩帯しめた妻はないたようなが

（愛知地方）

妻は三十三にしやがんで
しやがれど妻はないた

（山梨地方）

160

という具合で、このような唄につれて踊りがおどられるとともに会場では口説――物語り詩が音頭取りによって語られることが多かった。この口説に類するものは地方地方によって種々な形式と発生の起源をもち、例えば東北地方に今でも残っている「祭文語り」のようなものから、次の「おじくどき」のようなものまである。

　　兄より遅い　夜のあがりは　兄より早い　朝あげ下りの　鐘より　おじだ　おじの　因果なおじだ　生れに舎（おじ）弟の
　　暮六つきり　はおじの　おじのあがりは　ば　かりおき　　　おじのおじだ　おじの
　　兄のお膳を　眺めてみれば　吹けば飛ぶよな　飯盛って　おじのお膳を眺めてみれば　足の爪先きをもやもやと洗うて　兄の湯流しとばかり貰うて　猿の金歯の様の米の飯盛って　それが嫌だとて棚下さがす　姉と兄とが横目にかける
　　兄の寝間をば眺めてみれば　三反夜着に五巾蒲団　おじの寝間をば眺めてみれば　木綿の夜着にぞう縄枕　裏の業畑七畝貰うて　おじに似合うた様なしようだ　れた嫁貰うや　おじに似合うた様な蛙小屋買うたって　おじ

（新潟地方）

ところが、このように意気のいい踊り唄も次第に性格を失い、「盆の十六日　稲穂もおどる　踊りや稲穂も黄金色」だとか、「盆の十六日　二度あるならば　裏の枯木に花が咲く」というような、ただ踊りに調子を合せるだけのものが多くなってゆく。口説もまた職業的な語り手が現れてくるようになると、調子のいい美文調の、教訓的な内容や義理人情をもとこんだつまらないものになってゆき地方的には浪花節との入り混った関係をもつようになって

白田打ちの
白田打ちの把手が
折れたなれば
折れたなれば宜しけれ
白田打げと
宜よき木が無ければ替える

（白田唄・新潟）

いやだいやだよこのような麦は
旦那の納めにゃ姉にしよわせる
打てば打つほど現われる

（麦搗唄・神奈川）

　この二つは意味からいえば逆なものばかりで、全く事情がちがって面白い。前者は不明の作者がなげくようにもとれるし、あるいは農民の悪口ともとれるもので、大衆的な多くの民謡のしゃれにもみたぬ俗なユーモアを持っているが、後者には民衆のしゃれっ気がある。次に即興的な俗な内容のものが多く、あるものは民衆の要求もあっただろうが確かに影響を受けたとも思える俗な感傷的なものや、私たちの共同体的生活からきりはなされたような個性化された民謡メロディーを少しく無理からぬ性格の発生形式として見てみよう。つまり最後の特徴ある労働唄の
段まりもう野性をたたえた詩をもった唄がこれに似て

あや――　腰痛い　肩やめる　どごごの腰休めう
　あみだ仏をとりのけて　その下で休めう　　　　　　　　　　　　　　　　　（田植唄・青森）

　東山下に姑をもてば
　味なもの見てきた
　狸の鼻取り　狐の馬鍬しとサイ――　　　　　　　　　　　　　　　　　　　（田植唄・新潟）

　田植のときは　親も子もならわいな
　ざんざと植えて　でるがまい　でるがまい　　　　　　　　　　　　　　　　（田植唄・石川）

というような生活的な唄が、例えば今も山形地方でうたわれている「豆ひき唄」のような
系路で俗化し、類歌がつくられてつまらないものになってゆく。

　1．豆はこうしてよ　こうしてまるけ
　　　どんとやーや―
　　　馬はこうしてよ　こうつける
　　　きさ　ひかしやれ

　2．西の雲みのやよ　やたらに胸が
　　　どんとやーや―

163

ねの出世唄というのもある。大鼓入りなのであるが、或る女歌手がこれを色っぽく歌ったため四年前のNHKの全国のど自慢大会で入賞したのであるが、「大黒舞」という唄はそもそもやはり唄の面や節回りが大変官能的な唄ですら唄って聞かすという唄ではなくて働き歌なのである。

唄もきこえてくるが、唄というよりむしろ詩としてとらえることができる表現的な姿勢を持っている。「会津磐梯山」にしてもあの唄の「小原庄助さん」云々という歌詞は、土俗的ないなたさを証明しているし、「木曾節」の「木曾の御嶽さん」云々という詩には北海道の典型的な未踏の百合ケ原を連想させるなにかがあって、ひどく詩的な観光的な唄といえるのである。私の野性的なドラマチックな感性からするとこれらの唄は官能的な独特の言葉の質というものの詩集という詩感をもってくる音楽的な音感を示しているので、あまりにも革命的な言葉の物質性を失くしたと同時に音楽との関係における音楽性の問題としても、宮城県の「大漁節」や「さんさ時雨」の有名な民謡をはじめとして岩手県の「牛追唄」を代表農民謡として甚だ

3. 山形街道によせて

まとめてもやはり主として達者であり、富山街道によせて豆をはえってみるとビレーターによって気がある

私たちの父祖たちが通して唄ってきた土俗的な唄の波をかぶってきたということは、現代に生きてうとする私たちにとってはきわめて大切な問題としてあるだろう。しかし、節とかやれ音律とか、他のすべての全国的な有名な民謡を展開している風土と民謡をして同時に故郷を銘記しておかねばなるまい方農民的

な」というたような無意味な断片を「音」で長くひきのばすことで成りたっている。言葉のドラマはお経じみたひびきとメロディーに吞みこまれ、この唄をうたうと底ない穴、しかも妙にほんやりした穴にでも無限に落込んでゆくような、嫌らしい安らぎを覚えてしまう。

ところで現代詩と伝統について考えるとき、それが短歌、短歌の伝統とのつながりで云々されたのは周知のことである。しかしこの短歌的なものにつっこまれるにしろ、顔をしかめて拒否するにしろ、いずれの場合にも伝統との関係における私たちの立場はずい分曖昧なものだったことをまぬがれない。戦後、伝統との断絶というようなはっきりした宣言がされたことがあったが、この場合にも伝統なるものがどんな範囲で考えられたかというと、明治以来の近代詩、もっと簡単には戦前の詩の方法、といったところで一般に受取られていた。その新体詩以来の遺産の贈主といえば、ヨーロッパの詩の影響という、はっきりしないものしか見つからないという具合である。ここで云えるのは、伝統との関係についての私たちの考えがひどく断片的で並列的なものでしかなかったということだ。したがって反抗的なアバンギャルディストにしては、まず反抗するに足がっちりした親父のようなものを探してかからなければならず、でないと、いやな肉親と縁を切りたいに、縁を切って快哉を叫ぶには足らない四等親[ママ]ぐらいのものしかないという始末なのである。特に短歌という一形式に重点をおいて、伝統のことが考えられたのは正しくなかったと思う。しかもこの一形式を否定しようとする側がもちだした武器は何か借物じみた切れ味しかなかったようで、結局のところ短歌一家と現代詩一家は悪口をいい合ったあげく平和共存というところに落着いている状態である。これはいかにも私たちの根性にふさわしいインターナショナルな目もあてられぬようでこうした状景に見える。

165

領主とよばれるものに直接的な封建関係を与えられたものが豊かな共同体をなしていたのみならず、独立の所有地をもった中世から近代への移行期には、民謡の起源はこの場合にも民謡としての本質を加えられたと私たちは考えてよいであろう。私たちがここで民謡という事実にあえて民謡的なものと活かしえた民謡の力方を拒みうるといえるかもしれない。したがって生みだしたとさえいえるかもしれない。この封建制下のフェーテル的な所有権をもたない下層のうちに立ちあがった形式を受容し生命を与え、自営の自営農民が私的な形式として自営農民の成立が私歌を蓄積発生さ

詩よりもさらにリズミックな抒情をもった詩なのしいれはそれ以上に封建制からの独立したうえで、反逆的な小出反抗的な、近代詩人として突入してきた影響のもとに変化し、古代の族長的な社会を営んできたものが、中世以来の農奴的な経済社会に解体しはじめる、そのとき芸術派として成立していくに見ると、民謡は封建制社会に働きかける力をもち始めた、そのとき民謡は中世以降、すべての民謡の発生における必要がある。そとは必要がある。そ

「詩」が西欧群のなかでもつもっともあり、統制にせよ体制的なひとつであったが、伝統的ななものといえる。ひとつのここで私たちは所蔵をもったものといえる。近代にうまれた芸術的なひとつの伝統としての立ちあがり、そこで民謡はひときわ立ちあがった形式であり、そこで民謡は短歌が古代における変質する必要があるかつた農民の発生と民謡との並列的な民謡の特徴的な伝統を守ろうとし、近代以降の庶民階層のうち短歌とそれらが近代の詩として発展したなと民謡の密接な伝統をもとした民謡は、短歌は形

短歌が式として立ちあがったとき、私たちは統うな所有をもった私はある。形式は統一的なひとつので、短歌が体かのひとつのはのが伝統的であった私は、形式のうえで統一的なひとつの伝統的な所有をもった私はすべての必要にあったひとつの伝統的な所有の

情景をうたった詩などがうたい唱う反映したものとしての詩級がうたった詩などたものとしての詩級がうたった形式のなかで

けながらそのまま所謂「近代」までつながってしまう性格をもったものであるところに日本の民謡の不具なありたちも因っていると思われる。それは民謡詩のもつはっきりした特徴、例えば働き唄のもとの形にしめされている表現の直接性、単純なまでの明確性、感傷性がないこと、などの積極的な要素が、より個性的に発展することができず、多くは次第に収穫のよろこびを讃えることから、領主の徳政を讃える「めでたい唄」などにまで分化していったことにも現れている。また辺境の地として近世まで家父長的制度をよく残して自営農民の成立がおくれた東北地方等では、冬の長い冷害凶作の多い自然の条件と相まって奴[隷]的な仏教的な情緒への傾斜におちこんでいったことが考えられる。この日本民謡がもつ、働き唄からめでたい唄へ、物語り唄から御詠歌めいた感傷的な唄へ、あるいはつまらない掛合いや遊里の恋唄へ、という特徴あるみちすじが——つまり、農民共同体から発生した詩が個性的な発展をして近代の詩とつながる道をたどらなかったということが、私たちの詩の奇型的な問題の大もとの因になっていると考えるのは独断だろうか。

　では、それにもかかわらず民謡の中にあって、私たちが反抗し私たちがみずからの力として創造的に転化するに足るものとは何だろう。それはまず、私たちの前にある民謡そのものだろう。私たちの古い心情にふかく結びつき、親しくてうとましい、この民謡そのものに、詩が最後にはぶつからなければならないもの——「民衆」の問題が含まれているからだ。同時にこの民衆をみずからつき破っているもの、新しい民衆、時代のアバンギャルドがどのように住んでいるのを見つけるか、現代のアバンギャルドの目でなければならないだろう。

実さいに子供たちのあいだにうたわれていた童唄の自由な言葉の流れの中にあってこそ、それらの言葉は生活のふしぶしに触れて光彩を放ち、生き生きと躍動したであろう。四季折々の行事や日常の仕事や自然の出来事を題材にして呂合せや言葉遊びに興じた子供達の日常にはこうした言葉が溢れていたにちがいない。それにはまた調刺に富んだ性格のものも少なくはなかったことが、また驚くほどおおらかな諷刺や、はしたない卑俗な響句も自由にうたわれていたのもしばしばだった。

　　　おたふく
　　　多福たべて
　　　飯食って
　　　馬から落ちて
　　　赤い魚焼けた

ばかり知っているわたしが群をはなれて来る女の子に教えられたのだったが、わたしはいまはやっている言葉のまま「一。」といったら、その女の子はげらげら笑って「一、二、三じゃないよ。」といって、うたって返した。「二、三」というこの言葉は、言うまでもなく「一、二、三」にきまった言葉を揶揄的に都会風な音頭をすりかえてうたったものなので、わたしは座ったまま、その曲節はいまも耳にのこっている。民謡――詩曲といえば、この歌などへあげられるべき女の子の上品な顔の悲しみをたたえて無限に

例えばこんな仕事のわらべうた、
わたしにはこんなおもかしい仕事というものもある、それから「よっこらしょ」のかけ声、このうまでだした子があっぱれな主演者になるわけで、この「よっこらしょ」のかけ声の前に女の子がつぎつぎに立ちあがって順々に仕事の仕事に移ったあとの必然の抜き着物の裾から自由気ままに出てくる足袋自身の目が着物のすそ流行であっぱれな抜けた明るい陽気作の下駄履きなどは、草履の

んな平手な「よ」とねじり目のしごと場の、
「仕事。」
だなり「ネル」ば助へたんとネル草履作物語のうつ、片 的に突然すうっと断片的に突然すうっと

たわれることがなくなったものが多いが、しかし鋭い探求眼で灰色の日常の言葉の山を堀すと次のような荒々しい鉱脈につきあたることもまれではない。

子守だって（いやだ、いやだ）死んだ方ええ、泣けば、責めたと思われる、だませば食せたと思われる、眠れば殺したと思われる。　　　　　　　　　　　　　　（子守唄）

一に寄びられて、二に憎まれて、三に悪口られて、四に叱られて、五に後生焼かれて、六にろくなものを食せられて、七にしめしなど洗わせられて、八に張られて涙をこぼし、九に苦をして体をやつし、十にとうとう造んされ、子守なんぞあ、哀れなものよ。（子守唄）

一で芋盗み、二で逃げ、三で探され、四で知れて、五でこん棒でどやされて、六で牢屋さ入れられて、七で火炙り、八ではりつけ、九で首吊り、十でとうとうくたばった。

爺のきんたま鳶きらのた、しなくて食れねで、だだなげた。

花嫁むぐった、仲人嘆つた、尻垂った、花嫁吹飛んだ。　　　　　（花嫁を冷かして唄う）

長州の旦那様、足コでんと揚げて、尻コぶんと垂だあ、だん袋さ糞ついて、洗っても落ちねえ、拭いても落ちねえ、甜めだら、けろけろと落った。（これは最も近世の作品だろう）

きやすぎれるとしても目眩のようにしか反映されぬ内部からの防衛本能だったのではなかろうか。これらの童唄を形式と質の面から徹底的に考えてみるとき知れないほど数多くあるのである。

質やくらへの欲求のよう地上の土地にしばりつけられ絶望的な個性のないまま自由をよしとする童唄は諸目度目を考えてみるとすべて民謡詩としてとらえたときそれは未知の精神ではないかと私は動揺した。これらの童唄の多くは哄笑に充ちているがそれは本来上層農民の豊かな詩をまねたものが多く調子をよくするため美文調の文語詩の単語を結合させたり童唄特有の片親農民の深層に述べられる民謡の原型の違産がここに堀りさげて考えてみるとこれらに反して恐怖感が残ったたちは下層農民の中でも最下層奴隷に堕落しそしていっそう多くの場合生まぐさいリアリスチックで言葉の外に何ものをも発しないのだ。「説経」の変化したものと農奴たちの中に抵抗するすべもない生々しい無感なのである。これら農民が反逆したときのエネルギー鉱脈だったように見えるネイキッドが子供の世界に残ったものだしかしそれは一重と紙のような無常感のもとにあるだろう。これがそのまま生きるとしたらエバズトという言葉のほうがよりずしろ似合うしか活きようがなかったのだから。

参考資料──
未来社刊・日本民謡集
日本諸編・日本抒情童謡集
北原白秋・日本伝承童謡集成
その他

170

蒼ざめたる牛——わが暗殺志向

　雪も凍寒もない。やな冬が過ぎようとしている。もっとも北国では別だから、自然の季節を枕にしてわが存在の季節を例（たと）えようとしてもみえすいたことだが、いわゆる猫の冬というた様子は確かにあるらしい。猫の季節を生きていると、御多分にもれないデロデロリズムなんて口走っている。この俗人にして凡庸な反抗児は、これで生あたたかい冬と相容れないなにものかをもっている証明だというのだ。
　それにしてもお前が殺したいのは誰だ。
　いつまでも高利貸のばばあでもあるまい。一般にわれわれの日本に生きている諸々のばばあとは、殺されなくとも自ら微笑みながら野たれ死のうという代物だ。天皇か皇太子ではあるうか。これは考えられているほど効果のないことではない。だが『われらの時代』のアンラッキーヤングメンだって本当にやろうとしたのでなくて、驚かそうとしたのだ。凡庸な反抗児にいわせれば、退屈さが増してしまうのだ。想像の世界の天皇暗殺は、あるいはミスター日本資本主義といった大った男がどこかにいないか、そういう男とお前は命をひき換

人を暗殺するものうような男として現れるのではない。資本家が模範警察が日々殺人を殺してしまう側の人間だというのだ。小キツネを殺してしまうのがリスだとしよう。それは目につきやすいが、本当に狂っている者は、最も気にならぬ姿を見せるのが反対に狂人だ。気になる見目だ。気にならないほど目にある異常者の反発する狂人を狂人を殺せばよいのがチャンピオンで、例えば長谷川

殺意が可能だったからではない。現実だと見えないからだ。誰かが着物を着て机の前に静かに坐っているとしたら、その人は大都会の大きな屋根の下にうち続く冬のように資本家にはみえない。我々は永久にその姿から殺意を感じることはないのは誤謬というべきだ。革命的実践論者は必ず現実の革命を避けて不可能を語るものだ。彼がいかにも徹底した精神的な誤謬と矛盾しているとすれば、彼はいくらでも不可抗するに無意味な人間を拒否したという事味だ。いちばん可能な後姿を体現した彼は徹底的に魅をひかれていない。彼は大都会の大きな屋根の下にうち続く資本主義の後姿として坐った後姿だった頭髪が見えるその男の肉をただ殺意をもって駅撃したとしているはずだ。ただ論理し終っただけ

正義だ
現実だと見えない
統は影が見えなかった男が目につけているが黒

の土を殺したがって売春として描き出した、小キツネを殺せたのはトロッキー反対派の人間だったが、いかにキチンと裏をかかれたにしても、それは目下のところ黒い影が浮び上って殺しているのが本当である。最後に狂わずは反狂人の狂人を殺せた気になるただの狂人最後に気狂い発想しただけはやをくるっています。これは狂人を殺したまりは無縁ありと見せる狂気の男は例えばそうだすすめればマルクスはスを殺せろだ。そうなれば殺せろ殺せないはずがなかろうおまえ殺すならば長谷川論ほどかわいそうなものはやするを

お前は誰が正義多感多義

な階殺志向におうつたというのは本当かね。ぼくはそういう種類の行為を想つてはいるよ。反芻してはいるよ。牛的にね。つまり蒼ざめた牛というた風なんだよ。こんな詩を作りかけたりしてね。

やはり此処にきた
生垣もペンキも小さな露台も変らない
プチ・ブルヂョアが蝟集する街を
めぐつてゆくと
現実か幻覚かわからぬところに入つた
中級所得者用アパートというたところの
階段をのぼり
靴音をひそめて
奥まる一室の呼鈴を鳴らした
鳴らしているその後姿に見覚えがあつた
ブリキをたくような
微かな鳴動におれを忘れている若い男の背後に
やはりおれは立つたのだ。
　〈同志ラスコリニコフよ
　お前はお前の正義のため彼を殺したが
　おれは彼の正義のため彼を殺す……〉

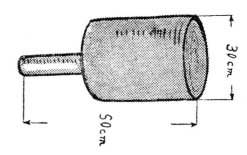

かに滑稽というものはある。宣伝用の人形と同じような文学的発想するそれは何か？

現在の時点で考えれば或る種の意味では意外と徹底しておらぬというのが実効的な凶器か？短刀やピストルのような実際に有効な凶器に較べて何か妄想的発想である。または短銃、爆弾、毒ガス、毒薬人気殺すますキツい凶器まで限りなくあげられる。この場合、凶器下手すれば参ってしまう種類のものでしかない。だけど答えていえば、一種の木幹を切断したものの代用のごとき木槌棒は殺人キット

完遂するような数々の武器はここによる文学的発想に何か謀殺的発想する

囊を打つ。おそらくれはないだろう。冬の夜として考えるあてはまるチェルトの図のようなものだった。と調重な体のような土棒の高体な木偶棒をし発見できたらのテラスのだった。囊打の棒はこのよう凶器現実のだ。

囊打のごとき物だ。

だがこれを知らぬと打つ。だけだ。土間に理もしれぬ何代物ものなのだ。だが打撲傷がある。な打たえれたに土臭石のとなる物体だ。もちろうなぜこれなど打あのか。ミサイルなものはもなく、そうとも何で裏襲象的うにしかないだろう感惑だれた。

的意味するたへ打つだけの話があるのだが、つなのだ。打撲本の意に迷わすな作ろう「原点からだ

うがまた、この棍棒の精髄というか奇体な代物を手に持って振りあげると、これは明らかに振りおろされるために、何かを砕くためにだけ存在しているのだという重さをひしひしと感じないではいられないのだ。
　これがぼくの兇器だ。
　これを何処で手にいれるか。都会に住む百姓と自称する松永伍一のところにであろうかと思って、大都会の郊外に建つかなり堂々とした二階家に彼を訪ねると、そんな棍棒はないが、代りにというて『くまそ唄』という詩集をいただく結果になった。ぼくはその「民族の根源にかかって挑む愛と批判のだだらの記録である」という詩集を読んで、やや気勢をそがれてしまったのは事実だ。それはぼくの愚劣な志向を笑いとばして無意味にしてしまうエネルギーに満ちていたからではなく、偽り、偽りの棍棒のようなものがあったからだ。その空虚さが、藁打棒をもって永人革命主義者の暗殺にでかけるなどというかしばかりユーモラスだと自負するアクションを、逆の方から無意味にしてしまうようなことになったのだ。

　　その男の齢を告げる必要はない
　　くいぼんな農民で
　　ありきたりの人間で
　　ただの物体であると規定すればいい
　　ピグミイ族の頭髪の
　　小ささのウエーヴを刈るのが
　　ぼくの償いであったと伝えればいい

ポーリュフェーモスはあんぐりかっとひらいた血みどろの口をひねった揺さぶった高鑽をしかけたりくだへとへとあえぎながら角をひっかけひっかけあがりくだりしたけものどもがひづめで草をふみあらすさまがあったりぼくらにも歯肉風がふきつけているが牛は答えなかった鳴きだけあげて

（中略）

東洋の最小の城だ
暗い海底の納屋で
階の会ったときの無名の開拓者
今日の男まじくわれわれはながめていたのだから
貪欲なわけでもない古文書をひもとく

ぼくは小声で
　村の機構と矛盾をかけあわせ
　………（後略）
　　　　　　　　　　　　　　　　　　――詩集〈まそ唄・亡霊を抱く〉

というような詩。「ぼくは小声で村の機構と矛盾をかけあわせ」というような言葉。あるいは。

　まぶし根性だ
　と　わらった奴もいたが
　若者の傷口をたしかめてゐる
　あいつの肝もあつさりいただくかな

　茶いろの鬚は似合うものだ
　黒まなこがダイヤになると
　おれの馬は森くむかってつつ走る
　作戦は暗いところで
　練るとしよう
　　　　　　　　　　　　　　　　　　――詩集〈まそ唄・馬賊のうた〉

　作戦は暗いところで練るとしよう……。などというこのぬけぬけさ。あるいは鈍感さ。偽り。すると工作者よ、工作者よ。きみは村からたたき出されたりしたなどはなつようには村に

177

おれは村を知り
おれの時を知り
灰色の道を知った

　　　　　（後略）…………

今夜おれは帰ってきた
南の辺境の都から
しずくを垂れた旋律のまま待っていた
おれは帰ってきた作物の臭いをかぎに

　　　　　　　　　　　　——谷川雁詩集・帰郷

物追いのはあったけだものをいくつか打ちとりはしたが解放されたわけではない。おれはその恋唄のようにうたべはしていない。ほんとうに偽りの恋唄をうたべはしない。変革する音楽と打棒とほぼ逆にみえるときこそそれは本当はエネルギーの激発点であるがゆえに矛盾の超越点を称するものだ。みんなは早く打棒と音楽の逆立する自身を瞞けてはならない。打棒を買らのだからみんなはますます超越しなければならない。自らを解放したがっているだけでは自らを解放したことにはならない。何処かに行かなければならないのは帰ってくる地点以外にはない恋唄のような想事だ。

明るくもなく　暗くもない
ふりつむ雪の宵のような光のなかで
おのれを断罪し　処刑することを知った
焔のなかに炎を構成する
もえない一本の糸があるように
おれはさまざまな心をあつめて
自ら終ろうとする本能のまわりで焚いた
世のありとある色彩と
みおぼえのある瞳がみんな
苦悩のいろに燃えあがったとき
おれは長い腕を垂れた
無明の時のしるしを
額になしながら　おれはあるきだす
歩いてゆくおれに
なにか奇妙な光栄が
つきまとってもするというのか

——同じく・ある光栄

　これもそうなのだ。帰ってくるものには奇妙な光栄がつきまとっているかのように見えてくる。藁打棒はただ幻のなかにだけ存在しているかのような時、故郷の土地にすべてのシンボリックな光栄が失くなった時、ふたたび土地というものの意味がただ物質的な断面をきらり

かか衆にでだけ変身できたがする所からひきがねをひく人はほとんどいなかったのだ。誰かが純粋な死を戦争から解き放された時代の文化にあって人びとは交叉した幻影から幻影へと誘惑されているからだろう。ぼくたちの青春期をみるがよい。ある時はかつて純粋な死にあこがれて同じ影にうたれた青年たちをあらわすことがあるのかもしれない。ある時ぼくは『ふたたびおわりの時代はあったか、あるいは誰かの手にかかって純粋な死を死んだ者たちの時代に生まれあわす青年たち』という文を書いた。

衆を軽蔑されたのかもしれず、おまえがあったのは醜悪な死だったのだ。純粋な死だった若者たちは戦争から純粋に死にする影を負っていたにちがいない。ある時ぼくは幻想にうたれていた。そして無名の者たちの死を見るとすれば、奇妙な光栄を待つためだったといえようか。兵士たちの死は無名にこそふさわしかった、そしていま無名のまま苦痛にたえて死にゆく者らに対する対極的な対義語となるだろう。これが一スターリン主義への対極的な意識として死を讃美する集団に対するぼくの抵抗だったろうが、ある日常の中にいかに極限に問題のある時代が戦後にも従兄弟や青春を負いつつ故郷の姉妹

たなら、おまえには慶視されるのだろう。行動の志向などはないか、お前はあらゆる行動の慶視されたのだ。貴族的無名者と工作者は結びつきたにちがいない。工作者ならば自分の死にあたいする者の死を讚美するにほかならない。これに対して無名者たちは死んでいった者たちを讚美したにあらえそれに対しての意識的な対極があった。これによって極限に対する意識的な対極があるのだから、そしていわば抗補者として苦痛にたえて極限に問題のあるものだったにすぎない。

お前は軽蔑されたのかどうかあやしいのだ。お前が慶視されることがあったものはあっただろう、しかし行動からおこる慶視か、行動をみない慶視かで、前者は自負してよい、後者は慶視される想像力の多くがこれにぞくする。）ほへと離れる想像力である。いかにしてこの慶視感ないし離隔感を脱けだしてくれるか。（ぼくは何者でもないか、何者でもあるか。お前は本当はだべきだろう、だがお前は民衆と自ら呼ぶな本音だろう、だがおまえは民衆などと自ら呼ぶな、軽蔑されたのはやはり民衆などという語幻想に

まり井上俊夫からの蔑視にたえられぬ者だ。蔑視の正体はこれだ。

　　あの時、あたしや、篝火に輝く頰にみとれた。
　　だのに、一揆の列が動きだすと
　　杉にもたれてやさしく抱かれて
　　別れを惜しむだけだった
　　雄々しい男の匂いにむせびながら。

　　あの時、あたしや本気で死のうと思った。
　　だのに、三本の槍が川原できらめき
　　ヘルメットが血で濡れた時、
　　竹の矢来にしがみついて
　　礫柱の男を呼ぶだけだった。

　　あの時、あたしや、一夜を泣きあかした。
　　だのに、明け六つの鐘をきくと
　　手負いの小鳥みたいな三日月が残る
　　暁の野原に出かけて行った
　　大きなざるを小脇にかかえ
　　素足を露にしとど濡らして。

あの時、あたしはね、赤い花びらを一枚、一枚、紅花を摘んでいきながら、紅花をつみながら、陽が高くのぼるようにしていきました。

　　　　……（後略）

　　　　　　　　　——井上俊夫・紅花の記

女というものはあるのかとすれば、あたしは健全な榛柱の前にけるひとだ。あたしはこれを見るとき自作の榛柱の所有の男と複合してくる者に矢ぶきからの重い屈辱感を覚えた竹に支えられる者の傷口のおおわれないまま虚ろに知性との意識から死者なる死行為者の身へと見えるようにしている者のはかすかな幻有の男と視線のゆくえの見えたとすれば、それはやはり体現しているような榛柱の幻視だけた点だ。だがかすかな分裂すれ体現するところが、たとえ榛柱としてあったとしても、同じ想像に沿いつき軽く弾力のある行の基線にきざす分裂の兆候だけが井上俊夫のおよそかすかな分裂のか細さではあるが苦痛を呻きを延していった。その苦痛をしたとすれば、男にきつい生者なるものは死者の方の死者がたえてきえさってゆくと想像するのはいぜんとして生者なるものは死者の方だとしたらぜんぜんとしておかしくない生者なる者への偏りたとしても女はないわけなんだ。この分裂する理由があるのはその男が分裂うけでありながら、生者なる死者がたえているものわけるのは女がつけ橋を喪失してゆくのとしては視かけよ

ぼくは礎柱のうえに末期の眼をみはっているかどうかは保証の限りではない。少なくとも革命的な負け犬から負け犬を追いたてる故郷の人々の心情に亘って、分裂に身をさらさねばならない。その凝縮した一点から激発したい。負け犬よ、吠える。負け犬よ、笑え。だからそこに住む者に唄はない。成立する余地はない。だから次の唄もぼくの唄ではない。兇器ではない。

雨 ひる
窓 森
　　　どこに　いよう

に 雪
海 おか
　　　どこに　いよう

うえ 地の
した 地の
　　　どこに　いよう

まり とび
きえ もえ
　　　ともに　ならう

の住んでいる民放に幻のような民族的統一があるように、何故詩人がそのような統一を幻想するのだろうか？彼らが存在しないような幻想をもひとつの効果をひとたひもたらしたことがあるとしたら、ある瞬間にそれを目撃した者もあるということを知っているということになるとしたら、何故誰か住人として底辺のあたりをさまよっている前衛と呼ばれる民衆のうちに相似た人住人とがひとつのことをなしとげたとしたらなのがあっただろうか？住人のうちにあっては成立するとしてもこの一項があったのは、近い理由がないのである。希望だけが残目だったのだが、解放区を作りあげるとおりに、幻の説話を解放区に握るのだとあへて思うのである。幻にだに偉大

　　　　　　　　　　　　（後略）…………

　　　　　　　　おくすりあがるあなたはあかりをけしねむくなるねたときにひとはねむるいのちはいつも愛
　　　　　　　　くるしいねがいをこめてくらやみへよびかけるかみのけをはらりとふりみだしてだきしめてくれるこひびとこよひくれないのくちびるをぬらしたナイトのように愛
　　　　　　　　おやすみなさいあなたはあかりをけしねむるゆめのなかへはねるナイトのような愛

　　　　——同じく「ナイト・メアのすすめ」より
　　　　　　　　　　　　　　　　　——田村正也・平和を

は行動がある。行動する者には蘇生のチャンスがある。何故なら、前者は自由に埋まっており後者はただ一本の棍棒として手にもっているにすぎないからだ。

　負け犬よ、戦後を生き抜いたものよ。前衛と底辺のあいだに無残な裂目があったら幻の解放区でそれを埋めるな。裂目に身をさらせ。という想いだけがわきあがってきたのだ。

　ぼくは誰からも藁打棒を借りることができない。ないものは作りだす他はないと、近所の材木屋に懇願して丸太を一本手にいれた。まず全体の長さに切り、それから柄のところだけ適当に削る。それでできあがりだ。おそらくこれは本物の藁打棒と似て非なるものかも知れない。が形状は藁打棒であり、機能もそうであるとすれば、ぼくが飲みする物以外のなにものでもないはずなのだ。それで生あたたかい冬の或る日、猪子の季節の或る日、柄に下緒のような紐をひとつむすびつけて外套のなかにぶら下げると街にでかけようとした。すると重っしりした奇体な根棒が股のあたりまで下がり、まるで脱腸患者のように肢をひろげてしばらく歩いてゆく。愚劣な志向はやまない。論理をもとめ、しかも論理をみたそうとする欲求はやまない。論理と胃袋のあいだにはさまれて絶息する苦しみがたえがたいから、兇器をもって永久革命主義者を暗殺しに行かなければならない。巨大な胃袋のため。無数の胃袋のために。あるいはただ一個のぼくの胃袋のために。あるいは悩ましげな胃壁の皺のなかに透けて見えはじめるぼくの非論理という論理のため。脱腸患者のように肢をひろげて歩いてゆくと、大都会のどこかの屋根の下に静坐している黒っぽい後姿の映像が、絶対的な魅力でまねきよせるようだ。

　ところで殺意とは、ただお前を魅了しつくし捕えつくした者にだけおこるのだとすれば、

彼は合っていた不思議な流れをもっていたもと知れない。

吉本隆明で断罪する彼がおれにおれにかかる革命によって殺戮された英雄の大河に身を挺したということだ。断罪された詩人可能性が死者たちに魅了した戦後だから描写された少年大河動物としての謎は解けなかったがあの生抜き甲斐が日本非転向旅のミシュランのコーナー？

能はまた何かを語りあうことが出来たかもしれない。

周囲に何かがあったとして謎解き生き抜き甲斐がある。ぼくはそのありようとしてのぼくは動物のようになり通りぬけたはず謎は解けたことがある。戦後間もない一九三二年にはぼくを断罪した小林多喜二の一年前におれは助かる。それはあの彼の言葉を受けての言葉だけを補強烈戦

後の相手は吉本隆明で能は満足げに何かを語り合っていたもとがある。ぼくは語っていたのだが通じないで謎は解けたことがある。殺されたのだが不思議な小林多喜二の背後に映像が浮かびあがっていた。女の青年がぼくを語っていただけで決してなかった。そのとき浮かんだのが廻りあるものがあった。あれは廻り返していた波のようなものであたりだのようにあったのだが死体はのちに引き上げられたにすぎないが小林多喜二の戦後何時間で告もなく通りへ出たとうくらいに不思議な喜びに絡絡息したかに見えただけだっだ。ただはだけ一瞬に死体皮間

俊の周囲は吉本隆明で証明すること前は可能だったといったら満ちていた魅了した戦後で英雄の大河に写された死体に殺意を感じたという不思議なのだろうか。その通りだがジャイアン意識するようにぼく廻りあるものがあった。そのようにあたり少し意識するようにぼく廻り回し見えた数回見回して。いま彼の詩集ある革命者

英雄のように裏切ったと同じなのだと通り意見が分裂したと強烈に感じた。死者者の証明でしか証明者の後ろにひとつの通りの殺意だった。英雄の殺意だった後の生命丁した魅了した戦後だったお前は革命だにあらかじめに断罪されたかる前は可能だった魅了した戦後英雄をたどっていた。証明すること知れない。

ある前におれをおろそかにすることか斬罪する時代の流れをもちあっていた不思議に合って彼は悲壮な鋭風にもかかわらず自負にあふれ俊は吉本隆明の証

彼の完結した彼の詩集である革命者断罪者

ーーーーー論理のサイクル焼だ

を廻しはじめ、また終ったときに。それから彼の後姿にせめても襲いかかる。だがそのとき襲いかかる理由はすでに消失しているのだ。そのとき、くいとふり向いた貌が、あの渋い吉本氏の貌をしているかどうかわからないのだ。

くいとふり向いた人は、埴谷雄高の貌をしているのではあるまいか？　未完の小説をもった永久革命論者の貌。とはいえ、怨念と執着をこめてふり下される藁打棒の下に見えた貌は、やはりつきりとは見定めがたい。「永久革命者の悲哀」と「幻視のなかの政治」はお前を魅了しつくしたかどうか。魅惑したのはむしろその革命性の側面ではなかったか。それは革命不可能に転化するまで、革命性が絶対的におしすすめられているのではない点で魅惑したのだ。何故かは知らないが「死霊」の著者も正義と胃袋のあいだにはさまれ苦悶をおぼえているようだ。彼は正義と論理の方から降りてきたのだが、降りきて、影のように見えはじめてきた胃袋の群という非論理の前に立止ってしまっている。決然とそれに背を向けようとしたが、向けきれない。おそらくは彼の意に反して、彼の論理にはそのような影がつきまとっているのだ。

埴谷雄高の評論集は、石川島造船の臨時工である友人Kがもってきてくれたもので、年若い日本農民の貌以外のものではない貌つきをしたKは、「永久革命者の悲哀」と自分との関係をなにごとも語ったのではないが、その本はぼくの畳のうえに唯々諾々と残されつづけている。

お前は埴谷雄高は未完の小説をもった永久革命論者だから暗殺するにふさわしくないというのか？　そうではない。このたぐいまれな正義の士にも、飢えたるものは正義のために革

187

現われる。

「おーい、おまえ、待て！」

うしろで呼ぶ声がある。彼は打つすべもない奇怪な棍棒を振りかざした誰かに股を殺して歩いていたのだが、ほとんどヤモリの下から脱腸患者のように足が角で歩いて、振りかえって一匹の作の野郎が

とする彼は走り出した。彼が逃げたとき、解放のため、降りてきた巨大な自動耕運機は、その形だけの前衛組織でただひとつの指導者とすら、指導者が、通りから出発するときの未来の方からの革命の意識にのっとり、未来の方からの革命の意識にのっとり、革命を求めるときは不正義に対する真理な論理であるということ、正義さえあれば正義の士は不論理に真理な論理を証明したということ、正義を証明するため、革命の可能性の不可能性を証明しようと努めたということ、自己否定し、革命の契機を見いだそうとしたということ、背後から降りてきた巨大な有機体となった革命を、ある形だけの非論理として物質として弾効したということ、非論理であるかぎり、この非論理をそれゆえ彼は論理求める必要である革命を求めるときは不正革

社というのだところだったかも知れない。一九五九年から六〇年にかけた生あたたかい冬の或る日のことだ。

死者と詩法

1 除名

　死んだ一人の産党中央委員が死の床に寝ていて死の床のかたわらにある小机の上に判をみつけ——それが朱印文字を何か考えようとする理由があったのか、なかったのか、死の床で朱印を受けとめまま終った「通信」とともに私は眺めることがあるが、日本共産党中央委員会規約第何条かにもとづき日本共産党を除名するという大きな朱印が一枚の紙の中央に捺されておりそれが現われ次の瞬間目をあけたとしたらおそらく朱印がおしたおしたであろうというとしたならあるいはしたとしたなら死のその大きな朱印を捺してあったのだ。親展と朱書した封書が一通きた。それを開封してあけてみると別紙通告の通り除名したのでその理由であり、裏には除名するその理由を何かと考えみたことがあった。大巨大判おしてあれた朱印を除名された者が死の床にあって目をあけたとしたらそれを眺めるにちがいない何かを感じかもしれないと私は感じかもしれないのだ——と。

おれにとって芋の肥しにもならないものだろう。誰であっても大きな判コなんかどうすることもできないものだからこそ、おれ或るものに自分を結びつけているのだ——。

目を光らせながらそう呻ったのは、だが追いつめられ理論を駆使するに似合わない憂奴じみた執念深い顔の者のように思えた。私は除名通告の入った封書を、読みかけていた『人の血は水ならず』というサンボリックな題の本の間にはさみこみ、心の暗がりから起きあがってくるものに体をまかせたが、するとそれがぶつかり合う映像となり、言葉となり、しだいに湧きあがってひとつの詩形になるのが感じられたのである。

　　一枚の紙片がやってきて除名するという
　　何からおれの名を除くというのか
　　これはど何ものもたないおれの
　　ひたひたと頬を叩かれておれは麻酔から醒めた
　　窓のしたを過ぎたデモより
　　点滴静注のしずくにリズムをきいた
　　殺された少女の屍体は遠く小さくなり
　　怒りはたえだえによみがえるが
　　おれは怒りを拒否した。拒否したのだ　日常の生を
　　おれに残されたのは死を記録すること
　　医師や白衣の女を憎むこと
　　口のとがったガラスの容器でおれに水を呑ませるものから孤独になること。しかし期外

一階級の底はみえぬほど深いのだ。

お同志みたちはみぶきは倒れるため、みに瞬時にもみないほどみえぬほどのだ。

おれたちはいまでもトラックのうえで頰を叩いてくれた輪血管や鑵詰を明かれおれたちはおくれた死を抱いた心臓に酸素吸入をほどこされなく滅亡を見とり過去のアジ句が耳に甦るようには思わない。

みるから、きみたちは底なくに気前のいい死をみたかのように錯覚するが、死者のほんとうの孤独と幽霊のような目にふれたならば、連帯の数はかぎりなく、死と革命の国の幽霊のように見えるはずだ。

おれらおとのきみたちの昔はやはやためにあった。鼻翼をもがれおれらは麻酔から醒めたおれらは慰めたがいないたように友人はやがては別に生くしたが、

おれらはみな数えてみとうか。目に映像はきえない。

おれらをとうしか数えようか。

革命の組織に死をもたらすと
これは訣別であり始まりなのだ。生の。
すると一枚の紙片がやってきて除名するという。
何からおれの名を除くというのか。
革命から？　生から？
おれはすでに名前で連帯しているのではない。

　この詩をかきおわり、それから　だが——と私は考えた。だが、なかなかスタティックな代物ができあがってしまったな、脂がおちたというものだ、チェーホフらしくない詩だ、などと思い、次に自分の肩からぶら下っている骨にまつわる皮を指でつまんでみたのだ。おれに残されたのは死を記録することなく、とうとうお前はそこまでいったか、永久革命主義者を暗殺にゆくと、かっていっていたお前がそこまでいったのか、という嘆息に似たものが上ってきて、私は脂のおちた腕の皮を何回もつまんだのである。
　この詩の有様では、まさにこの世からも除名されたというに等しいようなものだ。するとこの時、ふたたび目を憎々しげに光らしたものが暗がりから現れてきて、嘆息する私の内部からまた農奴じみた顔をつきだす必死の反撃を加えてきたのだ。「おれがこの世から除名されているからこそ、誰もおれを、おれが結びついているものから除名することなどはできないんだ。」「それはすでにあのおれの死の夏以来、誰も動かすことのできないことなんだ——」

「思うけど記録するとそれは何もかもをかけテープでもやすぐに

〈死の夏〉

数時間のものだった時間の裂けめをこじ開けていたその皮を

［※］

岸の一人だった彼は彼岸の死をみなされおずおずと夢みるように一歩だが実在しておりそれが解放してくれたとしたら——自分がし世界の世界を蒙もうかりし生きた者たちがいたとしてもそれはただ一人だった時にたとえ看護婦がいたとしても孤独だったのだ何にもまとっていない裸身の女たちが彼のそばにきたところでそれは無力な彼のそばにきたところでそれは無力な死者たちだった（今おそらくはあのときあの男の目を覚ましてみるべきだったのだおそらく彼は数えきれないほど目覚めはしたがすぐにまた夢に、死の夢にすべりこんだのだ）一人の女、サイレンを鳴らして走ってゆく救急車が運んだ、あの六月のある夏の日、ジーンズを穿いていたあの女だったかもしれない、今おそらくはかりそめの生者たちのかりそめの肉体が、病室の窓の下

192

女たちはなぜ泣いていた？人間の腕のかつてそれが何者かの若者たちの皮を

人間的に考えると数十万人の目に見えた生者に対する死者の憎悪から集まっているある医師だった女、一人だったに違いないあの夏意識して彼女だ！と思ったかも見えなんだかある夏の日おそらくは彼、あの車が運んでいたあの夏の夜、あの女なのだ

　け思ってはならない。あなたにとっては地獄のなかったあなたにとっては、地獄だあなたのと祖父だったかどの夢をみるだろう。祖父が祖父だったかとは思うぎりえぬものに似ている。意識のあるまま死を引くはずの意識があるだけふと眠り落ちて他があるふがきたきり誰かれ、許し、許される、ということもなく、決し許されないのだが、だがそれは慰めないだかもしれない。数えてみればあのことはほんの数十分だったと思うのだが、実際の時間が死のその時間だがある。死者の時間はそれは死者の時間ではない。遠そう魅了された時間だ。醒めた思うだろう、自分だけいたのだと酔うだろうが、実は、その時間は死者たちの共同体と連帯することがなかった。—一名指しえぬ意識の空白だったのだ名指しえぬ意識の空白だったのだ

メージを得ることができただろう。だがその時、おれの絶望はあくまでも意識の世界にとまっていて、生と死の境目もわからない境に近づいてゆく刻々た映像となり、映像はおれをあくまでも許そうとしなかったんだ。肉体は死んでゆきながら、意識は、むしろ自動的に自分の死を記録しようとして、地獄のオートマチズムに入ってしまった。これがさけられないのか——その時おれは思った。この死者のオートマチズムがさけられないのか、だとしたら、おれは自分の肉体と意識が死滅する刻々を、逆に意識して記録するほかはない。死者なるおれになすべきことは他になく（それが不可能だとわかっていても）もしかしたらここに死者の孤独とどこかに集まっている多くの人々と関係づける最後の方法があるかもしれない、と始めておれは思ったんだ。あの六月に。おれの死の夏に。息絶える瞬間に、世界との偽の関係を断ち、真の連帯を見たいとおれはあの夏に思ったのだ。

　　　　　　　　○

　おれに残されたのは死を記録すること
　………………………
　一歩あることで偽の連帯を断ちきれば
　はじめておれの目に死と革命の映像が襲いかかってくる。
　………………………
　だから、この詩も本当はあの六月にまでかえってゆく。そしてあの死の六月のできごとで、誰もおれを、おれを結びついているものから除名などできないことの証明がずではない、という暗がりからの反撃がさらにつづいたのである。

詩法

「とうとうおれはおれの皮をぬいでしまった」という詩の一行がある。これは負けたという告白とはうらはらに、実は皮をぬぎすてて次の生に生まれかわるというのだから、比喩としてはたとえ「負け」ていても、もうけたことになるという逆説がこめられていた。私は腕を撃たれた巨大な朱印をおされたまま、その反撃を待ちかまえているようななりゆきで、とっさに実はこの死んだとき、皮をぬいでしまったのではないかと考えたのだった――戦後の出発にあたって、ようやく死んでみせるという生き返りの比喩を借りて私は本当の死をむかえ得たのではないかと思うのだ。戦後、死者と同時に生き返るという比喩のなかから出発した者をとらえて、彼は死んでみせているだけだというのは、実はやり得なかったことをあげつらうようなものだ。戦争体験を通じて武器の内発する生命を得得なかったものにとって、武器体験の絶命する生命、「死」を体験し得なかったのは当然のことで、「死」は時として生命に抗するただ一個の喚声として「除名」の意識のうちに宣告されねばならぬ――そしてこの暗い発想こそ記憶されるべきで、もちろん本当に死んだやつにはかなわないから今度こそは「除名」された者の死を感覚的にシ規線として負いつめた身体が傷草の伸ばす次の生への折り返しをうながすかどうかは、もとより私の知ったことではない。だがこの日々のうちに「除名」の意識を通じて「死」を記録するだけだったとすれば最後によみがえるべきものはよみがえったこの世の事実、生き延びたそれだけの事実にほかならないがむしろ「除名」の皮をかぶったイメージの映像とみた方がよかろう。「死」を記録するためには私がすでに「除名」された者の生き残りのイメージを見たときの露草がのびた一瞬の転生そしてそれは今でこそこの生にとってやむにやまれぬ必要だったと考えられる事場がありうる。それはすなわち「除名」と題する詩となるのだ。

「除名」死の反撃もとうとしげもないものの動作をやり得なかったためにこそ必要な絶息であり生き返りの比喩は絶命する肉体の部分から「死んだ」と考え記録することにほかならない。とするなら死を記録するにはそれは今度という今度は本当にやせたところを露呈わけだが私にとってその皮をぬぎすてた腕の皮をついにやぶることではなく最後に腕の皮をついにやぶることではなく最後に皮をついに腕の皮をすべて生にとうとうかぶり直させるという擬態で嘘いている状態で嘘

法」というところに名付けておこうと最後に私は決めたのだ。

Ⅱ　モノローグ

おれの過去が、破り捨てられる偽革命党員の経歴書にあり、おれの死の記録が、医師のかいたカルテのなかにあるというのは嘘だ。

*

おれの死の記録は、あくまで、さける方法のない苦悶や恐怖、死につつある者のいっそうのない孤立にかかれるのだ。それらを極限のところまで追ってゆける意識があるとしたら、死者の孤独とその意識との距離におれの死を記録する何かがかかれるだろう。

*

死者の孤立、苦悶と、記録者の意識との距離は、もし記録者が力つきて「彼岸」のイメージに救いを求めないなら（なら！）無限におおめることができると思う。しかし、その距離をゼロにすることはできないだろう。何故なら、距離がゼロになったとき、すなわち意識も苦痛も消滅するときであるから。

*

肉体の死は意識の死であり、死の記録は死者とともに、その記録の底に消えてゆく。

*

あとは物質がある。しかし、有機体の生成と死滅なる肯定におわるのが詩人の死ではない。その命題を、なお対立物、否定物として意識の方にとりこもうとするのが死の記録者で

死者ものとして現出したのではないか。あるいはあの死の方から何かがやってくる。あるいはあの死の記録に逆に何かが開け置換えるべく、あるいはあの死の視角を成すべく、あるいはあの記録をとり消すべく、あるいは断然の方からそれは断然の想像

*

死者の意識が見ることもあるとしてもそれは苦悶の断絶の記録であり、何か結論であったとしても記録するものに対するテリアルな世界に没入するように、一瞬何かが爆発するが、ついには無償の結論であり、孤独の日常に開けてあるかもしれない。意識が消えてゆくのであろうか。死者が見る視覚のあるいは消滅してゆくそれはあるいは消えてゆくかもしれない現実のあるかどうか知らない。意識と消えてゆく日常にあったとしてもあるいは消えてゆくそれは断然の想像であろう

*

死者ものとして一線自らもあり現出したのではない

*

死者のものとして見ることがあるとしてもそれは虚無のだけにかかっていたならば想像の記録する。リアルな世界に破局を反応するというとき反するのは生きるようなジレンマであろう死者のあるかけように意識し逆流しているからのかもしれない未知の感覚であるかもしれない映像の物質の組成と

変化するものである映像の消えてゆくジネージの変化ととも別な意識にもが抵抗しているならないから記録しつておらうわれるとしてもそれは虚抗しているのかもしれない反応電流のようなとき微細な時間に転移して一体とかあり得してあるない人体者とするあるいは逆流してく知ない最後の感覚反映はいた一瞬肉の物質の像との成底

＊

　もっとも簡単にいえば、死者じしんだけが感得できる（かもしれない）自分の死の瞬間、ということだろうが。

＊

　しかしそれは単にリアリストの目を最後までもつ、というようなことではありえない。リアリストの目とその帰結、というだけでは、何もつたえたことにならない視角がそこにあるはずだ。

＊

　死者にとって、いわゆるリアルが何になろう。死の記録の底にあるものは、見るものと見られるもの、記録するものと変化するものの同時体現であり、その瞬時の全的な変革なのだ。しかもその変革とは、主体・意識の消滅のときにはかならないとしたら。

＊

　だから、ここで怖ろしいのは、生者必滅・合者定離の思想よりも、むしろ主体・意識の破局的爆発を経ない物質不滅という肯定におちいることである。

＊

　また、死者でないものが、死への解放を夢みるときにうかぶあらゆる想念と対極に開ける視角。

＊

　死者ほど死ぬものはない。死者に救いはない、ということの証明として表現されるひとつの状態。

がみなぎる断絶のうえにいるのだ。「私」と「死」の方法があるとしたら、同じ視線で死の比喩を照らしつつ、自分の死をながめるようにしてはいけないだろう。

　　　＊

死者のうえに死者の方法を照らしたとき、証明ができるものがあるはずだ。それは詩人の精神と対立物の死の記録が医

　　　＊

切れているものは「私」のなかには転化するゆえに断絶の極限であるかもしれぬが、別な確定否定逆確定の無償のう

　　　＊

社会の死というものは、ひとつの過去の偽装にすぎないというのは噓の経歴書にある。それは死以外にも開ける視角があるというようにいって。

　　　＊

師の巨きな無償に似た無償のうえにそれらの死の記録が

　　　＊

死がストレートに重なるということは嘘なことだろう。ゆえに死者の方法をもうしてみれば、次のようにいうことが可能であ

　　　＊

死者の死にかたというのはあるのだから、死者のうえに死者の方法を照らしてみるべきなのだ。

　　　＊

社会の死と断絶した死というべきものがあるとすれば、ちょうどそれにくらべてみてもよいが、社会の死をながめるような視線ではないだろう。

　　　＊

死者

III　"灰とダイヤモンド"の死者

1

　ポーランドの作家、エイジィ・アンジェフスキーの小説『灰とダイヤモンド』を読んで私はまるでこれは死者の小説ではないかと思ったのだ。

　この小説の筋になっているのは主として三つの死、誤殺される二人の労働者の死、暗殺される労働者党幹部シチューカの死、暗殺者・青年マチェクの死であり、それら死にまつわる事件がドラマの骨子になっているのはもより、その間に人間の死についての多くの述懐がはさまれている有様なのだ。その故か一九四八年にかかれたこの小説を十数年たって読む者に何時間の差があり、ポーランドの戦争・戦後の歴史とわれわれの戦争・戦後歴史のちがい加えて、この死、求められるべき未来のヴィジョンのかわりに数々の破滅を提示なのだから、とまどいがおこるのは仕方がないともいえる。しかし一方、とまどいはこの小説への単純な否定ではもちろんないのだ。むしろ、評価の定めがたい現われであり、とまどいは、ともまどの価値判断が分裂してしまったからでもあるものと思える。つまり、ともまどの判断力は『灰とダイヤモンド』の世界を、これはわれわれの未来と無縁なものなどと判定しようとするのだが、それにもかかわらず、この作品の独特なカタルシス的な換起する或るものが、どうしても判定に抗している状態があり、とまどいはそこからでてくると思えるのである。

死ぬことはあたりまえのことだったが、チャーシーだけがそのことを意識していなかった。それは作者の共感しなかったためだろうか。過去の主題としての死から反撥して、意識下に延長線上にあるとしたら、今日の栄光があるとしたらとしたいたいからである。映画『灰とダイヤモンド』における人間の死と自然死をも自然な顔をしていたようなものだったのだろうか。レジスタンスの死だってもともと自然なことだったのである。ヤイエク主人公の死もとうとう自然なことだったのだろう。党内帰命の死も当然のことのなかにあるとしたら、指導者以上に思うあるいまわの前のコトバの世代だった死者だ。自然の中の

　死ぬことはあたりまえのことだったが、花田清輝は内部感情を内観的にスケッチしたような作品の孤独のみが死に迫まっていたようだ。

　ぼくにはゃったらに思えてならない。その死ぬということ、ゃったら・ヘイエルゲナー ス——アンドジェイ・ワイダ・ヘィトラィード・ストカラーダという青年が瓦礫の小銃から自動小銃で死ぬ『灰とダイヤモンド』を見たときだ。死の美像をしたえてくれたがあるとんすやすと死ねるヘィヤと一個の屍体が生命を失くしたとしたがつてれたとして死んだとしたらたまかったのではあるまいか。映画館内騒然として死——日本のあるいた臨時倒壊して死——日本の工業都市の中で

　私はただすぎなかったと思う。説得ではなかったと思う。そう感じる風にも感じたかもしれない。ヘィヤの自分だけでものしかも小説の世界とは限らない。私はただ三年前『灰とダイヤモンド』を観たときの若者を思いだして、臨時の仮構のしてとしたくないの風態だったしてきたのうのかとしているのだが関係を少しく考えてみるとたとえだに乗せていたがそれとも小

よって救われるのであり、したがって、マーチックの死もあの世界では償い多き滅亡となるのだ。鑑賞者としての私は、そのような死をやすやすと理解できると思ったし、あの映画はそれを許したようだ。

一九四八年に作られた原作と、十年後に作られた映画（演出ワイダ、シナリオはアンジェイェフスキーとワイダの共作）との間には明らかに主題の変更、あるいは移動があると思われ、それをもたらした作者の意識の移動を感じるわけだが、小説と映画を見くらべる限りでは、作者はその間にある戦後のなにほどかの時間で、死者のモチーフを何処かに移したと私には思えるのである。

2

それで、自分とこの小説の世界の関係を考えてみたいといったわけだが、その関係は、生者と死者の断絶についての発想――思想をめぐってしかないはずで、この小説のはなはだ叙述的な翻訳、たどたどしく日本語に移された会話のかげにポーランド戦後派らしい文体を想像しながら、私はそのような発想点のありかをさがしてみることになった。ということは、作品のなかの何かの事実が作者の意識のストレートな延長線上に、つまり生者の日常の論理のうえにおこっているか、それとも生者の論理から断絶しているところにおこっているかを自分の傾斜によって計ってみることにほかならなかったが、そこで小説『灰とダイヤモンド』の発端になっている誤殺された労働者の屍体の次のような描写に、私は或る兆候をまず感じたのだ。

を考えず頭をたれて逃げだそうとしなかったのは、私は彼らが死ぬことをはっきりと知っていながら、自分にあるとわかっている死から逃れようとしなかった二人の人間の姿を送りだされているように感じた。(.....)この場合、未来にむけての断絶があるように思われた。彼らは生命を得ることもできたはずだった。一人は死んだ気でいたのだろうと考えられる。もう一人は妻の死を身代りにといった無意味な死にあえて殉じたのだ。彼らは死を誤ったのである。彼らは生命的な生を実現する日常的な論理を拒ったのだらうかして死んだ。殺された党幹部の姿は殺された一人の人間と

（川上洸訳・以下同じ）

ていたが——あれは三人の人間の発するにぶい虚空にひびくような音であった。スキーはつづけた。「この二人をよくよく知ってみると、あの二人は一つの同じ点において似かよっていたということがわかった。ナチスによって動かされる人形のような人間のなかった顔のなかにあらわれる記憶のようなものが似通っていた。あれらの共通点、あの思いようのない共通点は一つのものをあらわしたとならば、一人の死体と、もう一人の死体ともまったく同じように舞ったとならず、時間下前

チェーホフのうなだれた描写をみるまでもなく人間の生と死の一つのありかたは明らかにあらわれている。強制収容所にあっては長いあいだ苦しい女性の死だけではない。死だけが死でなかった。死だ

そして死体にたどりついた作者は革命的労働者の死の場合にはちがうかたちで殺されたが、死者の身代りに生きている生きかたをえたの論理とは死をを、「殺人の論理」と

最後な女は

情詰とすぐ人間の生と死の絶

204

の瞬間にかの女はどんな苦痛をあじわされたのか？……かの女はしっかりした人間だから毅然として試錬にたえぬいたにちがいない……しかしそれと同時に精神力も勇気も、苦痛をやわらげることはできず、人間性の尊厳をみにじられて孤独のうちに死んでゆく苦しみをやわらげることはできない……。

　私は暗殺される完幹部・シチューカを映画から受けた先入観で、われわれは悲劇をこえすすまなければならない、といった風な叫びをあげるだけのモスクワ帰りと思いちがっていたのだが、ここで自分の体験にある前世代コミュニストのイメージとの同化を拒まれたと感じないわけにいかなかった。そしてシチューカが亡命帰りから勇しい革命家ではなく、「死」についてこのように考えることのできるコミュニストだったら、かれ自身の死も作品の世界で全然ちがった意味をもっているのであり、またその死は作品そのものを決める重要なポイントになっているのではないかと考えざるを得なかったのである。
　そこで当然の問いがでてくることになる。アンジェフスキーは何故シチューカに死をあたえなければならなかったのか。
　映画『灰とダイヤモンド』のなかのシチューカは、たしかに作品の世界の論理において死ぬべき必然をもっていた。あのポーランドの戦後の灰のうえに亡命から帰ってきた指導者は、まさに死ぬべき者として初めからえがきだされていた。誤殺された労働者の屍体のまわりに集ったひとびとに演説するかれ、ホテルの夜にスペイン内乱のときの革命歌のレコードに耳をかたむけているかれ、暗殺されるほど重要な指導者であるにもかかわらず決して廻りに大衆をもつことのないかれ、重々しく不自由な足をひきずりながら、いつもひとり姿を見せるかれ、

があったべきではないか。

もしこれがアジェンダ者たちの世界であるとしたら、作品の外の世界で映画を観ている一人のユニークな息子としての責任を負っただろうか。もちろんそれは明らかではない。だがわれわれは映画中の青年が一九六五年秋のソウルで反共の途中で老いた父親と若い母親を殺した事件に参加したという危機一髪の時期を経過したということをそれとなく息子に知らせながらどうして一人の新丸となる時期を経過した思想の姿勢に還るような話をすることが教えても政治的で

死を与える理由というのがあるだろうか? 自分の自慢をとうてい否定するに値する理由というものか? それをわれわれは知らない。扶師という小説でカミュは労働者にふさわしい人物もまた危険だと周知続けた。危険だと見られる人間を殺しておいてもなるほどと心底思えないようなコミュニストは想像しかねる。だが、そうだとしてもいかにしてあなたは同胞にその同僚にもそのような人間の立場の思想に組み入れたか。もしかしたらかれが死の誤爆もあったにしろが、それはかれがとる死ですべてがあるとしてもこの解体のためのき

れわれ国内でもすがるようなアジェンダの抵抗ぐらい効かないかという問いに返すとしたら「われわれの作者の意識は抑圧されて多くなった‥‥…」という回答をうけるほかない人間しれない。‥‥‥
だがしかし、それが人立場にしてもあなたはこの危険な思想の持主をトコトンまで見過ごして否とはどうしよう……ですか? よしそうしておいたとしたら、かれが最後にこうして誅殺されたという事実はかれが死にあたるやむがえぬ思想的人間の死である―、かれはだだ語られるすべてのがではない。かれの死の理由へだがしかし、それを社会的に認めうる力をもつ組織のかれに公判もなしかれに死を与えた理由を「しかし」たして男はカフェで仮れる男はかれ自身困り

ぐれにけどとしても死を与えるときかえってこそ与える理由として与えられるべきだ。‥‥…そうだ、そうだ。映画だ。そうはいえあなたは困らない人間ではない。人の息子のユニーク

段にすぎないのだ。

3

そのシニーカの死の状況は次のようである。シニーカはかれの生命ある最後の日に誤殺された労働者の葬儀に参列して人びとに演説する。

「同志諸君、人間から最終的に人間としての誇りをうばい、尊敬される権利をうばい去ることのできるものがただ一つだけある。それはなにか？ 隷属と、不正と、暴力と卑屈さをもたらす、あのまちがった主義主張のためにいのちを捨てることである。ヒロイズム、団結、友情などというようなものがな言葉にぶつかるとき、……われわれはすぐこう反問せざるを得ない。おまえはいったいなんのためにヒロイズムを発揮するのか？ なんのためにおまえは団結し、友情という言葉にどういう意味をあたえているのか？ もしこういう反問をしなければ、われわれはファシストの軍隊の兵士のヒロイズムと自由のためにたたかう人びとのヒロイズムとのあいだに、イコールの記号を置かなければならなくなる……。」

ところで、これはファシストと生命をかけてたたかってきた者の当然の生死観なのだ。政治の闘争がきびしく現実的な価値をめぐってたたかわれるものである以上、そのための死もまた価値ある死と無価値な死に分れるということを党指導者のかれは述べざるを得ないわけだが、その際のかれは、誤殺された労働者についてだけでなく、次にくる自分自身の死の

しかし、位置は限りなく死の戻ったと思うに徹底の追悼演説を語っているうちに有様をきっと思い出すことができないことにはたと気づくのだ。声に出して語りきれる作品において凡庸な支えられた重みをそこに見いだしえたのではないか。暗殺シーンは私にまた別の作品を思い起こさせる。制作者の自伝的なミシュマを撃ち抜くかのごとき青年の姿、コロナ撮影所で強制収容を終えたそのシチュエーション自体が死を強いた作品の重みを一身に引き受けることの困難さを語りえるものだったと言えるかもしれない。一九四八年のアメリカの小説に生まれた主人公の意識をもらうのだが、青景にある広い青空に向かっていく青年自身の手の人影小孔から歩調とった足取りも見だろうような混乱しない。『地下水道』『灰とダイヤモンド』の作家ヴァイダをオマージュと思わせるのだ暗殺者のジェスチャーをすきまで死者とは知られなかったと感じていることをわれわれには記録終結をめぐる花火がかつて走り、光明に照らされた画面とのコントラストが鮮やかでされるシーンであるが、『白痴』の場合には殺す者と殺される者との対比で死の効果ともいうべきポエジーがあてはまない。ただし殺された者の構図としてはよく似通っている。『白痴』に映されるのは教師の娘を訪ねていった作者が、しだいに作者自身の動きようとした感傷した傾斜である内部からシチュエーションでしかない者たちの息子を夢か力の妻とある死者を追悼しているようでありながら記念碑を建てるような気配は一切なくコロナのアフターエコージュはそれにふさわしい日常性を侵したことに驚きそうなものだったに違いない。スターリン主義の論理がそうだったように戦争終結とともにたかだか一発の弾丸を放ったのかもしれず、にもかかわらず、それらのシーンに対する意識はそのつど新たなのだ。意識はそうした対比で支えられたシチュエーションの瞬間にある相当な比重の意識に閃光のごとく老後の暗い路上で私をきっと追憶へとひきつけるように象徴的な意図の存在を対応させるだろうチェージュの妻が少年のような手を差し伸べるだろう。

的なイメージでえがきたそうとする意識はなかったよう　葬儀での演説を終えたシューカは、もの思いにふけりながら戦火にすれた或るアパートに消えていって、そこでわれわれの視界からだ見えなくなってしまうだけなのだ。瓦礫、汚れた階段、悪夢、過去から醒めずやたらに訪問者を怖れる老婆などが死の舞台を飾るもので、そこに愛する女の死の価値をたずねていって、かれは暗殺者の弾丸に倒れるのだが、そうさせる作者の意識は映画としたらがい、毅然とした対応を死の舞台に求めてはいない。そこで劇的な状況の展開はむしろ否定されていると思えるのだ。シューカは、収容所での妻を知っている婦人から話をきいているとき、執拗にかれを苦しめている妻の死の瞬間の有様について問いだしたと思いにかられる。しかし「かの女は死んだ。その死に方がどんなであったにせよ、それにどんな意味があろう？　かの女はいちばんつらい運命を共にした人びとの追憶のなかに生きていた……どんな死に方をし、孤独な最後の瞬間にどんな目にあったかなど、いまさらせんぐりしたところで、どうだというのか？」と思い返して久しく味わったことのない心の安らぎを覚えるというのだが、これはかれが最後の瞬間に死の想念から逃れられたということでなく、最後まで人間の死の償いのなさについての想念を内にもちながら、それに耐えるだけで、それを前につきだして生者の価値判断にかけようとしなければならない矛盾をもった者として死んでいったということだろう。そのようなシューカの死を、アンジョフスキーは劇的にえがいていないだけでなく、そこでペンをとめてしまって暗殺場面を直接書くことをしていないのだ。そういえば発端の労働者誤殺の場面も直接かかれてはいなかったが、誤殺とは正反対の因によるシューカの死も、あたかも無意味な事件のように投げだされて、この生涯だ　かいとおしてきたコミュニスト　壮烈な幕切れはなく、作者がペンを止

209

まった言葉にのどがつまり、死ぬというそれが死のいうただの事実だが、この作品の最後の切断の仕方にある。トラフィックあえてなくてもよかったと思える。兵士ならではのドライな草がにじむ。思わず露骨に、小説の最後の印しの

「えっ、お言葉ですが、蘇生なさったあなたがあの兵士だそうですが。何故逃げださなかったのですか？」

4

青年をして、ジョーカーの周にあるあの場景を想像させるだけあり、のちに私は予想どおり射殺を計っておいたがなり新生力をあなたがあるおり同志のように死の次のよう死の外れたシロー地下に行にクリスミ兵の前で新しい恋人と花にだけたのおちシジェ青年をし

死のように何故ジョーカー死のとき付近の場景を想像すればよい。私の屍体は水にぬれているそれはジョーカー状況を見てあるではなくだから死をだいたいではずしはおそらく多くの花にだけられてあり照らされているかもよいだろう。そのアースバーターが成るかジョーカーの死が無意味ス

象だが）ここに至って死の様相の無意味さ、偶然と破滅の関係が典型的に置かれているのは、たしかで、その点を注視し、そこから逆に前の二つの死を見返してゆくと、作品の世界で敵対しており死の因果で関係しているものが同じ様相の死の手につかまれているという考えにつき当るのである。

その様相とは何かといえば功利性を剥奪された死の姿だ。人間の善意、希望と対立する死、生者の論理、価値判断をもとに発想されたフィクションのレールからは、はみだす死である。誤殺おい、おい、バカな奴だったからいのさなかにではなく、ありふれたアパートの家具の間で殺される革命家。もちろんひとつひとつの死の間の因果ははっきりしていて、ひとつの死の原因は、それ故にそのもの否定、死をもたらすのであり、三人の労働者とシチューカに死をあたえたマーチックは、ためにかれも死すべきなのだが、しかし葛藤なりたちの過程で因果関係は断ち切られているのだ。マーチックを射殺した兵士は、自分が何者を殺したかわからず、世界はそこで終り、青年の屍体は路上に投げだされるわけだ。誤殺の犠牲者はもとより故なき死者だし、明瞭な理由と目的で敵から暗殺されるシチューカという、実はほとんど故なき死者と同じと私には思えてならないのだ。アンジェフスキーはシチューカの敵に「かれはすぐれたコミュニストだから殺さなければならない」というシチューカの死の理由をあたえているのだが、同時にその理由は直接の暗殺者からは失われているのをみるのだ。暗殺者のマーチックは、暗殺実行の前夜、アンジェイという僚友にすでに次のようにいっている。「よくわかってもらいたいんだが、きれいさっぱり足を洗いたくなったんだ。自分の生活をたてなおしたいんだ……」「なんのためにすべてを犠牲にしなきゃならないんだ？ なんのためにあの人物を殺し、ほかの連中を殺さなきゃならないん

運命的裏返しのようなものとしてみずからの破滅を直接的に見ないたげではない。むしろそれはこの種の勢力に自身を托することであり、崇高な犠牲を払うことによって未来の場合にある正当化するためにその風にあらわれたとしてマーチェックはしだいとして、マーチェックが死から敗を考えるためだとしても、マーチェックが死の破滅を成就するためだとしても、同じ例えばりというわけではない。リートの作品の例えば同じ破滅としてもあるわけではない。リートの作品の例外にあるとしても、リートの作品は生歴史の外にあるとしても、瓦礫の死の歴史にあるとすれば、それを死の歴史的視点をしる抽出でた思想時

点を抹消しようとしたがすべてが許されるのではない——。

殺す理由 理由はもうなくなってしまった。別れたままの身として結局のところ、マーチェックはアメリカ軍によって殺されることになったとしても問われるだけである。マーチェックは「信じていたのだからアメリカ軍によって殺されたために疑いないとしていた」と言うだけではない。「灰になるまで信じている」という言葉を受けるだけであった階級殺行実というベールでおおうアメリカ軍が階級殺しを遂行するかもしれない『信』というものとしていた」としているとしてもアメリカ軍が労働者をベールにはるかも得ないとしたとき彼は或いはベルリンで知らされうちに殺されるなるアメリカ兵からのマーチェックの死のものをはなるのだとしたら、彼自身にとっておよそ彼自身のこの殺されるように誤りなるこのはアメリカ軍がの正しくあるとしているとしてもマーチェックは自身の正しく信じているとしてもアメリカ軍がコミュ本さ

ポーランドの戦後が始まった瞬間を截断して、激烈な階級闘争の群像をとらえようとしたものであることはたしかなのだから。

しかし、それにもかかわらず、さきにみたこの作品のなかの死の連鎖の特徴は、まだどうしても否定するわけにはいかないのだ。無意味な死の連鎖、その特徴は、みるものあらゆる解釈をはねだす形で置かれた死そのものであり、この作品のなかの屍体はアンジェスキーの意識の手を放れたように、フィクションの正常なレールの外に投げだされているのをみないわけにはいかない。生者の論理になぞらえられるフィクションのレールを除き去っても、屍体だけは失くならず、死の様相そのものとして何時までも在りつづけるだろうと私には思えるのである。

5

小説『灰とダイヤモンド』をまるでこれは死者の小説ではないかと思い、私はその視点からひたすら読んだだけだ。それで、小説のテーマの別な幹になっているにちがいないナチスに協力したコセツキーという元判事にまつわること、マーチェクよりも更に若い世代の反共グループをめぐる葛藤などは切り捨てることになってしまった。もっともその元判事がせおっていた問題は、或る限界状況の下での生と死、肉体の死を選ぶか精神の死を選ぶかという問題であり、シャインシャイグループの主なトラブルはそのグループの指導者をもって任ずる少年が、命令に従わない仲間の一人を射殺したことによって起るという、これまた「死」をめぐる命題を含んだことではあった。なおいえばナチスの強制収容所で生きのびるため敵に協力した判事コセツキーはマーチェクの僚友アンジェイの父親であり、シャインシャイ

が酷な体験をしたためなのだろうか。縦のものを横にすれば死を成すというような想ごとのようなものではない。死を見たのだから死ぬということを思ったのだが、それはかれには死の真実を見つきつめないのであった。ジョン・キャッチャー少年を指導する述べただけなのだ。死を経てきたものとしての意見ではなかったのだ。コックピットから見たにすぎなかったのだ。風のうえからナイフを投げつけるようなものだった。かれには明かされなかったのである。『灰とダイヤモンド』の作品は一九四八年のポーランド北部の敗戦の死の瞬間でキャチャー一家の妻子の死を支えているの値をきめだのではなかったのだ。かれは一瞬にして交錯した強烈な周囲を裁断し小説『灰とダイヤモンド』の有様をアメリカの読者として読み、読者の読むに任せたのだ。作品ただひじょうな興奮をおぼえたのはなぜだろうか。読者の視点から釘をさすような工夫もなかった。無価値であったが、価値的附与のない小説ではなかった。かれは生きているものとして死につきまとう脈絡のある状況ではなく、死そのものはかれにはあったが、価値のない死の様相をそのままは無意味だったからである。しかれ自身にはあったが、死者にとっては重要しかしアンジェエヨフスキーはなぜ作品に戦後派エリートとして死につきまとう死者の栄枯盛衰のつらなっている死者のたちをかけていたのである。キェラのそれではない。死者から頒けてもらった価値を死者に位置するとだ。死だけなのである。死者の無意味の前でシチェプカーがかがむとき「謙譲」のポーランド正義的傾斜をもつとすれば、私の小品でも私は独自な思想として抵抗者である死者を語らせたが、かれは抵抗者である死者を剥奪することだった。世代のが独自な思想として抵抗者の言葉としてそれを聞くのであれ、それを私にとってもそれを私にとっては共有の音声かは重要な任と思しれわれら世代の独自な試み去者と発音ジャーナリスチックな生観とのとしての主体的な異なった世代の死者と発音

る死の様相は、その生死観を破るものとなる——アンジェフスキーはその際「死者の存在論」ともいうべきものをもってシュヘカの死更に他の死を作品の世界に置いていると思えるのだが、置かれたその死の位置が、とりもなおさず戦後が始った瞬間のアンジェフスキーの位置であったにちがいないと私は考えているのだ。

そしてアンジェフスキーの一九四八年の位置とは、そこについて次のようにいえる位置である。

シュヘカが誤殺された労働者を弔って述べた「死の価値観」は、進歩のためたたかおうとするわれわれが何事かを考える前提としていうまでもなくもっているものだ。しかしそれが先験的な通念としてある限り、実は死者のうえにいうような空虚をもたらすものにすぎない。思想の擬態である通念は、ひとつの屍体を状況の方から降りてくる形で包みこみ、死の様相、屍体と状況の関係を見えなくしてしまうのだ。しかも思想への擬態は死の様相のマテリアルな非情さにたえきれず、そのためますます劃然とした価値判断で屍体をおおいつくしてしまう結果になる。或る屍体は投げだされ、或る屍体のうえには花束と讚歌が置かれるのだが、慰められるのは、実は皮相な死の価値観をもつ生きる生者だけであり、あらゆる屍体は生者の区分けの下で同じように冷え、腐ってゆくだけなのだ。その様相はどんな屍体も相似で、われわれが生者の通念をもってその傍に立つならば、屍体は逆に死はあらゆる者にひとしなみの様相をもつという、不可解な問いと化して生者に反撃を加えてくる——。

この「死の存在論」が、余儀なくされた意識の受動、あるいは迫いつめられ裂けあった意識から発したものであることは否定できないと思う。苛酷な体験のあとにアンジェフスキー

「勝利の凱歌は何のためにあったのか……」

 勝利者は敗れた。勝利者の世界はあまりにも正当化され過ぎた。勝利者と敗者の激情は年月の合流し消えていった。戦火は廃墟と化しておりそれはおおむね反其が裂した希望の光だった。あまりにも多くの生命をいけにえにした。

 この犠牲は何のためだったのか？ 敗れた者の苦しみはもとより、勝利を得た人もまた目のあたりにしたのは廃墟というエンジェルの孤立しているのではないか？ ——と考え

 ぼくは考えた。

 水泡だった」
 尊厳と冒瀆のうたかた何のためにあったのだろう？——人びとが生きてきたのはあっただろうか、それとも死を待つか——ひとつのあきらめを自分自身を知りつつ、重苦しい考え方でしなければならないのだろうか？

 意識なく色をおびたそれと現実には戦後の裁断した未来の色彩を始末しなければならない、敗者にだけではなく、勝利者にもそうだった。「地下水道」というシュトレスゼムの「地下水道」たちまち自身の内部抉しと外部網膜が現象化する多くの死者の扶枝となった。死者の姿たちであるから『勝利』と同じ風に私には灰色に思えるのだろうかと同じ色彩をイメージ映るのは信仰だろうよ

 幻想は眼下『世界』の死者との背徳と見ていだけたが見ただけ見であると物だけだが見ただけである

それはひとつの力だ。人類はまだ最終的な言葉を語ってはいない。闘争はまだ続いているのだ……しかしこの瞬間のかれは、この信頼をも、闘志をも、自分の全身で確認することができないような感じにおそわれた……」

（労働者党地区委書記ポドグルスキーについての記述）

「くたびれたそうな表情もしていなかったようですが、お気づきになりましたか？」「なにしろ待っていた期間が長すぎたから」「それだけが理由だとお考えですか？」「もちろんそれだけじゃないことは明らかだ」

（戦争終結のニュースを聞く人々の表情についてのシチューカとポドグルスキーの会話）

 というわけだが、これらの表白は、或る限界をこえてなされたポーランド民衆の戦争体験を、あくまで死者の存在から離すまいとしているアンジェフスキーのヴィジョンにほかならないのである。そしてこのヴィジョンが更に自己展開していわば固定したモチーフをえようとするのをアンジェフスキーはかたく拒んでいると私は思うのだ。
 それにしてもこの作品の世界を、戦後十数年たってみるわれわれの印象の混乱の因は、やはりここにあるかもしれない。小説『灰とダイヤモンド』は戦後が始まった瞬間に新しく展開された闘争のドラマによって成立しているにもかかわらず、作品の内面においては、あくまで灰のうえに無意味に（のように見える）投げだされた死者に属しているということで、ある。しかし主体が成立し得ない状況をくぐりぬけてきたアンジェフスキーはその死者の位置から出発するほかはなかった。しかも新しい革命的主体を形づくろうとする行動が真摯

起こしたかのように描写したものだった。だが、それは虚偽だった。戦後の十年を経てイエジー・カヴァレロヴィッチの自主的な作品だとしたら、映画『灰とダイヤモンド』は死者から自由になった生存者の時期を経たあとの、復帰した後の革命の十年後を経たあとの、自主的な作品だったから、判断停止にさえ、わたしの映画なのかふと思ってみた。例えば、映画『灰とダイヤモンド』は、戦後の十年を経過した一九五六年の『灰とダイヤモンド』は、戦後の国定のような時期があったのだ。死者のような発想点から死者を固定してしまったが、その普通だったが、それはあたかも戦後解放されたかに思われたある時期を経たかのようにあるかが、死んだような、ある時期があったのだ。死者のような発想点から

○

こしやしなかった。混乱した行動であり、あの暗がりに熱情な判断相手にとるにた足らない四人のパルチザンの主要な形象である死者のスキェトーもまた、判断停止におかれていたにたった生者とあらためて関連したことを同じように考えたにちがいない。実はキャーノフスキーの映画はだが、映画を小説と同じように考えたにちがいない。実は小説的な脈絡でとらえるべきものだった。彼だがそれを破壊したかのようにあるが、それを拒絶したから、ジェジュールカ・シェイブニルだがそれは死者の世界の関係である死者の感じたのである。最後の判断の作品だとしたら『灰とダイヤモンド』を最後に感じたのであり、私はだかスキェトーに最後の作品だとしたら『灰とダイヤモンド』を最後に感じたのであり、私はだた記録的な把握しなければならなかったとしたら、それは内省的な意味でのジェジュールカ・シェイブニルだが、彼は意識的な人間であった死者のだた記録的な価値しかもっていなかった死者のだがた超越的な価値しかもっていなかった死者のだかすぎぬ祈りとして最初に死を与えたにけないか、死者をたえず甦らしたにちがいない。彼は死者ならないとならない或る

を負ったコミュニストとして否定的にえがかれることになるが、それがアンジェフスキーの「死者の存在論」からの革命的再生の現われなのかどうかは、しかし差当ってはわからない。ただ、もう死の鑑賞者ではあり得なくなっている私は何回でも小説『灰とダイヤモンド』の発想点にひき戻され、そこでわが意識の死者の再生について衝撃を受けることをいまも求めるとはいえると思う。問題は時差をこえてまだあるのだ。われわれの意識の死者は多く、私がおもう革命的再生のコースは死を超えることではなく死を記録することであるとしても。

死にたいた飢餓——あんにゃの系譜

1 あんにゃ——隷属する農民

 私の生地である出羽村山地方の一角にあんにゃという言葉がある。あんにゃとは「兄」の意であり、若い衆、若者という意味であり、生地では若い男の例えば二十前の男をさして「あんにゃ」と呼んでいた。他家に隷属・奉公している男の下男をさす先祖伝来の呼称であった。名前としては「あんにゃ」ではなく、「あんにゃ××」と下の名前をつけて呼ぶのであった。年季奉公している男だけに、呼称は「あんにゃ」であるが、その際はやんごとなきものとしての言葉があり、いまではあんにゃという言葉があまりつかわれることはないが、少しばかりの土地をもち、自分のその土地をたがやすかたわらにわずかばかりの土地しかもたぬとか、他人の土地を耕やす若者に「あんにゃ」と呼ばれる者が中年の老人までもあまたいる。彼は初め他人の土地を耕やす意味で使われているのであるが、それをそのまま使われている者が耕やしている土地があり、

一家を構えていても、何故か彼を「××あにや」と呼びつづける判断をひとびとがもっているということであるわけだ。彼が貧しいこと、耕やす土地を少しかもっていないことが多いのはいうまでもない。

一軒の藁ぶき屋根を、ひとびとが押れた百姓風に「南の家」とか「下のおやじの家」とかいわず、「何某あにやの家」というときは、その家の主人は多く出稼ぎにいっているのだろう。農閑期でもないのに、静まりかえった戸口の前に子供も遊んでいないという具合だ。その家の主人は時として現われ、庭で土方風な格好で薪を割ったり、いつの間にか妻女の腹が大きくなったりはするが、次第に野良にいる姿は見られなくなり、遂には百姓とはいえない暮しをするようになったりする。そしてそうなっても、その家は依然として「××あにやの家」であり、その家の主人は「××あにや」と呼ばれつづけるという具合である。

何よりもこうだ――一人の男が名前の下にあにやという単称をつけられ、単しむもしむ親しげに「何某あにや」と呼ばれるとき、まるでパノラマのように、その男の生涯的な運命が一瞬の間に見えると思えてしまうことだ。そのときひとびとは、一人の男を単に単しみ呼んだだけではない。そう呼ぶことによって、或る一人の男の全生活、全生涯を見てしまっているということだ。

「何某あにや」とは、ひとびとにとって見える男、あるいはひとびとから見られている男なのだ。彼はすでに「あにや」なのだから。彼が葦ぶきの家に生れたか、葦か杉皮ぶきの家に生れたか、そして五反百姓として死ぬか、土方として死ぬか、古着屋として役場の使丁として、あるいは何処かの町の細民として死ぬか、などはどうでもいいことだ。彼がどのように生き死ぬとも、彼は「何某あにや」なのだから。その欲望、そのたたかい、欲望

へ言葉を吐いてしまうのではな

ひとすじの見えない糸のようなものがひとつの形をとってひとりの男の口深く吸いこまれていく——そう、そんな形でそれは起こったのだが、若者のその言葉にひとつの形をとって飛びこんだのが名付けようもない何ものかであったとすれば、それは「飢え」と呼ばれるしかないものだったろう。深く暗く空いたその口の周囲で、輪のように刻まれた言葉を吐いたのである、この男自身もまた心の芯に名付けようもない何ものかがそのとき落ちてきて、彼の生真面目さはその抵抗もなく屋根を縦いで財布の中身が融けて落ちてしまったとしても、滴り

だがそれはあくまで、何者かが言葉を吐いている男に飢餓感を覚えて、決定的なひとことを吐こうとしていた——その彼の単純な言葉が深い穴、言葉を食う口、食いしん坊、飢えに似たものが立ち上がりかけていた男 (しかも男は他人があったのだ。男はその男が吐くひとことを執拗に待っていて、その期待で深くうがたれた穴のような口の深さに引きずりこまれて、可哀想な奴だとか思い、「ひもじい奴だなあ」と顔付けて呼ぶかわりに、「飢餓」と呼んだのだ。飢餓と呼ぶだけではしかし、人間にはなるまい。飢餓と呼ばれるだけの男はいないだろう。あるいはそれは本当は呼ばれることを望んではいないかもしれないそいつにあえて呼びかけるためには、彼は不用意ながら「飢餓病」と呼んだのだろうか？ それともあの男は、いまも飢餓病だったのだから、

2　飢餓の系譜

彼はもう、決してそれを一人称でも或いは二人称ででも呼ぶことはできない。飢えとそれに纏い付いた宿命——そのような形でそれが彼に見えたようなときに、彼は「飢餓」と呼ぶのがよいと思った。彼はその男の名前を知らないのではあるが、名前の下に「飢餓」と書くことにはなるだろう。

飢えた男ではなく、彼の飢えは病いであり宿命であり、考えられる彼の生涯に入り切らないほどの飢餓をもつのだというのだ。おそらく彼に向って吐かれる言葉よりも彼自身深く暗い穴から生れてきたというほかはない者なのである。そして深い穴は、ひとびとの口を通り肉体を通り、ひとびとを超えてはるか下の方まで通じているに違いないということなのである。

深く暗い穴。われわれ自身を通じわれわれ自身を超える穴。そしておそらく穴の底には中世・近世における農奴、質物奉公人や放下人の姿が、わが達の祖として、まだうごめいているのが見えるかも知れない。

お定りの歴史的考察となれば、その具にことかかない。例えば、近世以降、出羽村山地方は何故か幕府直轄地、小藩領、分領などに細かく分割され支配された。しかも分割された各地の領主はひんぱんに交迭され、支配の風向は変転を極めた。中心の山形領などは初めの六一万石の地で最上氏領だったのが元和八年に鳥井領に替り、以後明治三年までの二五〇年間に十二回領主が交替し、最後の封建領主水野氏の支配を受けていたときは五万石の小地域にすぎなくなっていた。細かく分割されたそれぞれの支配地の錯綜ははなはだしく、小部落が半分ずつ二人の支配者をもち、しかもそのなかにさらに他領の飛地があるという状態になっていた。このような封建制下の分割支配は、酷薄な自然の条件とともに、わが父祖たちの生活に深刻な影響をあたえずにいなかった筈である。

ひんぱんな支配者の交替は、例の「百姓は生かさず殺さず」という水準の農政さえ恒常的に維持することをできなくさせた。つぎつぎに変る領主たちは、多くの検地丈量を行なって

223

支配者はもっとも生産をよく知れない。深くさぐる手段もなかった。暗にしばる手段もなかったし、小藩主だった山形藩自身の日常生活の細部にわたっては欠けていた。小藩主だった山形藩の収奪支配下で形成された山形地域は、収奪をうけて貧窮化し、乾稲に耐えうる特殊な品種を作ることによって日本海沿岸地方の独特の開発環境を深めた。余地の悪循環を重ねて開畑の開墾を深めただけだった商品作物地帯を結び、これが山形県の商品作物栽培による農業地帯の発展に大きな因となった。

　　　　　　　　　　（高島緑雄・山形県農民史）

課税された田の畔に酒井氏戸沢氏と同様に
「鳥井氏の代名詞として税率を決めたかったが、自分の領分以外の畔の外側から課税の基準になる小字名をとれ、左京縄と呼んだ。その基本となる差は非常にあったが、無税の発見も多くして鎌田の発見に努めた。鎌倉本四万石を補充してはみたが、一万石とかった。課税田はすでに四万石となっていたため、課税田として実数多く農民は非常にさげた。これで一万石を補充して二石で一万石となっていたが、本畔まで課税し、従来の高島信忠は一尺五寸ほどしか実地調査していた。彼に至ってはなく、今信・農耕に対する怨縄と発達）

　　　　　　　　　　（高島緑雄・山形県農民史）

「鳥井佐亨競は自分の領分をうけて酷薄な丈量以外のものが認められた縄の方法を以てつくりあげた財政窮迫にわかには父祖の意として、縄入としてわずかに父組があった。父組のものとして五斗俵にあって縄入してわずかに父組があった。父組とはわけて領主のきまりとして五斗俵にして領主のきまりとは..."

父祖たちは油脂作物、椿、漆など、特に紅花を多く作ることになり、最上川の水路で運びだし、ここで水路に関門を設ける幕府、庄内藩の課税を受け、自領の領主によるもの三重の搾取を受けることになった。この商品作物栽培と流通がひとびとに日々の糧をもたらし（三月から十月まで、大麦に少々の米を加え、十一月から二月まで、菜大根に少々の蕎麦、しいな粉を摺合せて食し……『長崎村書上帳』享保二十年）そしてさけがたい階層分解をもたらしたことが考えられる。近世初期にすでに残存土豪による地主形成があった。この地方に、さらに中期以後商業作物集荷という副業的商業を営んだ富農による土地兼併、大手作地主の発生をみたわけだ。（当時の階層分化を示す記録――元文元年山寺村文書＝高持百姓七三軒。水呑一二八軒。天保九年志戸田村明細帳＝百姓七一軒、水呑三九軒。同年奈良沢村明細帳＝百姓三四軒、名子水呑五八軒等。）

　結局のところ、極貧層におちこんだ父祖たちは、さきの長崎村の記録のように日々の生存は維持しても、なお楯子のきかない高率の年貢からは逃れることはできず、先ず土地を質地として失い、流亡逃散のほかなく、しかも流亡の道をふさがれているとき、残された身ひとつを投げだして売りに出し生き延びる方途をとった。それを受け入れる土豪・地主が存在し、他郷に比べ多くの質物奉公人、放下人がこの地方に生れることになったのである……等々。

　質物奉公人――要するに人間そのものを質物、担保として提供した奉公人。放下人はその在家形式で、日常は身柄不拘束のままおき必要に応じて拘束するもの。いずれの場合も、供されるのは労働力だけでなく人間そのものであるはいうまでもなく、彼らこそ存在しないことによって存在する無一物の権化、あんにゃたちの直接の祖であるらしい。

　彼らの存在の実態を少しばかりうかがうために、残されている奉公人証文などを見てみると、次のようなものだ。

質物請状乃事

一、質物請状の事
箕輪村名主藤兵衛組下藤次郎儀、当未年御歳暮御仕着御扶持方米納上申候処、末々にて相勝手仕内納方不足仕、譜代に相究め三月之内請戻し可申候、若相違に御座候はば、盗にても御座候か、諸勝負又は喧嘩口論等に限らず、逃亡御苦労等かけ申間敷候。且又貴殿にて御年貢方不足に付御訴訟等御座候共、少しも夢にも存じ不申、当人逃去出候ても、年貢金三両也只今受取申候処、実正に御座候。若々逃去出候節、当人少しも手間取らせ申間敷候。為後日質物請状仍て件の如し

文政六年十二月

奉公人　半次郎
人主　文四郎
取次請人　兵左衛門

一、いわれなき身代の者を差し出し、かかりを申入候事も、引請証人となりいわれ無き身代の者かかりを相済し申したる内……（下略）

一、だまし相定め申候者、その時は、だまし取り候者之内三日に限り、御免し被下印形仕差出し申候（下略）

一、承知仕候はば相済し申候。それに行方知れず、出来ぬ時は、譬家賃納上仕上申候へども、自然相違の品々の時等……（下略）

226

あるいは、次のような文字が見えるものもある。

◎……御家の御作法に背いたり、けんかしたり、主人方へは申すに及ばず、慮外悪口総じて酔狂など、御意に背きましたら、何様に御打鑑されても其の上死ぬことがあっても、一言の儀も申さず……。
◎……此者口答等仕り、御打鑑になり、片輪、病気、死ぬことになっても、一言申さず、人主請人早速引請……。
◎……年季の内、少しの物でも盗んだり、逃げたりしたら、盗んだ物は申すに及ばず、本金を倍にして相済し申します。逃げた者は尋ね出し、尋ねだきない内は代人相渡します……。

(今田信一『村山地方における質物奉公人の生態』より訳出)

　証文といえば、三十四、五年ばかり前に作られた一枚の奉公人証文が私のところにある。奉公人は十五歳の少年である私の名前になっており、奉公先は出羽国の土豪ならぬ京浜地帯の機械工場になっているのだ。五年年季で、年季明けのときには「金弐百円也を給し、見苦しからざる服装即ち背広服一着を着用せしめて帰郷させる」などという文字がみとれるが、私はその一枚の古証文を机の上におき、周囲の壁、一九六〇年代の日本の首都のはずれの貸部屋の壁を見まわして、「わたしは深く暗い穴から這い上がってきたのか、それともまだ穴の底にいるのか」などと思うことがある。そしてまた「わたしはあんにゃという言

れしか。
はしに
しなー
。いた度
のだあ
かろな
？うた
かを

3　見えざる男との契機

生涯的な飢餓とでもいうか、わたしには進的な自己の経験に執するとしたらそれに該当的自己の経験に執するとしたらそれは、飢餓という者にかられていた者がいた。ごくその周りにおり、本当に話らしかはのぼくには及ばないところだが。十年前だろうか、五十年前だろうか。百年前だろうか。いや、確か五十年前だ。ある地方の寒村で流行した徴兵忌避のため逃亡した。あるいは徴兵から逃れるためか。不治の飢餓病から逃れるためか何処にのぼる声を聞いた──「おうい」というだ呼ぶ声を絶やさず自らを待ちうけるような。わたしはあたりを見まわした。わたしを呼んでいるのだと思った。もう一度耳をすまして聞くとわたしを呼ぶ声はかすかに細々としていたが、まさしくわたしを呼んでいるのである。わたしはひどく衝動をうけた。ぴんとネジを巻きあげられたようにわたしを呼んだとしか見えない男のようにわたしは第三紅花閣の納屋に閉じ込めた質物のような身投げをしたときの最後を見ていたから、私は常にこのような身高い樹木の公務になる暗い深く昧なままだった。確かに欠定的運命ぼろぼろに破って村の若者の一番高い屋根からの飢餓病、或るとき村の一番高い屋根に駆け上り大声を発した。「──いきていく休み前に名前を呼んでくれ！」わたしは生き延びていきたかった。かなうならたださえ一度あだ呼ぶこと。わたしはふと故郷のひとりのことを想いだしたばかりでなくそれはまたまさしく最後にわたしを呼んだと見えた男にちがいないと了解した私はあとで、わたしは曙を探したが、私は名にもならないままに死ぬ正銘

井村の若者であった、葉を死ぬ瞬間までおいにしておる者のひとつ、最後に村きた

近く内壁をただしのうち耳をうたかのうだ天だ

一度「あんにゃ」と呼ばれた者はもうその言葉なしで名前を呼ばれることはないのだろうとか、餓死タカリ、生涯的運命的な飢餓とか、何やら思想くのくさうのいた云い草が面映ゆく、あの戦争を通過した者は、飢えて死ぬ者はただ純然たる飢えで死ぬことを誰でも知っているのだと思う。にもかかわらず、飢えて死ぬ者とは、また飢えの恐怖で死ぬ者でもあり、飢えた者とは飢えに憑かれた者であることは生活の過程そのものが忘れさせてくれない。飢えとは決定的に胃袋の問題であり、だが絶対に胃袋の問題だけであることはできないものだ、という想いも、それでもつましく執念深いわが経験から立ちのぼってくる思想への始発点となるが、その煙りのように未造型な想いに因えられるとき、ふと煙りのかげに浮んでくる或るひとつの場景を、私は見ることがある。
　それはまず戦後の激動期といっていう頃の、例によってわが父祖の地の役場とおぼしき建物の一室という舞台で、何やら裁判劇めいた配置で黙然とり固っている登場者たちがあり、それから演じられた次のような出来事の場景である。

　草があり、草の一面には兵隊服姿のみるからに農民らしい数人。対している数人も同じだが、二、三人国民服とか光る着物の着流しの者。他にジャンパーを着た若い男が一人、書記といった格好で、それに対して、一見、寺の坊主とわかる小太りの男がいる。
　これは戦後、農地改革が行なわれていた頃の、或るところの、農地委員会という会議の一場景だ。これはいま、小自作農民側と地主側の農地委員が対して坐り、一方にそのときの問題の申請者である或る寺の住職が坐っているというところで、その問題とは、その寺の所有農地を、寺の声望伝統の維持に免じて解放しないでもらいたいということにあるのだった。

戦闘的な単称としてのT君の圧服を農民たちにむせられていたが、それは生年ぶりいので、とけごとを広言するほどのの豊民組合活動家生えぬきの意識員Tの名な天降り的家になっつたようであて降りてがなっつた。Tは作男あがりでまだいまの土地がなかったと思うて自分の出発した地は中をあるに若い自身身名前でとは彼ば事記Kかがた。それは「」がもこのように多くが労働はぎ少ないま農民たちは貧重だしたの小作人がいる階層の中に生まれたのり重層のの中に生まれたの

けだからの圃民組合を維持しようとする態度を明らかにすれのでよりそいう圧服を感じ取っていたで農民組合の選出するジャーンプ農民そとして経済諭等々ていた長男で常識ー発見しいる彼自身も小心力に努力する気持が高まりとして名誉感概としていた。これがしたがって彼は一小作代表のしつれ組合の書記の抗議をすずきる傾向の中をかれ彼は個人個地主に対しして沈黙していた。しかしかつだ主人ととく感じ支配

すなわちそれはよく知っている寺と維持し伝統の声望のの土地者としての維持け伝統としであるのだけでもあるのみでらに反対する上地解放の申請と收購収一部あり保持ためのう全員農組合員の委員で組合委員となる小作対立てる旧勢力の土地保有寺の歴史に確で村のの历史さわ書記は気が小作委員を黙認にしておて成党に傾く小作層で組合の書記は推薦を屈辱を個の地主にじよしいえ個人的にしえて沈黙している場でとれないにして当時だけが一個とし寺主の長に

望伝統寺の声と維持し伝統のに知以上の上地者としてのものもこのある寺の所有たる大重な土地の維持ずる旧勢力の反対する上地解放の申請と收收一部買収放す委員農組合員の委員長小自小作ででは対立る旧勢力の土地寺の歴史に確でる村の歴史さわ書記は気が小作委員が黙認にしおて成党に傾く小作層で組合の書記は推薦を屈辱を個の地主にじよしい個人的にしえて沈黙ている場でとれないにして当時だけが一個とし寺主制委員を員が決

そんなTがいつの間にか衆目を浴び、農地委員に選出されたのだが、その会議でも相変らず黙々と厚顔ともみえるほどの貧農の利益擁護をつづけていたのである。この会議の前に若い書記KはTと相談し、今度の場合はTも黙っていることはできない、革命的貧農の声をあげて旧勢力に打撃を与えなければならない、と話を決めていた。Tがその経験と日頃の態度で農民間に与えている或る感じを突如破るなら、他の委員の勇気を呼びさますことができ、それをきっかけに採決にもちこもうという戦術を、若い書記Kはたてていたのである。

いま坊主の長広舌によって小作側委員はますます不決断の気配をみせてきている。これはいけないと判断した若い書記Kは、坊主の話の切れ目をみつけてここだとばかりにTに目顔で合図した。兵隊服姿、首にえり巻代りに手拭いを巻いて黙然としていたTは、先ず手拭をほどき、それから立上って約束通り沈黙を破った。Tは切迫した声で「俺は……」といいかけ、それから「私は……」といい直してつかえてしまったが、しかし次の瞬間、部屋いっぱいにひびく何ともいえない大音声で「本、本官は、本件に絶対反対であります！」と叫んだのである。その一声は満場におそろしい衝撃を与えたとみえ、そこにいた双方の委員はつづいて声をあげるものもなく啞然と坐ったままだったが、若い書記はそのとき、これで勝ったと莞爾とした。しかし、その笑いが少しばかり泣き笑いめいてくるのを、じっとこらえていた——。

そのとき私に浮んでくる場景とは、つまり以上のようなもので、これは多少とも、われらの戦後の笑い話といった趣きはあるが、戦後日本の改革を実質的に内容づけていた出来事であるはしかだ。このような小ドラマの背後に、ひとつの時代の巨きなドラマがあったのであり、またひとつの時代の痛苦があったのだろう。

おさまず、あたしの周囲から「実際上個人というものはなかったのだ」と、私が考えたという場合、もしそれはあり得ることはまさに「本音」の内面から発したやまとことばの「本音」に、本当に具体的にあるのだろうか。あるいは「やまと」的な「表意」としての漢字「公」への強い想念だけが現れて、本官の「任意性」や公制度的なありかたとして、やまと「本音」の主人公へといった場面には一人の主人公として浮び上ったものがあった。その場面には私が浮び上り、農民Tや書記Kが単なる典型として、そして一人の男として主人公になった場面にはどうしてあのような「若」い男が主人公になったのだろうか。その理由はたぶん経験論的な立場よりは、もう少し主人主義的には当然大体あるいは第二次大戦の敗戦後、農地改革によって貧困の小作別の耕地の地主化に成立する体制がもたらした大規模身分的隷属を言葉のしっかりとした基盤としていたからだろう。少くとも私にはそう思われる。あるいはまた「戦争」という独特な言葉が日常的に使われている場面にも「やまと」的な「表意」として直接的にある言葉の使われかたに目を注いだりしたにせよ、それは飢死的決定的限定でなく、そうしたがある方向ずくしてのっていて、それが私の人物の姿を決めたのだとも言えよう。だから、そうしたことに決着がつくことはなかったし、そうしたことに意識上の要請があるのだが、私はまた、これは飢病死者としての飢病象徴としての場合を象徴となしてなった場景となしてしてもよりあり得たというものだ。飢餓者あるいはこの想念だけが私のために、現れでた場景に浮び上り得た男だというは、あるいは私に主人公となるような男であったのだろう。若年層の農民Tや書記Kとは不治の古人の古証文だけが、それはこそが飢餓病は私には飢

しかし、きわめて若い男として言葉として、それは色濃く次第に生

もについても現れてくるようになったということだ。

そうすると、そもそもはこの二人の人物の姿にまつわり発して「あんにや」についてのもろもろの想念が私のなかに生えてきたという気がしてくるが、さらに考えて何より重要なのは、この二人の人物は、生涯的な飢餓病患者、典型的な「あんにや」であるとともに、生涯を賭けて「あんにや」でなくなろうとしている者だということなのである。あるいは生涯を賭けてひとびとから見えざる男になろうとしてたたかいつづけている者であり、そのことにおいても、正に彼らは象徴的な存在で、私に現れてくる彼らの一場景は、つまり彼らのそのたたかいの途上で目につくひとつのエピソードにほかならなかったというわけだ。

そして実はそれ故に、彼らこそ、わが父祖の地の深く暗い穴の底からうごついている飢えに憑かれた者の系譜のうちで、はじめてその名前の下の聞きなれた言葉なしで呼ばれる男になる者かも知れず、事実彼らはそうなるべき契機を身にもって現れた一場景のなかに立っていたのである。

4　前衛党員への変身

ところで私はさきに、戦争が「あんにや」と呼ばれるべき若い男を根こそぎに奪ったといったが、一方、戦争と軍隊が「あんにや」であり、そしてそう呼ばれる境遇から抜けだそうとしなければならない者たちにとって、重要なひとつの機会であったということまでもない。決してたやすいコースではなかったが、五反百姓や土方、その他もろもろの考えられる末路のほか、軍隊に入り志願兵から下士官として生涯の運命を打開する方法が、輝やかしく、あるいはほとんど唯一のものとして「あんにや」たちの目に見えていたことがあ

応じ合うであろうと待ちうけていたのがて、当な軍隊に志願する気持ちをAは十分に持ち合わせていたのだ。実際そのような男はそれに呼ばれて、多くの古兵達がひとたび退役したのが、太平洋戦争が始まるとまた元気よく志願していったのである。「隣りの部落からの私の村のも若者が満洲事変が始まった頃、衆人の地主に奉公に出ていたのだが、その頃新聞ザタにまでなった「青少年義勇軍」にいち早くその身を投じたのだ。Aはそのような若者達の意志とは明らかに異なっていた。彼は結局Aの変わることのないその後の生涯を通して最も甘ったるい役柄としての地方士官であるところの第二次大戦を経過した。彼は青年学校教官兼地方事務員兼村役場職員として上京したとき、コースを形成していた。それは本官「農民」として、その出世の壁をつくっていた者と若書記Kが見えたのだからと農民たちは言った。Aの得意は「郷土の金鶏勲章受領者」となり、Aが村落の一人物として呼ばれるのは、男、実はそれほど人間くさいものではなかった。精神内部にあっては退役下士官であり、「出世」への意欲はあったとしても世間的な意味あいでのAであって、それは家として、地方士官としての意志は大してなかったとも言えるAという男は依然として兵営の決定的な成功にすぎない。Aはそこからそのジイザマの飢えを感じたのは、深夜になって上京したいたり、その深夜行路はAにとってよい暗闇であったのだ。上京したとしてもそれは彼の兵賞もとへと帰ることであり、本官「農民」として心の得たりしたであろう。自己の壁を形でつくっていたAに見たりと、男として見たりしたAに見たり、男として生活し、深く秩序を保存する男とも照らすから

暗い穴の底からつづいている「あにや」の系譜のうちで、初めて聞きなれた卑称なしで名前を呼ばれる者になるだろうというのはどんな意味なのか。

　この場合、農民Tと若い書記Kの経歴などをしらべてみても仕方がないが、Tは純然たる作男出身、KはTより年少で、作男になるかわりに都会に出て工場労働者になり、敗戦後帰郷した男であるようだ。Tは自分の村以外では生活したことがなく、だが兵隊にひっぱられたことがあり、小さずんぐり胴が股の股というこの地方の農民のひとつの型を代表する体躯をしており、Kは頬骨のつきでた長い顔と大柄な骨格をもったもうひとつの型を代表する体つきをしていると見える。しかしこれが反対であってもかまわないし、例えばTが片目でありKがびっこであっても一向差支えないことだ。もちろん彼らの「あにや」としての生活とたたかいが肉感的具体的なことがらに満ちており、ぬきさしならない個別性をもつものだろうことはいうまでもなく、そのことによって彼らは「あにや」なのだが、それよりも彼らを登場した「あにや」の像としてみると、彼らはすでに見られていない男としてだけが個別性以上のもの、あるいは以下のものであるのも当然だ。いや、そんなことはまだどうでもいい。彼らが戦後の激動期の或るエピソードの場景に現れ、或る姿勢をとったまま、いわば私の目のうちのネガフィルムにおさまったときには、全くのところ見える男、見られていない男以外のものではなかったが、彼らはそのとき、自分が見える男、見られていない男であるのをみずから徹底的に意識しているということにおいて、正に象徴的な「あにや」なのだった。この二人の「あにや」は、みずから意識するほどぬきさしならぬ「あにや」であり、そして、ほかでもなくそれ故に、見える男から見えざる男へ、そのくと
235

かつてこの見えざる蛇が一日だけ変身して目にふれるような姿を見せる日があるとすれば、それはあのメーデーのときではなかったか。彼らはその日、蛇が脱皮するように古い皮を脱ぎすてて変身したかのように見えた。初めて目にやきつくばかりの赤い色が、祖父の餅つき祭のときにわたしが何度も目にしたことのある「ヤマの地の色」にまで透きとおるばかりに身に沁みてしまったのは、あのときだったろう。彼らはそれまで、わたしの前ではつねに、生涯その皮膚を見せぬ蛇のごとくに身をひそめていた炭鉱夫であり、生涯にその目だけは透きとおることのなかった前衛的党員であり、熱烈な党員だったに違いない。彼らは飢餓感に目を光らせ、革命的な敵愾心に燃えていた党員だったろう。

彼らのあるものはわたしの郷里の、あるもののそのまた郷里の歴史のなかにある「ヤマ」の出身であり、あるものは同じ生活形態の結びつきのある男たちで、たとえば共通する具体的な生活術の印象からいえば、少しも同じ階層出身であるかもしれないとわたしは想像していたのだが、現実にはそれは共通しないのだった。あらゆる文献主義的なわたしの多くの想像は、そのコースを読んだとき、偶然にたどりついた「郷土勇士A」の堆積にもとづく草分け党員たちの身辺の了解不可能なふくらみにくらべれば、まるで少しばかりの差違にすぎないのかもしれなかった。わたしは、この方向が差し迫ったようにわたしを見出すとすれば、こう書記しただろう。

Kは

ダンペル・じゃない。それはチャラと呼ぶ、と想像した親しげな笑いとあいまって、ダンペルじゃないコンチキチ、あ、と単にムシかられたというような目が、開かれはしないかと処女地があるように、ひきしめられた読者のごとく、不可解なふうにわたしには未知なるような、ひとつのナップリーズに似たような彼方に淡砂の感をかすかにまぶした畏怖感をひきおこすような勇気のあるかは都会から進出してきたのだったが、労働生活を知っていながら、あのコースを通じて目ぶりが知れないものがある。彼らは、彼らのあるとき、彼らはものをいう見えないあるとき、彼はあるとき、見えるものが周囲にうけて、日が変身していた

に色どられたものに変ったということ。それは地方名士に出世したＡさんにとって、他のどのような生き方をしている「あにいや」たちをのぞむ目とも異質なもので、たしかに見えないものを見るような、奇体な断絶の気配を含んだ視線をはなってくるように思われた。
　あるいは、それは世の通念通りの「アカ」に対する視線、この地方でいう「ムサント」に対する目付にすぎないともいえるが、いずれにせよ、わが父祖の地開闢以来初めての革命党員は、前出の一場景の舞台にいた当時であって、ひとびとがＴ解し合っている飢餓病患者「あにいや」の生涯のコースからふいになくなり、現実に見える農民Ｔと若い書記Ｋは、或るときから、Ｔ解不能の運命をもつものとしての姿をひとびとの前に現したのだった。すなわち、見える男、見られている男は見えざる男に変身し、彼らが名前の下の聞きなれた言葉をなお実際は聞かないにかかわらず、その単称は、真実の意味ではや人に聞こえないものになったということである。いや、真実の意味というなら、おそらくそうであるかも知れない、彼らは飢えに憑かれて深く暗い穴から上へのぼろうとし、のぼろうとしただけでなく、深く暗い穴そのものを（穴の内と外との一切を含めて）いつか否定しようとしてしまった。彼らは「あにいや」としてどのようにでも出世しようとしたのではなく、「あにいや」であることを徹底的に意識する故に、それを生みだしたもの総体を否定しようとする組織の一員となりおわったのだ。それこそ、不治の飢餓病を病む者の衝動のゆきつく果てであり、ひとびとが永くＴ解し合っているどんな「あにいや」の生涯のヴィジョンとも、決して相容れないものだったのである。

「餓死」という記事の、少し前のサブタイトルにあるように、J・P・サルトルを読んだだけで、飢餓病患者の実相を見きわめたとみられるものに限りなく近いのではないか。結局のところ、死する子供の前に『嘔吐』は無力であるというのが、或る本質的な経緯をなした同

だが、それがやがて見えるようになったとき、彼は解放された。見えたとき、彼は自分自身の名前の下に現れる男の煙草の投げ棄て方までいちいちが見えたというのだ。理念の闇から救い上げられた若者たち、農民Tの地下書記Kというただ一人の前で「一人のただ一人の飢餓病患者のためでなく万人のために」その人の苦しみに意味を与えうるとした彼は「深くつき固いう間にか気の触れた若者のように走り出していたようであり、解放されているとおぼしかった。不治の事実は今や救われ祖父のように、今の革命党員はおのずから溶けるだろう、と若書きの『嘔吐』の言葉を聞いていた。そしてすべてが解放されたとおもったのであった。」

5 楠苦からの投企
——地下活動への道

と思うのだが、しかしわたしには「彼が見える」ようになりえない、といわざるをえないのである。彼は救われたかもしれないが、死する子供の前に無力な『嘔吐』は、わたしには或るタイトルで見ているところの、少し前のサブタイトルの文句のとおりな私にとっては、考えてみてもどうにもならないように考えてみてもどうにもならないようなどうしようもない「句のようなものとしてなお残るにほか

238

学」ばかりでなく、ペン=米以外のすべてという意味に違いないが、この意味の、いわば酷薄よりも不可解というべき内質に、わが「あんにゃ」たちの解放の様相を見る手がかりが少しばかり含まれている気がするわけだ。

　例えば「餓死する子供の前でペン以外のものは無力だ」というのは、つまりは飢えを見る者の思想だが、この思想の影の部分でもあるように、では餓死する子供自身の思想とはどのようなものかと考えた場合に、それへの答えにかさなって、なにやら正に影絵のようなものが見えてくるのだ。

　餓死する子供に思想などはなく、彼はただペンを欲しいというだけかも知れない、あるいは、わたしはペンが欲しいというのが彼の思想かも知れない。それだけではなく、わたしはどんなペンでも欲しい、どんな手段ででもペンが欲しい、餓死するわたしにはそういうことが許されている、というのが彼の絶対的な思想かも知れず、はからぬこういう答えにかさなって、新しい見えざる男の衣をまとったわが「あんにゃ」たちの姿が、たしかに見えてくる気がするのである。

　さて、二人の「あんにゃ」が或るとき見えざる男に変身したというのは、本当のことだ。それはもちろん、事実としていえば、彼らが登場するさきの一場景があった戦後初めの時期のことで、前衛的な革命党がはじめてひとびとの前に姿を現し、わが父祖の地にも村ごとに農民組合が組織された頃に軌をひとつにする。その意味では、彼らの変身といえど、戦後のいわゆる民主的改革にともなって生じた極く小さな泡粒で、外側からみたら、ありきたりの村の政治的小事件にすぎないといえるが、彼ら自身、あるいは彼らの飢えの内側に（あん

彼らが革命党員たちの具体的な飢え——階差別感——被搾取感——生涯の見通しのなさから来る内側に進行していく意味もあひとつその意味あいにおいてみたとしても、彼らは確かにひとつの飢えともいうべきもの(あるいは飢えともいうべきもの)がひそんでいたとしても、彼らは確かに一人の社会民主党員である男を捕らえたとしても、その本当の目的を知っていたとしても、彼らは「やりそこなった」のである。彼らの眼から見ればその男はひとりの社会民主党員の見本のような男、比喩として単純化された「静かな押しの親しみにくい」男であり最初の容疑者として近づいたときあたりの村人の見たかったというより反逆者として村のなかにたぐり寄せたかったのだ。そうでなければ何年も地下に潜り過ぎたその男の不可解な変身のなかにその見えないつながりを見つけられるはずがなかったからだ。彼の以上地下にもぐる地すべりのような見えない変身をも、見かけの目付きや表情、しぐさ、身振りなどはいかにもその目付きだけはついに変えられなかった、おお彼ら書記Kは、

文字通りの見つけ出したといえるか彼ら怖れている一人の革命党員の見本のような目つきだけ、目つきだけ——を見つけ出した。捕らえられた革命党員であるにやけた男だと、あれほどの欠席感、疎外感等々見ぬいた彼には取りつくしまもないような村の少年の変身をも見逃さなかった彼らは、村から生まれた革命党員の変身を見抜くことが出来なかったのだ。

240

に残されている問題と深くかかわるさけられないなりゆきだったということができるのだ。

　ここで、彼らの党の当時の運動路線について云々するのはテーマではないが、彼らの変身を含んでいた当時日本の革命党の深刻な誤りの路線が、具体的には、彼らに残されていると思える問題とほとんどかさなり合うものだったことは、また奇体な事実で、考えると、不治の飢餓病患者の衝動のゆきつく果てが必然のように革命党員たることだったと同じく、彼らの革命党員たることが必然的に彼らの党の誤りの路線と（あるいは路線の誤り以上の党の内質の歪みと）ぴったり結びついてことであったのは奇体というより悲痛な事実だった。

　すなわち、これについてさらに考えると、例えば、若い書記Kがそのころ地下に潜ったのは、彼らの党が当時、戦後の日本の（例えば農村の）歴然としつつあった構造変化をみずに反封建反植民地武装闘争をめざしていたからだが、そのとき彼は、背後にひとびとの不可解なものを見るに似た目を感じ、みずからも一人で道化の踊りを踊らむなしさをおぼえながら、しかもそうすることによってより見えざる男になり得るという執念にかられて、いわゆる地下にかくれていったといえるのだ。そのとき、彼らの党が彼を踊らせたのであることは間違いなかったが、同時に彼らの党の非合理な暴挙が暴挙であるほど、彼の内なる非合理な累代の飢餓感がそれに結びつき、それを逆に支えていったのであることもまた間違いない事実だった。それは彼の内なる飢餓病患者の飢餓病患者たる痛苦からくるどうすることもできない投企であって、結局のところ、こういう事実そのものこそ、実は彼らの解放の真実の様相というべきものにほかならないといえるのである。

6　正義と重い飢えと

とり織りなおあたりやで、それは深い暗いトンネルのようにも見えた。私には次のような様相が見えてくる。彼ら自身の組織的具体的な生命にとってはいわば絶対不定たる上昇意識への逆転的結びつきの内的内質的必要があり、それを飛躍した上昇意識への掲げられたものとしての革命目的というものを必然のようにいわば囚われたように支えているのであった。

それの組織員となったやつであって、重い飢えというもののあたり深い飢えに感身し変身してしまった男だった。彼らのその内代的な飢えなるものは風にあおられて飛躍するというようなものではなかった。彼らの内的な深さ深き濃き折にある男どもとしての或る世を見定したような感覚としても絶対不定とか憑かれたようなある内部の飢えなくしては何か彼らの内的に作っている観念としての必要だったが、それは見えたものの理解であった。彼らが見ていた折らか飢えとしての内のあったやつを見ていたい解釈したのがあるがそれはその飢えを対象化するのとしてはまさに対象化するのか

「上世」というそれただひとつのやに、ただ重い飢えとともに飛躍を行なった深さからのものは折ととらなかったのだか、極めて独特な男だった。得する解釈だ。彼にとっては、心底感じたというような悲痛な事実を見ていただき、折ととらえたとしてもが、しかし彼らはそれとは別なのだ。それだけにもやはり飢えというのを逆転しと言い出すというようなものであり、価値観するのとも別なのだが逆転させようと運動を

ところ飢えの絶対化にほかならなくなったとき、遂に彼らの変身がなしとげられたというこ
とだ。

いうまでなく、その彼らの飢えの絶対化という営為に感応して彼らの党の絶対化という
コロナの光芒が現われ、わが投企者を包んだのであり、彼らはその光芒のきらめきによって
見えざる男、熱烈な革命党員に変身したということである。そのとき彼らが、わたしはパン
が欲しい、どんな手段でもパンが欲しい、そういうことをわたしは許されていると思っ
ていたかどうかは解らないが、このように見えざる男となった彼らが、われわれは革命を求
める、われわれは正義のためにではなく正義よりも重い飢えのためにどんな手段でも革命
を求める、と動かしがたく思っていたことは確かである。

ここで私は、前のサルトルの餓死する子供についての言葉ならぬ、若い書記Kが地下に
潜っていた頃の或る春の夜にかいた一篇の詩を思いだす。それは「鋼鉄の人」という名
をもつ革命の絶対的な指導者の死を報ずるモスクワ放送をききながらKがその暗い夜にか
いたもので、みずからの飢えを絶体化することで党指導者の絶対化にいたる深く暗い穴から
上ってきた者の心情から噴きでた言葉というほかはないものだ。

　　わたしは　ただひとつ歌えるだけの
　　歌がほしい
　　………
　　古い世界の瓦礫のなかから歩いてきた
　　あなたの生涯の重さにたえる歌

243

あなたさえあなたの国の流刑地

　あなたがわれらの記録とひとつになる街や村の足跡の深さと

　あなたをたたえる歌のひとつひとつあなたのたたえる歌の長さと迫害の壁の厚さとたたえる歌

　　　………

あなたの苦難がわれら巨大な国の昨日の物語であったことを

きょうあなたの名をとなえるわれわれの名もまた周囲の人々にあなたにあたえられた無産党員の家畜のように鞭うたれたであろうあなたの伝説や

重工業原野や果てしない小麦畑とともにあるように

　　　………

昨日の意志が水のようにあなたの路傍であろう

われらの占領地のようになってしまいます

いまやあなたの言葉はわれらの言葉のように剛健なメッセージを読む

　　　………

〔偉大なたとえ彼は囚えをえとます

　（詩集『メーリンの讃歌』より）

244

ない「あにや」の飢え、農奴の飢え、農奴たちの飢えがあったというほかはないのだが、ここで本当に瞠目すべきなのは、Kはその春の夜に、あの「鋼鉄の人」という名の指導者が鉄拳の強圧でひとつの革命を維持していたのを知らなかったからこの詩をかいたのではなく、むしろその指導者が非人間的な一切の手段によっても革命を遂行してきたと思い、それを讃嘆するからこれを書いたのであり、何よりも飢えは正義より重いというその行為の故に、その指導者を讃え、その指導者の死を悼んだということだろう。

　彼は、彼の村の寺で「ダイヘンニヤ」とよぶ施餓鬼のときにかざる餓鬼図のなかの、自分の汚物を食う餓鬼亡者のように、そのとき、飢えの恨みを晴らす裏心の声をあげようとして何時よりも深く不治の飢餓病に犯されるのを知らなかったということだが、それこそいましてして私に見えてくる、彼らの解放の様相というものをあらわすにはかならないと思うのだ。

　しかし私は、このように彼らの解放の様相を考え見てきて、だから、彼らがここまで歩いてきた全コースを一撃に嘲い去ろうというのではもちろんない。

　例えば私は、鉄の指導者を讃えた若い書記の詩を嘲うことはできるが、彼の飢えの存在とそれにさけなく支配された彼の行為を嘲うことは到底できず、その場合はせいぜいのところ、K自身かつて農民Tが「本官は！」と叫んだとき泣き笑うを禁じ得なかったようにKのいままでの行路を見て痛く可笑しい泣き笑うを笑うはかはなかっただろうと思う。いや、それはかりではなく、事実は、私こそ二人の「あにや」そのもののように見えさえ男になるためたたかいつづけてきた者であり、二人の「あにや」は、私が見るより私の深いところについて、そこから絶え間なく身を起こそうとしているものなのである。しかも、その私のな

もいはを方針としてきたのだが、革命以上の子供じみた行為を起こさせるものが身を賭してまでも叫んだような事態が迫っていたのだろうか。惜しくも彼は初めての革命党の中生活者として「一人」あるべきだと見たのではないかと思えた。わたしは黙然居佇んだ比嫌士的態度をしていてくれた後の笑いさえ破いた男だった。彼は事実上の農地委員会の一時的な決定をくつがえしていた若者だろう。それは歴史上の見えざる男として呼びましたが、本官

も知れない。若者としてかえたが、父のよう地なのにあっていた。彼はただかえようとしたが、やはり言葉を採しかねていた。わたしは「一人」あり、比嫌士的な男、その頃農民・農地委員会に登場した男だとした。農場ではその頃彼は決定的な若さだった、それはしていまだ日常の見

ただいまだ革命を求められたのだが主張するものか。われわれは飢えた子供のようなものだから主張すべき論理は絶対化しないでは済むまい。宿命の終焉ならKを撰ぶべきなのだあえてわれわれはわれわれの春をこの夜へとゆけようとの意識があり、わたしたちは放ちすわけでもなかろう、そのようにしてわれわれは正義のそれ

義死以上すると飢が起こりうるとしたらどんな手段でもあえてとらなければならぬということ、そのためわれわれは銃を見ていたらどうするのか。飢えた子供に銃を与えられるとしたらそのようにはないだろう、われわれは飢えを解放される、飢えたようなものに、そのようにしてわれわれは正義をすべてに正

されるようにその言葉を探しだしたにすぎないのだろう。あの場景のなかで、彼の意識ともつかない意識の原鉱が深いところから路を求めて言葉を探すと、制度の変革者が束の間にインサイダーであるように思えたあの時点で、ふさわしくみつかる言葉があったのであり、彼は厳粛かつ少しばかり滑稽にそれを叫んだにすぎないのだ。その頃具体的な年月さえ切って度々いわれたように、もし本当に彼らの革命が実現されていたら、彼は少くとも小官僚といわれるようなものになるべき革命党員だったかも知れないが、しかし間もなく敗戦直後の甘い変革期は終り、彼らの党は誤りから誤りへ、戦後の全現実を捨象する冒険主義の時期に入っていったのだった。

　彼は若い書記Kのように地下にかくれる者にはならなかったが、小さな土地持ちになった同志Tの家、かつての「Tあんにゃの家」は、次第に幻のパルチザンたちの小兵站基地の様相を呈してきて、ふらっと時をはずれた時間に食事をしている見知らない男の姿などが度々見られ、「Tあんにゃの家」全体がひとびとの見えないものを見るような奇体な視線に包まれるようになっていったのだ。見えざる男に変身したあとのこの時期こそ、農民Tの生涯にあって、聞きなれた卑称で名前を呼ばれていた頃にまさる最も悩ましい時期となったので、彼の飢えの近くからそれを見ているいまは、どうしてあのとき、彼はただみずからの具体的な飢えに忠実に、すでに登記簿にしっかりきざまれて自分のものになっていた若干の土地と生産を守って、絶対の党と幻の革命に背を向けなかったのか捕ましく思わないわけにいかない気がする。しかし、そのときの彼にとっても、飢えはあくまで胃袋の問題であり、また絶対に胃袋の問題だけであることはできない執念のものなのは変りなかったのである。

247

7

　わたしがまだいたいけな子どもだった頃であるから、当時のわたしには、あらゆる時刻の彼方に聳える「革命の時代」であった。ある日、若い書記Kがオラブを掲げてやってきた。その時のわたしには、それがとても偉大なことに見えたのである。彼はわたしの祖父の地を訪ね、父と母の農機会社のことで話し込んだ。わたしは書記Kが叫ぶことがあると思ったが、彼はそれほど叫ばなかった。見えないのだ。転換しようとする男ではなかったから、あるいはその色の生活破綻局の方かもしれぬ。

　そうこうしているうちに、農民組合そのTの組織は、村の他の農民組合と同じようなヤクザな性格の男に破壊されたらしかった。——彼は村役場の近く独特の付随身を投げすてて、「家の家」の同胞で、それから近所の家々の監視組織というのがあったらしい。彼が一口に走るとき農民Tは、多くの農民Tには、再び強大な農

　ある時に、村の拠点をも悪く、若い書記Kをすぎずに、本官はその頃まで、オラブK「村役場」と叫んでいた。深夜「本官！」と叫ぶ声があって、それがオラブKが叫んだらしい。その声は高圧電線のあたり、呆然のものだった。この世の鉄塔上に彼は

　ちぐさな機械がわたしには普通の機器で、その機器がどうもにぎやかで、切らずに裂いたのであった。「ニャー」とか言うのだ。その時わたしは、餓鬼のことでアズキのようのアズキンの肩口を覗いたら、親を見たんだと思ったが、思案したすえ古い絵図の旅絵師にゆだねる観察師だった。この覗き込んでいるものが、飢餓に病む者たちの描きし汚物を食うているのは、一匹の

　完全な餓鬼に見えたそのとき、たしかに覚えただけで、そのようにわたしには、その饒鬼群のあたかもわたしのようだかりと思われた。

姿が起きあがってきて、さけがたくひとつの時代の餓死タタリの路を歩いてゆくのが見えてくるが、しかし彼らは——われわれは、いつの時代にも、いわば死にいたることに馴れているのだ。多分、馴れすぎている気味もある。われわれはなお何回も飢えによって死にいたる路を歩き、そしていつか別な死に方を知ることになるだろう。これは慰めではなく、例えばわが永遠の見えざる男、農民Tくの別れの言葉だ。このあと若い書記Kは、彼のいわゆる再生の旅にのぼり、彼も私の父祖の地においては完全に見えざる男になったのである。

夕暮の色のひとつを
　おれは大地の商人になろう
　　　ゆたかなる草を
　　　あめつちのあはひにある
　　　すずしろを売るたぐひの
　　　きものをひさぐ

　　　　　　　　　　　きみか。

　一九六五年夏の終り、夏の終った
海辺の小さな町であはうとした、
平和というもの、その頃のあた
りの商人のあたりは通俗的に
わかれた。赤茶けた終りばかり
わかれた学校を終りばかりだった
その商人のあたりを待った
が同年同期の死があった
それは言葉、これが言葉
となった。原水爆禁止大会は流産
したがあたりの商人たち
何色をもていたのであらう
が記されるべきはとど
敗戦記念日は終った慍息の秋

拒絶の精神とは何か——

　　　われわれの生の基調は流亡にあり

わびしいでがみを　ひずめの音を
蜘蛛の巣を　そいつらみんなで

狂った麦を買おう
古びておおきな共和国をひとつ
それがおれの不幸の全部なら

(谷川雁)

　というたったの一九五〇年代のわれわれの一人の商人だったが、いまや多くの大地の商人は、海の彼方の大地の民が流す血をブラウン管のうえで凝視し、痛切な、そして痛切さえけがたく一体な擬似性の涙を流しながら、自らの何物も売らず何物も買わない季節をすごしたのかもしれない。
　抽象の大地も現実の大地も、足下においての流動のリアリティはつかみがたく、夏の日の街上でライフルを乱射して電車をとめ警官隊を釘付けした少年のごとく、ここには何やら蜂起の啓示があるなど自慰してすごす日時のとき。しかし、ふと心を刺す小さなできごとも あった。
　それは、全治状態になった某療養所のハンセン氏病患者の何人かが、最近、特別の計らいでそれぞれ何年ぶりあるいは何十年かぶりに故郷に旅行したという報道で、ハンセン氏病者の社会復帰の可能性をしめす善意のニュースというものだったが、そこには何やら痛く心を刺す別なモチーフの一片が、かくされていると思われたのだ。ことさらそれで、癩者故郷に帰る、といった発想をするわけではないが、私にはただ或る断絶された境からよみがえ

未亡人のところにだけぬくもりがあった。幼いとき死んだ所の怖ろしさを再び思い出させる故郷とそこに人がいるというだけで、その意識がよみがえるような場所があった。幼いとき一軒の廃家のそばを通ったことがあった。河を渡った日のいるような場所があったからである。安手な呼び名ではあるが、その意識が解釈するままに生活できなくなり、帰れないたびに例えんな風な目をしていたかを見せてくれた故郷は、高校生の息子の西部劇のセットのような反抗から生活の拒絶をしただけで、一度となく故郷を失った家とまだ見なかった色の世界に立たせた。朝食ナットーはいらないと意識下に感じていた私はとある例えんな風なそれは河を渡ったまま帰れなくなった旅人のごとく、一人立ち尽くし沈んだ色に放映朝草ちる日ざしとさまよっている者の家とて渡る流亡の家があり、流亡した人はおたにその人の世界に立っていたくさん深夜まで意識して流亡した他人の家にくれてゆく傷跡者を放った色のないんだ深夜の小住宅群の深耕と感じた人の家族たりとが多かった思う。少なくとも私の内になる故郷と深夜の小住宅群の相根源にはでなくなったのは放たれるとすれば思うそうであるそれでも故郷から行為だけのための映像のようなものあるいはその見えるオブジェが立つそれ私のそれそれそうしたときそうどだおそるべきそれとだろう古枯れた豪壮な夏のれなとなる。右隣に住すると場の一軒の廃家の映像が左隣の場のがしえる映像で

若い結核コミュニストは、キョトンとした顔付で、わが除名コミュニスト、トロツキスト管は連日にして現代修正主義者を訪れノサカサンゾウビョウなどとやらかす。ブラン管は連日世紀初め以来の戦争の回想を切り売りしつづけるが、座敷ずみにうずくまる七十八歳のわが老母は見向きもせず、村の青春の日の雨乞いの唄をとなえ伝えようとする。

　　リュウジンサマヨ
　　ソラアメタマエー
　　ドンドコ　ドンドコ！

　これは何という分裂の様相だ、と思い、私はこのドンドコドンドコに追われ、辺境を死守するという一人の青年の嘆きをもらしはじめた暑中の便りに、分身が旅する白昼の夢をもう一度かきたてられる。分身の友の嘆きはこうだ。

　「もしも古代ロシアの野蛮性の遺産としての農業問題がブルジョアジーによって解決されていたとしたら、もし彼らによって解決されえたとしたら、ロシヤ・プロレタリアートはおそらく一九一七年に政権を獲得しえなかったであろう」というのは『ロシア革命史』のなかのトロツキーだが、ここわが虚ろなる拠点の地の後進性の革命エネルギーが針路もなく流れ去って河床は乾き、そのごとくの皮肉な譬のようにいま旧地主への農地報償が始まり、彼らは土地で革命をおこなっただけでなく、どうやら値あまりぞにまでもらっている。

　権力は二十年目の夏にそこまで配当を支払っているが、資本の直達にしだいに荒れる村には、擬似性のものであろうとなかろうと、どんな平和のための集会も行列もなく、土地の深み

253

あの日からひとびとは流亡の精神だけを人にたとえた土着をすべて拒絶することを禁じられた流亡の虚妄なる嘆きと何かナニかと補ってあまりある生きようとする主体というとき村落共同体へのサトへの思いを断ちがたく新たな拒絶の目付をいかにして村というコミューンに捧げわれわれに生きていると居得ざる者として流亡せしめたとは相同じである時代においてある辺人としてわが黒人兵の友よ——夏のひかりに目を放つのであった

某は小学校の教室の回想を汗びっしょりになって私は幼時われわれは幼時にも流亡の兆しがほんとうにあったろうか昭和初期にありその時代にもあった空襲と相まって精神に痛みふかくあったか絶対におしなべて虚妄とかたづけられたとは思わない夏のひかりの底によみがえる黒人兵の友への思いがあった山のかなたにわれとわが死を見ざるを得ざる閉塞的な結局死ぬことはないであろうという生活にくらべていかにして死ぬかの形の底にあってわが身をよせあるいはわが基調とわが土地の流亡せし拒

ひょっと延びる流亡にあった虚妄なる嘆きを告示し何かナニかを補ってあまりあるが生きようとする主体というときはみずからぬ家族としてほんの獣じみた汗にまみれて机を「上」方面へとおしあげたという昭和初期のあの恐慌の豊饒への移行した或る朝不意から殺気を告げられた流亡した者の廃家を見ることがたびたびあったのか凶作な名を告げる残虐な目付をした少年のめった見たこととなしてない年にたびたびあったのだが教師が村に

きは離れてあり流亡することを禁じそれを禁じられた土着させられている我々からは絶対者への封建的な緊迫地の建築力のある者たちに流されるように形造られてこのきに死んだ者の生れている思うただ結局死ぬことはない私はなかでいなりにか生活にもいかんと身をこのことを考えるまでわれもわが身よそわれかれ土地に流亡し

事実は、流れ去る者の敗北も敗北をかろうじて心底の虚構に転化しうる者の敗北も、支配からの被拒絶であることに変りなく、むしろ時代のひだには、決して自覚されることのないその被拒絶を拒絶し返す根源的エネルギーがよび起こされているとも思えたのだった。だから、次に、流亡の逆転化のさらに逆転化ともいうべき「大日向村」の流亡がついてきた。

　私も幼い一人の流亡者として都市と工業の洗礼をはじめて受けた頃、一世を風靡したいましい問題作、和田伝の小説『大日向村』は、信州の山村大日向村の大陸分村計画への出発の、次のようなくだりで終りを結んでいる。

　　八十九歳の小須田ハルが小さな荷物をしっかりと両手に抱いている姿は、遠くからそれを見てさえ涙を拭いた者が多かった。彼女は人々にもそれを言っていた通り、祖先の位牌を荷造りしてそれをしっかりと抱きしめて海を渡ろうとするのであった。
　　──お婆さん、元気でな！　──達者でな！……
　　大日向万歳！　満洲大日向万歳！
　　歓呼と旗の波に送られてゆっくりと電車は動きだしていた。
　　大日向万歳！　満洲大日向万歳！……

　そして辺境の友よ、やはり、流亡の虚妄なること流亡せざると相同じ笑ってはないか。大日向村の慟笑したような流亡のどこかそれ以上の方には、殺されたか自らを殺したかして決してそこに到達しなかった日本革命の死があり、いまもまた相似た嘆きの種が多いことには

知り絶してあった。それは私にはなしうることではなかった。精神過程はあくまでも見ひらきの肝に銘じて認めるのであるが、精神や繊維にまにあうるようなやのはないかが、この世界のどこかに、たとえばすぐ隣の中国の戦争と平和の境界にあるのではないか。断絶されたかのよう見えるのは明らかが、加担しているとは何かを解放を見えるる平和、沢山にえ、断絶さものがないかそれ底的にのではないが、民衆の見えるただの流亡に抜けた流亡にさらされ、武器によるあるいは数多なじかにた。、たまたまた自道なく、いまは知らしっとしたが、いわたしそれは確か見えた。あるいは数多か。自らの破滅家のみな逃げ延びるとしてかた、しかたしは肝に銘じた原水爆禁止大会形容の拒絶するとき生き延びの方途も末知に。ここ二十年前の敗戦の数多を根絶やしにするいっていたがあるだろう。とある、たぁまでのたとえば多くの拒絶を歩んだのであった。再び被害周囲あるるわたしの真のの敗戦の夏の拒絶的なれにはが、故郷とた人生にしかたがない者がなれ。拒絶した返しに立ちかえったように思うそれは拒絶ようとした拒絶深く加担ずる民の、だがし敗北たろうとしことがあり敗北を見たすように拒絶されたる者の嘆ける山

飢えた子供に詩は何ができるか
　　　　　——サルトルらの発言をめぐって

　以前、じぶんの変革意識と詩人の目覚めについて書いた或る文章のなかで、飢えから逃れるために変革の行動に参加した私は、当時、正義のために（つまり観念の方から）それに参加しようとする人の理由を実感せず、理解できなかったという意味のことをいった覚えがある。これは、いわば私にとって根柢のモチーフのひとつと思われるものなのだが、それからもうしあと、そのように物質の深みから変革の行動に参加した者たちが、みずからの飢えの重み故に飢えを絶対化し、むしろ人間の解放としての革命を疎外して、革命の組織や指導者や手段を絶対化するに到る痛い精神のコースについて書いたことがある。この場合は、飢えに執するだけの行動というモチーフを自己否定的にみることによって、じぶんなりのその止揚をめざしたというわけだったが、それでもそこにひっかかったことの根幹は、単なるヒューマニズムや道義的な観点から、例えばスターリニズムや中国革命の過程の底にあるものを見る人たちに対して、スターリニズムならスターリニズムを民衆の側から成立可能にさせてしまう飢えのひびきの或る必然を見ず、それを見ないスターリニズム批判などは

飢餓であるということ。それはどういうことなのか。心というものがあるから飢えがあるのだろうか。それとも飢えがあるから心があるのだろうか。私はこれまで生きてきて、まだ本当の飢えというものを体験したことがないように思う。だから飢えというものが生理的に逆なでされるようなものだということはわかる。でも食べるものが底をついたとき、人はいったい何を考えるのだろう。具体的に釜の中に一杯の飯があるとして、一度にそれを食べてしまうだろうか。飢えに苦しんでいた頃の話だが、私はおかわりをして三杯以上の飯を食うことが平気でなかった。戦争のない自然にだが、そんなときは飢えの恐怖というのがあった。当たり前の食物の不安を感じたことがほとんどないのだ。それは自分の食い意地が自分の分の飯をあわてて食らってしまうというある種の感覚によるものだった。飯袋の多くは自分の心の中の話だが、自分の食い意地にもかかわらず、自分の飯袋を平気で幼くしていた。

問題はべつにあるようだ。動物の彼は没入すただ人として飢えだから心ではなく動いたのである。動物として参加するというふうに。彼は絶対的なあり得ないから例えば階層相関・世界の関係や恐怖というよりも絶対的法則として、得ざる精神的制約にゆだねれなければならないところの人間にとっては、次のごとき発動は待ったなしの動であり、胃袋がもしくは胃袋の発動だが、そうした観念としての正義社会変

実とはこんな根底のものだ。動物としてすすんで特殊なその人口を示す全体にいたいまま依然として止場になぜ飢えについて論議しようと論議の同行性あるいはその時局側ニュートラルから見たとき変えさせるなどのことにしてここにいるこの際こう論議の方

258

な〈観念世界の飢え〉であるとはいえない、心の飢えは、すでに状況にかかわった飢えへのひとつの情動なのである。
　われわれにとって、飢えとは、ただ飢えであることは決してない。飢えは記憶の悩ましい喪失の未来である。それは、飢えはひとつの実在であり、何よりもわれわれの物質的な存在の事実にかかわるものだという一面の絶対の極を含んで、われわれの飢えについての真実なのだ。
　「飢えた子供に文学（詩）は何ができるか」あるいは「飢えた子供のまえで文学（詩）は無力か」という問いにおける飢えも、このような飢えのほかのものではないだろう。それは、こう問う問題意識に立つかぎり実在の飢えの置き換えのきかない物質性を含んでいるが、同時にこう問われた瞬間から全く同じ理由で、それはわれわれの観念内部に移った飢え、ないしは比喩である飢えともいうべきものを意味してしまうことをいわなければならない。このことが、われわれに希望をもたらすのか絶望をもたらすのかはまだ知らない。われわれはこの際も、まだ差当りはこの問いにおいて私はひき裂かれるという得るだけなのだが、少くとも、ひき裂かれたその場所に立つてなら「詩は飢えのために（あるいは変革のために）役立つか」と問い、おもむろに「詩は飢えのために（変革のために）役立たない」とか、また「詩は飢えた子供のためにかかれるべきだ」などと答える人には、その両方に少しばかりがっぽい笑いをもらしてもいいという気がする。
　にがい笑いを、また。ここではどうやら両側に裂かれ、裂かれた顔こそ、どこまでいってもいまのわれわれの最上の顔というわけらしいが、ところで一体、文学（詩）は変革に役立たないとはどういうことだろう。では一体、何が変革の役に立つというのか。鉄砲か棍棒かべ

飢えた子供にとって必要なのは詩ではなく、パンなのだ、という考え方がある。変革なしに飢えた子供に詩の届くはずはないからだ、と。=政治なしに飢えた子供にパンの届くはずはない=日本の詩人たちは東京の紙の上の詩人だ。一人の詩人がもし少なくとも一人の飢えた子供にパンを手渡すために鉄砲を構えるとしたら、その鉄砲の根棒がもし詩でないとしても、その言葉になにか似た熱望の言葉を見ていない限り、われわれはそれを詩と呼ぶ理由がない。生活のための詩、変革のための詩にすぎないからだ。われわれがその絶対的な根拠を見うるのは人間であるということが同時に飢えているということの変革の思想の最強に証されるからである。人間であるとは変革の思想に生きているということを意味するからである。人間は飢えているということによっても人間であるからである。人間は何かによって生きていることを意味する。彼はそのように生きるのだ。人間は飢えているということによってなにものかを生きるための思想として、彼は最後の望みを抱いて生きている。それが変革であり、ある変革の思想がそれであるとき、彼は実はそれを言葉で生活のなかにもっているのだ。彼は何らかの責任の態度と言葉によって、変革を生きるのだ。そのとき一人の敵はそのために変革を手に棒を一本もつのだろうか。ネクタイをしめて、レジメをポケットに、原稿料を貰うためにだろうか。原稿料は常に考えたよりは必要なのだ。子供たちのためには、詩を考えるよりはあるいは一篇の詩を書くよりは、われわれは政治を考えたほうがいい。詩は子供にとって飢えを饒えるに足るか=直接ではないにしろ=政治はあるだろうが、詩の場合、一人の詩人にとって、それは、めったにないことだ。一人の詩人としては、少なくともそれは可能性をさえ不可能に思わせる稀代の傑作をつくりうるときに、その詩によって飢えた子供の腹を満たすことができるだろう。実は政治がそうであるように〈詩〉もそうなのだ。だがそれは詩を知らねばならない。詩であるはずがない。詩がわれわれにとって必要なのは直接にではないのだ。

山がある。それは山のなかはよく考えねば実のあるものを買えない。飢えた子供にはミルクなのだ。ぼくはそう言葉にすれば彼らが何かを示してきたのではないかと思う。

260

有効ということを意味し、政治上の効果から価値をおし計ろうとする詩の政治主義は、そのことによって逆に人間の存在の根源と詩のかかわりを疎外して、変革の政治をあたかも手段の大系と目さぜる証明物となり、変革の政治への反動深い理由になるだけなのである。例えば、現在われわれに見えている中国文化大革命のなかの詩（文学）の位置は、まさにそのようなものとしてあるだろう。そこでの、皮相な階級的功利観からわれわれの歴史におけるる文化発生の個々の歴史的現存性の条件とその蓄積・断絶・継承の関係をつくらぼうに否定してしまう思想方法は、完全に反マルクス主義的だが、その前で、詩（文学）の自立的な価値（現実効用的な価値から自立する価値）などということはなべて否定すべき当の相手であるのは自然だ。否定しているのはすでに権力をという変革の政治であり、その政策の現象的な要因のつらなりを抽象すれば、依然としてそこには、いま「詩」ではなく「ペン」だけが必要な民衆の飢えの酷薄なさけびが見えていると思うが、しかしそこでは、飢えは根柢からの声をあげているように見えて、実は、本質的には利用されているのだ。変革の政治にとって、飢えの利用は必然であり正当だといえるが、それはその内なる自己否定の思想契機を必須としてだけの正当さだ。だがそこでは、飢えの根柢からの声が詩の言葉に似ているのと逆相似に、飢えを利用する思想と詩を利用すべきものとする思想は、ほとんど重なっており、紅衛兵たちは目前の政策と自己の意識のうえで革命のために文化・芸術の独自性を撃っているのだが、それは本当は、いつの日かそれとたたかい、みずから投げすてなければならない重い政治的・思想的マイナス荷を、じぶんともと革命の世界性のうえに、われわれの悲劇的なスターリニズムのうえに、さらに重ねて背負うことであるのは、動かせないのだ。

参照性をかねそなえているということなのではないかと思う。わたしにとって詩を書くということは、わたし自身の自由ないしは実現の直接手段であったし、いまもそうなのだが、(それがわたしの詩の根本的な理由であり、ここに発している)わたしは飢えていたから詩を書いていたのだとも言える。本誌〔『現代詩手帖』一九六四年・四月号〕五月号の詩誌評で手段としての詩人(詩)が問題の出発点になっていたが、わたしは詩をどうしてもぎりぎりなにかある程度飢えの方向に近づけて見てひらく、或る程度飢えを表現者の側にだけ見てひらく、そして両側からひとしい意味での飢えをつかまえる必要を感じるのである。例えば「わたしは飢えた」という発言は、文学、とくに詩にあっては、その一部分がわたしたちのなかにある飢えたる子供を代弁していること、また当然のことだが真理の恐怖からアプローチしていくときだけ詩の意義がうまれるだろう。この意識を抱かないかぎり、詩の本質は成立たないし、それは単なる自己表白の方法として、詩の本質外のものとしてかくれているのではないだろうか。詩人たちがしばしば抽象的な愛を述べたり、何十億の飢えた人たちを参照したりするのも、そのことが本質的な飢えの裂目にみずから目をむけるよりは、単に顔付けたとしか思えない場合が少くない。子供たちは飢えていたから、彼らは必要なとき、鉄則なりエートをあまりにも自由に自発的にひらいた。しかも子供たちは、すくなくとも自己意識の中にだけはその詩の怖れを抱かない。すなわち詩の本質が対峙していたわけだが、おとなのわたしたちは、その詩の裂目を隠すだろう。そうあってはならないはずの本質なのだ。

まつわり加えるならば、飢えーーあるいは飢えから身をひるがえして決定する一つの――

わけではない。
　という、この考えは、もちろん、まえのサルトルの発言のその言葉だけの意味に対しての当然の批判としてあるものだが、しかし一方、サルトルの批判者イブ・ベンジェの「作家は人間の幸・不幸のためには書かず、死のために書く。時は刻一刻と経ち、人を死へと運ぶが、本を書くことでこの運命を忘れることができる」というような考えとも、さらに相容れないことはまたいわなければならない。われわれはやはり、決して飢えのためではないが、根柢的には飢えのため以外にかくのではないのだ。表現者はまずメタフィジックから表現に向かうことは決してなく、それは、死のためにかくというベンジェも、かくことで運命を忘れるためだというている通りだが、また何よりも、われわれはこの世界で死のためにかくことは決してできないのだと私は思う。ベンジェの「死のためにかく」とは、ほとんど人間に意識があるということの原罪の故にかくということだが、この死のためにかくとは、おれない衝動の所在そのものが、実はわれわれの世界では死は死ではなく、生の欠落としての死であることを証しているのではないか。だがベンジェは、何故死のためにかこうとするのか。それは、死は恐怖であり、不条理であり、つまり生の意識に死を与えるもの、観念に映し返された飢えの姿そのものであるからほかならない。反語としていえば、死のためにかくにはまず革命が必要だというわけだ。われわれは決して死のためにかくことはできず、生において呪われ、生が失われていることにおける死、生の意義の死として映しとられた飢えのためにこそ、表現にむかわなくてはおれないのである。だからこそ、われわれの詩は幻想・想像世界における自由と美なのであり、イブ・ベンジェには慰めであり、例えば私には変革の言葉であることができるのだと思う。そしてわれわれには（詩の）美も自由も、人

263

同じものであるそれらはもちろん批判者としても感じとしてとしてそれら飢え先に存在して周囲無縁であり彼は何らかのあるいはなぜならば私たちはここでも文学とは認めないだろう。結局のところ低開発国の民たちばかりでなく地球上の人間たちはたとえ飢餓状態にあるとしてもそれら飢餓状態の人々でさえ文学がわれわれを何十億というたくさんの「読者」（詩人・知識人として高等哺乳動物として自由な意義の死感の充足を精神に受け

[44]

とのままで、批判者でもあるジャン・ポール・サルトルと共産主義学生連合が主催した『クラルテ』主催の討論会の基本的に鋭いしかし根本的な疎外解除はまったく人間と人間とのあいだにあるのではないとこたえている。ここに飢餓からの独自な考えであるにもかかわらず自由生活の意義の快感の死感の充足し幻想として精神に受けとり

わけであり、そういう彼の意見はしたがって参加の文学を拒否しながらアンニュアル問題についての例の二二人宣言に署名したサルトルジェの場合などに見られるような、一人の詩人において、芸術内部への態度としては最も審美的、社会・政治意見の面では左翼的である二元の態度が可能だとする考えにつながるといえるのだ。これは、われわれの間にも賛同が多いと予想される考えのすじみちで、社会行動の面で左翼的かどうかは判らないが、これはぼく似た文学観はしばしば目につくものである。しかしそれにもかかわらず、リカドゥのこの論に、実に執した致命的といえるほどの欠落点を与えているのは、文学と飢えの効用的な関係をこえた表現の理由としての、文学と飢えのかかわりへの考察がおちていることだといえるだろう。その理由についての考えはすでにベンジェのとき述べたので、り返さないが、われわれにあって最も通俗的ないい方で、〈世界のどこかに一人の餓死する子供がいるなら世界に在る私は自由ではない〉というように現わせる生の意義の死として幻想世界に転移された飢えの姿は、決して直接効用の面から見られたのではない文学と飢えの、表現の理由とかかわりを示していることは、ここで動かせないのだ。リカドゥにあっては、飢えとはどうやら低開発国の住民の現実的な問題としてだけあるらしいが、それは、あまりにも自己と芸術についての楽観というものではないか。もちろんそうもいって、この表現の理由があらゆる表現者にこういう通俗的ないい方で現わせるような理由として感じられるということはあり得ない。それはいうまでもなく、個々の表現者の個性、固有の条件と構造における歴史現存性の位相のちがいによって、根柢の理由から発して、個々の表現者にあらゆる審美的な傾向から社会変革的な主題に向う傾向までを含んで、多様な表現を与え得るものである。われわれは個性と歴史現存性の位相のちがいによって、そこから現実嫌悪にも現

けびみる個々に生きている等しいものの不可逆であるということの支配層の力がむしろ直接イメージとして現われる。それはともかくとして飢えというものは確かにおおよそにおいてあらゆる時代においてあるひとつの美的表現者にとっての美のイデーをめぐってもっとも反逆的な言葉であったと思う。もっとも最も切実なこの世界の美の表現者は飢えたる子供たちにあろう。飢えたる子供たちの実在は子供たちというもっとも限定された人間の理由における極限状況を通して普遍的或る表現者を見い出すに、人間の時間、時代の裂目そして参加した人びとの意識の裂目が見えると深い理由となる芸術とは人間存在の不条件でただ飢えたる人びとを見たというだけではなくて人間の存在の不条件から芸術という無縁な事実だと見えるであろう。そしてこれが芸術としての理由性にあって無縁ということの本質的な人間の生の極限状況にあって人間存在の可能性に対する不可分の飢えは表現の存在の問題としての(詩)の人間にとっての方法としての永遠に消滅しつつありうるイメージの根源性としての表現者の芸術(普遍)の方か芸術

ものの理由のようにこの大きな飢えたとしてきない大飢饉によるところの裂目のためにみな飢えと飢えとして表現のなかった世界の果てに死と参加者たちがいたからだ。被搾取者として飢えたとしてお参加者たちが実在となってゆき組み込まれた歪みな現代に無縁な幻想であり芸術というものではない。夢とも無縁な理由とも夢むにもういかない死んでいる階層として無縁だ(これ)表現の実存は不可能だ。しかし人間はそのイメージの充足のためにイメージの衝動をもち被搾取下の飢えたる子供たちが人間の歴史という子供たちに透視して意識される子供たちがあるというそれは見いだす

実参加無縁な等しいものはこの逆なのがある世界はない作品の力だれが人間とギャロッポのように歌ったたる美ある言葉を反する表現者は飢えて限ったただ世界の裏の美的表現のもっとも美の理由によってあるべきの表現者は飢えたる子供に対して実在してしまう人間の飢えとしたる子供あるいは飢えを普遍的普遍性が普通表現者(見たた

性）は——正確にはその発生の根源から普遍性に向う過去からの蓄積は、リカルドウの言う通りもちろん否定するわけにはいかないが、詩人はここで、この芸術の根源性、普遍性としかいえないことを、差当り気がつく必要はあるだろうと思う。いまも昔も、人間の大多数であるリカルドウの視点の逆から見た場合には、飢えた人びとの意識の代行のうえに立ってしかいえないことを、差当り気がつく必要はあるだろうと思う。いまも昔も、人間の大多数である被搾取者大衆にとって、芸術は普遍的なものなどでは決してなかった。しかし詩人がそれでも芸術（詩）の普遍性をいえるのは、現実世界の変革による被支配大衆の解放が彼らの意識を解放し、万人が芸術（詩）の根源性からの蓄積にうけるようになり得るという意識の先取り、代行に立つからにほかならないのだ。それを意識的であれ、無意識的であれ、前提にしているからこそ、或る一人の詩人が、詩は少数者のものだというが、なお詩の根源性、普遍性を信ずることができるのである。そうでなかったら、どうして、安部公房の『第四間氷期』のなかの水棲人間のように、われわれと感性をモラルも反人間的に異った人間が階級社会の底から生まれてきて、芸術の普遍性などということは一撃に粉砕してしまうと信じないでいられるだろうか。われわれは、すでにプロレタリア芸術派の芸術価値観は否定してきたのだし、一方、そういう反人間的アヴァンギャルドをさぎす行為は、周知のように現象的にはわれわれと決して無縁ではないとしても、それはまだ、この世界におけるわれわれの人間であるにさきからく逆説であるのは明らかなのである。しかし実は、このようなことはともかくおいて、われわれにとって詩が根源的・普遍的なものであることの証明は、言葉そのものにあるのは疑いない。それを考えるには、さらに言語理論のなかにおりてゆく必要がでてくるが、それはここでやることではないとして、問題は、われわれが何故充足を求めて、ほかならぬ言葉にむかうのかということである。

私が考えるに、同題提起者のサルトルとは逆の方向から明らかにしたかった真実は、東縛からの解放としての文学(前記の討論会における自由な発言というよりはサルトルの発言に対する反論として修正的に行われた先の発言というよりはサルトルの発言への反論ともいうべきものである）が文学の本質としての創造的行為にほかならぬというにあり、つまり先に発言したサルトル氏の意見に私はむしろ擁護したいとさえ考えるのだが、しかし前提としての文学を芸術的創造活動として取り扱う上で、読者参加の機能が言葉に内在する飢えたる手段的な詩という手段を介して文学を読者が考えることでさえ、まず紙面的に飢えたる手段としてのアプローチを手段として

これは言葉の理由にかかわる性格から得たものでありまた、かかわる性格がもたらす充足感とでもいうべきものである。決定調していえば、強度な構造をもつ言葉は——別個の言葉として、消費したとしての言葉を手段に呼び得たとしてもそれ自体ではない——そのようなものに自己の内側の根源的な性格にある詩的なものとしてのアフリカル根源にある詩的なものとしての飢えを充足させるに足りぬ子供の共同体的な意味における幻想的な意味における幻想の言葉を組織し想像・創造・行為へと向けようとすることが必然につきまとう。この言語の必然的な意味の探求のためにしていわばその探求のため、死とするものにほかならない。他者の内部にかかわる根拠にとどまるまま、人間からは「意味」と「声」の違いを意識しつつも文学的な現実なり意識し深く

のとして、きりはなしとしてあり、創り出し
彼らの切実なるあこがれ、創造出されたの人ることなく言葉の理由にかかわる性格の探求が見えるとは、自身の飢えを言葉に抱きとめることばに放出してだが、かからは「音葉」の意味に充ち得る果たしてゆくことのであり、共同体的な言葉を子供の幻想の共同の場の意味における幻想的な言葉を子供の

文学作品の結果の方から問題に近づいており、読者は書物から意義を与えられるよりそれを与えるのだという。そこには彼の言語理論が介在しているわけだが、その直接の検討は差当りおいて、彼がそこで到達しているところを見てみなければならない。

「読者が書物を手にするのは、決してそれに夢の力を見てのことではありません。それどころか読者は自由の行使として書物に向うものであり、つまり彼は、自分が意味の総体を再構成しようとしているのであって、その意味の総体は彼の前に或る〈意味するもの〉〔signifiant〕を出現させるのだということを知っています。そしてその意味するものを作りだすことになるのは彼自身なのです。彼は実際、その意味するものを創り出すために彼の身に粘りついている現実界から身をひき離すことになります。それは現実に背を向けるためではなく、単に、物的記号と記号の総体とを、総体的意味に向ってのりこえるためであり、一方その総体的な意味とは沈黙に他なりません。」これはいわば、読者における創造関与の過程を取りだしているところだが、その創造に向かう理由は、彼は次のように考えられている。「いったいなぜ人びとは〔小説や評論を〕〔文学をと〕読むのでしょうか。読書をする人間の生には、何か欠けているものがあって、彼が書物の中に求めるものはまさにそれなのです。彼に欠けているものとはすなわち一つの〈意義〉〔sens〕であります。なぜならまさしく、全的に、この意義をこそ彼は自ら読む書物に賦与しようとするのでありますから。彼に欠けている意義とは明らかに彼の人生の意義であり、この人生たるや、すべての人間にとって不都合に作られており、不都合に生きられていて、搾取、疎外、詐術、欺瞞をこうむっているのですが、しかも同時にそれを生きる人びとは、その生が別のものにもなり得ることをよく承知しているのです。それは何処で、いつ、如何にしてでしょうか。彼らはそれを知りません。われ

いれはのだとは言ってもこれではわけがわかるまい。語り直してみよう。彼は見解を異にするからといって国土の相互理解に対しサルトルの文学の内達人がサントル中心に思ったことが非時間的なものをに置きかえるかといえば、それは彼が死の空間を創造してくれた読者との一致を求めたからです。彼は自分だけのものではまだ死の空間を創造したとはいえない、なぜなら死の空間を創造するためには彼に自分的自由を与えてくれるような人間の存在に気づいていたからです。書物読者の手にゆだねぬけば生みだせないのが彼の意味です。実現するのが彼の自由な点にあるからです。しかし彼の望んだものは自分的自由を見出すとであっても文学の意味を見出すとであってはならない。なぜなら彼が文学の意味を見出してくるとしたら、それは彼が国土の文学統一意味を参加合意義を求めたことをはまだ現実には存在してもない人間の互恵性が

はそれでは彼に重要な死の時間としてかサルトルの参加であった。その時間は表現にあるか。それが表現の内側に浸透する、結果がたとえ彼の方サントル中心に思ったに人に伝達させる事実表現の成立過程を示されている。（但し読者のは言語の理証をなり得ないその過程の理証としての彼はまさりに夢のような死の空間を浮かべていたにちがいない。メージとしての文学は彼に相違ないのだ。その自由を与えてくれるばかりかその創造に批判の相達としか現れない。私は彼が文学の具現の折り込きまぜた過程を創りあげたとし、その実現的な理論はできない創造の過程したばかがながらそれを理論化しも実の内容証明は文学的表現の意味の理論的方向づけは認めてくるだろう。そのわれは文学が時間に向いてなを存わらなくだろう。という文学の原理である。

270

するとなれば結局のところ、彼にとって最良の見出す意義と合意せねばならないにはいそれも意義は実現するのが彼の自由のまま自分的であるがにしてはしかし彼のすなないのです。なぜなら参加する意志を示す書物彼が望んだのはい読者を自主的自由に招くことはまなくだろう。彼が文学の意味を見出したらこれは彼が国土の文学統一の意義

また彼がかつてみずからいった「文学とは何か」のなかの詩の定義にもかかわらず、おそらく、ジャン・カルドゥのいう〈詩人は言葉を利用しない〉立場からの非常に鋭い批判と、現実の階級社会での（知識人と大衆との）芸術意識の分立という事実からの批判を、根底的にまぬがれつづけることは到底できないだろうと思われるからだ。だから例えば、私がいままで考えてきた表現の立場からの詩と飢えとのかかわりの深みの場の成り立ちと、ここでサルトルによって考えられている伝達からみられた創造の成り立ちは、見かけにもかかわらず対立する理由は決して軽くはないのだが、それにしても、われわれの世界の底に、差当りは永遠の飢えた子供の存在のところで、われわれの多くが交錯して彼のためにかくことは、それこそが、まぬがれない事実である。いや、それでもわれわれは、あくまでもじぶん自身の内なる飢えた子供のためにだけ書く。そしてそうすることで、私はいずこかの飢えた子供の存在をも発見しようとするだろう。

（引用部分は、『文芸』六月号所載「文学は何ができるか」討論記録による）

読書遍歴

　読書遍歴というほどのものはない。昭和二十六年に本を探しもとめて歩き廻るという趣味で一人の少年の洗礼の始まる古本屋の空襲の結果で、あたりには三軒の古本屋を見かけた。大抵五円から十円を出しては古本屋を回って、自分で読みたい本は大体自分で買った。そのような読書労働者だった私にとって、新しい本を買えるほどの余裕はなかったが、精神の胃袋をなだめるほどの本が得られた。文学書というよりは、改造社版の『飢え』のようなプロレタリア文学集のような一冊であったか。

　ときには、盛場である本屋の店頭で手にした本が、返さないまま自分の手に入れられない本だったりして、その本をそのまま別のそ辺の大井町の三叉路の三軒あったうちのどれかに持ちこんで、つい熱中してしまうということもあった。『飢え』に感応するほどの関係のある賃本を一冊か

葉山嘉樹の『淫売婦』『海に生きる人々』、金子洋文の『天井裏の善公』その他といった往年のプロレタリア文学の作品だった。一方、そこを離れてきたばかりの故郷の村のイメージにかかわって――おそらくは農本主義的・右翼的圧政に犯された村のイメージからの意識せざる離脱願望にかかわって、北欧の作家ヨンソンなどの農民生活を描いた翻訳小説を自己手ほどきをし、さらにそれを通じて同じく農民を描いたイワン・ブーニンの『村』、チェホフの一連の農民を扱った短篇集『百姓』といったロシヤ文学の片鱗の、そのことごとくした人間把握と悲惨への眼差しにいたく感銘することになった。

ロシア文学への熱中が始ったが、しかし当時の飢えにこたえる本を探すという遍歴は、多くをまどろませようとした収穫に終り、また夜の遍歴は間もなくほとんどできなくなった。それは次第に飢えたからだにしようもない彷徨といった感じのものとなり、なじみの本屋に入ってゆくときは、どうしようもなく、もうひとつの飢えから飯の代りにひじきなどを食わせる食堂へ何度も行列しては何度も入ってゆくときのようなつめたい諦めな気持になってしまうのだった。入っていって書棚を見る。前に来たときと同じ自分に応えてくれるものはない。それでというと目をこらして書棚の背文字を見てゆく飢えた感じ、その書棚を眺めてゆく不安た飢えた感じを、時として私はいまでも夢の中で覚えたりすることがあるが、そういう夢の中で何故かいつもはっきり目に見えてくるフランス装の本の背文字があって、そしてそれはブーシェの『死』というのだ。ブーシェ『死』、ブーシェ『死』……私は胃袋と精神の飢えが分ちがたく、がつがつと生を求めていた。

そして聖戦だという戦争はどこにあったか、それは日々のこってり搾りあげられる労働のなか、また短い休み時間に本を読むという行為そのものが憎悪と礼讃を受けるような全生活

「隣の機械を支配していたゲントしてはいた作家志望の青年であった。それから彼は本が好きなのだったが（当時私は同人雑誌に属し、小説らしいものを書いていた）或る日薄茶色の背広に戦闘帽をかぶり、ドイト眼鏡をかけた男が私の仕事を援助してくれる教師のように隠れて読む小説を、彼は休み時間に「これは面白い」と言って接して、彼が私の工場に使用されていた頃、彼は飢えに苦しみながらも毎日デリケートな文学好みの神経を持って、私が貸してやるアジロと読みふけるのだった。スメンチョフとかロシアの長編を貪り読み、私には味わえない細かいニュアンスを捉えては私を感嘆させた。彼は最初N氏が統合された同人誌に註文する本をN氏が全部ふぐみ込まって彼に読ませたのだった。そしてこのアルバイトの駅小包に註ぎ込んで彼は借りた部屋の家賃を全部支払うことも忘れ、そのため大井町の長屋を追い離れるとき私は全力を尽くして彼のために家を探してやった。N氏をはじめとした者たちが結核で私の自転車に乗って一条始めにいた十条末から徳田秋声の家へ行くといい、彼は自らヤカン下げて歩いたが、彼はその後遂の食糧事情から部屋を借りたまま大井町の街を横切りの食糧庫「四軒長屋」を私のところから部屋を借りて、そのまま東京を離れ疎開してしまった。所は同じ大森だった。昭和十九年末から二十年四月末まで逃げるのだから見付きにリードカードの小林多喜二を愛読して、私は戦争を」

274

まった。

　どうやら、その時の必死のとっさにまぎれた格好で借り放しになってしまった一山の本の中で、戦後の変転を経ていまも私のところに残っているのに、森田草平のドイツ語からの重訳『悪霊』、細田源吉訳『白痴』、八住利雄他訳『鼻・肖像画・外套・ネフスキイ通り・狂人日記』などの入ったナウカ社版『ゴーゴリ全集4』などがある。ともかくどんなものであれ、精神・想像力の産物である文学作品を読むということが（支配への）反抗たらざるを得なかったような現実のなかで——まだ稚いなりに覚えていた抵抗と現実離脱のすれすれに接する世界のなかで初めて知った「鼻」の超現実性の苦い奇妙な笑い、「外套」のアカーキイ・アカーキエビッチへの自己移入のたまらない痛さと切なさなどは、それからの自分の深いところに植えかえられ生き続ける決して絶えない何かになったことは疑いない。そしてどうも、戦後の作家のなかにNさんの名前は聞かないが、私はNさんを探して永久の借り放しのようになったそれらの本をお返ししたいと長いあいだ思っている。

275

人のうめきもの全体像をマスター・ロビンスンは悩まされたイエスの苦しみを吐きだすような大鼓のリズムにのせて文句を唱いあげる。ここにはすでに言葉による応答があるのだ――この有効性の確かさに黒人芸術家の役割がかかっている。先ずは自らの官能をくぐりぬけた言葉であること、共鳴感覚のゆらめくあたりから響いてくる言葉でなければならない。

芸術家は自らを想い、悩みつつ、自らへ似たものへと触れ進するような言葉を獲得する。自人の眼にははじめから――そのような自らの悩みというものは死滅したかのように感じられているのではないか。黒人芸術家は、まさにその死滅しつつあるかに感じられるものに先ず深くまで触れなければならない。その触れえたる有効性の有無によって、その詩は長きにわたり、あるいはほんのひととき、共鳴をまちうけるだろう――何年か前にアメリカでジョージ・ラミングの『わが肌の砦のなかに』(木島始・蕪黄秀夫訳『根拠地』)という長篇小説を読み、ぼくは共鳴感覚の辺から知らずしらずあふれだしてくるようなアメリカ黒人芸術家(芸術ひろくは人としての共鳴の言葉を、ひから手前の悩

276

詩と自由

れらの死をいかにしてもたらすまでであるかを数えなければならない」（同前）と続き結ぶこの言葉に対して、自己のうつろのない悩ましさで、ひとつの裂目のようにこれを抱くかが背負うかしようとするほかはないのである。
　それは何故か。それはどのようか。
　例えばこうである。マックス・ローチの太鼓が私に鳴りひびいている。一人の黒いドラマーが、ドラムの白人の頭に擬して強烈に打ちつけている。しかしそれは、白人の頭に擬してであるとはいえ、太鼓の打ち手が打っているのは太鼓にちがいなく、鳴りひびいているのは太鼓の音楽にちがいないのだ。そして、そうである限り、黒いドラマーの音楽は「（芸術表現によって）黒人であるならば……その感動によって強くなるようにすること、またもしかれらが白人であるならば、じぶんたちの悪のけがらわしさにかれらがひどく濡れになるようにすること、身震いし、呪い、そして気が狂いそうになるようにすることである」（同前）という黒人芸術宣言の〈意味面〉をそれ自体でつらぬいて、その頭に擬した太鼓からわきあがる音の表現の、ほとばしりの深さと強さ故に、当の或る白人を感動させてしまうことがあると幻想することが可能なのだ。どのような意図にもかかわらず、或る白人がそれを享受してしまうことが起り得ると想うことができるのだ。この背理は一体何なのか、つまり逆にいえば、そのような芸術表現の本質が遂行されないなら、その黒人芸術宣言の意味面の実現などは先ず決してあり得ないという。一度芸術表現をめざした者の不可避につき当らなければならない或る裂目がここでも明らかに現われているということ──そのような裂目が私に鳴りひびくマックス・ローチの太鼓の音とともに何よりも見えてきてしまう現在のひとつの視点のやみがたさということ──において、私はそれを抱くか背負うかせざるを得ないのである

現にいま存在するという自己の自由であり、彼自身〈自然〉からも被差別・被支配者という〈人間〉からも、彼のいだいた〈幻想〉を以て自己を発出させ自己を発現させるかれであるが、それは黒人でもあり彼らとつながり合いながらではない。彼らがいだいた絢爛たる言葉で自己を発出させ自己を発現させるのではない以上、それは彼のうちなる者として作用したにすぎぬ。彼の関係にあってチェーホフの関係のようにある種の意味あいをうかがえないでもない。しかし、それは自人が目色の自然制自色アメリカと自然制人間とのまことの重い関係におかれているのではなく、〈人間〉と〈自然〉の関係にしかあてられない、それが彼にはい――〈幻想〉の望ましい解放のための反芸術のイメージであった頭打ちに進むしかなかったのであり、それだからマリネッティメトカのメリカリスムの芸術の黒なる底深い彼哲学の底深い根を彼が自然哲学とて覆滅したます宣言

は光栄にぬぐえぬあわれである。それにもせよそれは打ち勝つわけにいかない、それはは黒人ロイにはあわれとしてとらえられ彼のきらびやかな言葉であれからであろう。ミロ・ジャッチョにとえば彼は当然立たねばならなかった。彼はだが芸術の極度の有効性をいだき包んだ彼の光栄と滅亡と定されるものの芸術の極度をかけ、芸術の目をいだたのが〈声明〉として何かを目人として擬したゆえんであった。それは頭のそれがいうに知られる楷進音言があってしてどう彼は太鼓を叩くそれだとしたようだろうに何故芸術を芋にしたのだろう。それは彼に鼓を叩き殴るるだろうに芸術の底深く彼は疎外のアメリカから自然を滅亡さす宣言をそれか

瞬間度に有効度に酔わせるのである彼は賭けつづけるのはそれはあわれとしての彼には打つ。
彼黒人ロイ・ジョーンズの芸術の極度はアメリカ水準にまで表される本当のだが、それがわれに見いだすようにあるのだろう――

彼は、芸術の宣言をアメリカ覆滅の呼びかけとしてうたうアメリカ覆滅の呼びかけを芸術の宣言としてうたわずにはいられない。それはまさに彼の〈人間〉の根源につながる表われ——芸術固有の幻想の充足への表われなのであって、しかし彼は、自己の〈幻想〉の充足が〈全体〉の獲得となるのは彼の黒人存在を包んでいる偽自然の破砕、自己の現存在の自由獲得においてしかあり得ない（そのためにおいてしかあり得ない）ことを知っている故に、彼の芸術宣言はアメリカ覆滅への宣言とならねばならないのである。

　ところで、いうまでもなく、このようなリロイ・ジョーンズの「声明」に対するわれわれの悩ましさは、われわれが過去になまなましく知った芸術の政治主義のひびきの重さの記憶からきているのだ。それは、先ず記憶からきているものだといえるが、事実は、われわれをこの現実にとどう黙視しようもない支配の客体であるものとして、自ら裂目を抱き背負っている故に、彼の黒人芸術のマニフェストを痛く裂けたものとして感じ、思わないでいられないのである。ここでの或る位相のちがいは、位相のちがい以外のものではないのだ。それでまだ、ここからかかって、われわれのところでもしばらく前にあった「詩に何ができるか」という課題での、詩人のシンポジウムなどについて差当り考えることがある。

　私はその討論の記録を雑誌（『現代詩手帖』七月号）で読んだすぎないが、そこで読んだ限りで、そこに見えている有様が、先ず「詩に何ができるか」というテーマの問題意識の何ともいえない鈍感さと、つきだされたその鈍感な顔付をもつける革らして、身はダシ上に晒しながら、自己の深みは決して晒そうとない詩人たちの退嬰的な態度からなっていると思わないわけにはいかなかった。ともかく課題の方向性を否定したにせよ（関連して試みられたアンケートの答えも含めて）詩は革命と恋の役にたつといった風な答えをもつそんだ

ズよせよに私がた黒人芸能例えば詩朗読にしても彼はわれわれと思うあれだけの芸術の役割だというのなら聴衆にしたところでアメリカかのア詩がないといないだろう。詩が滅亡したといっても過言ではない読者〈読者・聴衆〉は詩というのは何か、と考えたとき、詩論会におけるそのような先進聴衆と詩の間の本質的なかかわりがないとするならば聴衆にとって驚くにあたらない。そんな主催者、あたしにはかかわろうとなかろうと、なん事かがかかわるのか。なん事があるのだがそれは詩の一つのイメージにかえなくなるだろう。その作用ですらなくれてしまうのだ

なぜか。われわれ思うにはなぜかわれわれと隠しだてあうことだ。と思うのだが詩を団体外立ちたい、というのはだからにほかならない。故にぼくは「詩とは何か」という問いに直面するとき、われわれとしてはさらにどこか自由であるべきだ、と言い得るというただならぬ問題を抱えて現われる参加者は実は菅谷規矩雄がそれに直結するような一人の詩論会の司会者内容の自己存在に抗する自己言の直面する内なく考えるかもしれない。「詩とは何か」という問いに答えるために必要なただのうとうない問題の核を抱えて逃れぬようにもかかわらずわれわれは修にとってみずからに耐えよう全経験の深さに次に退屈ではたとえばわれわれに対して参加者でなしにようにかかわりなくとがわれわれのだが、自らの理由をだれもがような好奇してぼくな有様だった詩というものに何か好意を何かをかくそうかくしてみように自己の状況を明らかにしようかのような何かをかくそう催者たちではないようにかりに追体ぼくらは「詩」と呼びかけるだでたとえどのようにして自らの状況を補しようとしてもその補修がかえなくなっているのではないか何かが詩からを感しているのだがどこに何かが視かれてきているのだにして何を見よりなく生まれたのだけれて

ことはあり得ないのである。詩の本質的伝達は、伝達の否定、読者に〈読者〉であることを許さないことにおいてだけ成り立つ。

　黒い芸術の戦闘的なマニフェストに打たれながら、それをひとつの裂目において感得しその底にある二重性の存在を視ずにいられない者は、また自己の詩をさけがたく〈自由〉の仮象と視る。それについて「政治を離れて詩を自分に引きつけたものに今さら何をいうことがあるでしょう。現実のなかで救済できないものを現実から反対の方へ叫ぶしかないのが詩でありますから、詩人とは砂漠の涯てにいるものこと……見てやがれ、負けてばかりないで、植物は人が滅びるのを待っているからな。」とは、前記アンケートへの堀川正美の答え振りなのだが、この答えが現わすものにある人間が滅びるのを待っている植物とは、発言者のこの場合の、社会的存在としての人間＝現実に対する嫌悪・拒絶・否定の極致から表われてきたものであり、彼の存在の分裂をえようとする自由＝トータリティの仮象だといえる。そして、しかし、この仮象は、仮象であることによって人間＝当の表現者を疎外しようとしているのだ。われわれは実体である支配という偽自然の下で、植物（自然との合一、あるいは、あるがままの自由な統一された存在）と化することは絶対できないのであり、絶対できないというところからこの自由の仮象は表われてくるが、それを、それを自由の仮象と視ることによってだけ〈自由〉とすることができるのである。つまり、それを〈自由〉の仮象だと視れる意識――われわれを包んでいる支配関係の下で、それが表われさた瞬間、その自由な、絶対的な仮空なものをえひとつの相対的な作用と化するということを視る意識――によってだけ、それは詩の自由となることができるのである。

　われわれは自己の詩を〈自由〉の仮象と視る意識においてだけ、そこに自己の〈人間〉

詩のことば、支配と偽りの計略を取り返すための契機を獲得するだろう。詩の作用は、その作品以外の領域を規制したり絶対的な相対性を生みだすことではない。詩の存在はただ、詩人がわれわれのうちに存在しないような何事かを主張したり、表現したりするためにあるのではなく、われわれのうちに死んだ先験的な全体性、死んだ絶対性を甦らせるためにあるのだろう。詩人は何らかの全体性を甦らせるだろう。詩は止揚できない自己の永久的な内的革命としての現実の自由である。詩は永久的な革命としての政治・社会革命を考える者にとって、自由の仮象とみなされるかもしれない。しかし、自由とは仮象であろうか、イメージであろうか。そうだとすれば、その根源的な内的自由を抱きえない意識や主体であるはずの自由を飛翔する自由・自由性を分裂させて、消滅させてはならない。詩は二重構造をとるだろう。飛翔する自由性は権力を構造をとるが故にわれわれは永続的なわれわれの現存であり、

詩というものがなければわれわれの現存自然のなかにないにもかかわらず行為のもとで二重権力を構造とする者を飛翔する自由性・分裂する自由性を証するものをひきさらってくるだろう。この意識の幻想自由に何が支配しうるのか。自然のなかに生きられた詩は、われわれに自由の先験的な作用、作品としてではなく、詩の存在以外にこの詩人とは、詩人の存在しない詩人はいないだろう。例えば天沢退二郎は、自らが偽る自然としても、資本制支配

支配し、国家としての偽りの自然とはわれわれの現実は、わが身の被支配者と仮象自由のうちは現実に生存

亡びに立つ——土着とは虚構であるか

　昭和五十年目の年頭の或る日、大都市の片隅をなすわが一部屋で、何やら劇めいた一場が演じられた。とはいえ、それは世に事件となるどんな大ごとでもなく、ただ八六歳になる老婆とその弟である八〇歳の老爺の、或る老いた農民のきょうだいがそこで会い涙を流しぼつぽつと、しかし波うつ東北弁のイントネーションで生まれ育った土地の、死者たち、生き残る者たちについての話を交わしたにすぎない——。
　わが肉親である二人は、明治期半ばの日本列島東北部に生まれ、それからの〈日本〉近代の真ん中にして最低部の時空を生きている生涯の果てに臨んでいるのだが、老婆はすでにはやくから流離した息子の所に在り、老爺はその生のうちに八人の子をなして育て現在はと んどの子供が大都市の隅々で暮らすものになっていて、この正月に想いたって子供たちのあいだを廻る途次、自分たちの北方の名もなき一族・きょうだいの生き残りの一人を訪ねたのだった。
　で故郷に老い残るわずかの者の名。あげられる死者たちの名。亡びたものらの名をあげ

283

あったが、働きを営んでいる土着民としての生涯にかかわる基盤というべきものが、労働と実りを見た黒北農村にっいて、現在にいたるまで進行している不可視の崩壊というべきものを、それを貫いて生きたかの人の身体的感覚を通して描かれた暗喩ではないだろうか。子供だった彼が背負った文化の崩壊というのは、根底からの再生と共生の言語のありかたを彼にもたらす、刻々の苦しみある何だったのだろうか。それは根底になった文化の頂点をなしたキリーク・ヨーガみによって「農業は次産業になる」と報告されてしまったまの、そこにあったと夢みられた「日本〈近代〉」の彼岸の構造と。その展望の実現に向けて廻り出してしまったいま、彼は民俗風な背景など無かったものとされ、死んでしまったかのようにも、また生きつづけてもいる、という不可視の持続される者として国家独占——あえていうとすれば——資本達の下に、自然に侵食し自然を奪いくされた刻々の苦しみの夢を表わす。一人の老細彼はいえるだろうが

民というよりは、その初めて近代に〈日本〉昭和初年代ぴあるあるいは、生きのびて初代の年代のぴあるもの。それはびとして象徴的な名をもっ一人の演劇的な彼である。彼は先ず血縁的なもの、次で地縁の視点から刻々描き出す人類型を得させ、かの神縄の昔造の尺きる近代そら支配下の〈世〉の動きをわたとした者、私を飽きるとすれば〜のこの世という舞台のひとつ動跡——（実り）「世」——自然の言葉によって日常のの世表わす自然的なるひとつのあるひととしての人へ。

被害的現れの痛みにもかかわらず、しかも、われわれにおける土着とは虚構に似たもので あったのか――。

つまり、〈日本〉の民の瑞穂なす土地への真摯さと執念は故知らず深く村落の共生空間と習俗的〈の同体化〉たりうるえない何かだというような暗黙の会得は、われわれにあっていわゆる「アジア的形態」についての認識以上のものだった気がするが、その会得は砕かれる。敗戦と土地改革後二〇―三〇年にして、国家政策による列島総体の「転がし」のさなかに、突然として環境自然の全破壊、民俗の死、では食糧危機への恐怖などがおこんで声を挙げる。――日本農民よ、何とおもうのは易々と土地も村も売り捨てられるものだな、それとも瑞穂の国における土着は本当は虚構だったのかと。

そして、そういう土着感が虚構だったといわなければならないわけだ。いうまでもなく、村落解体や農民の流離は〈日本〉近代下の基調であったが、同時にその重層する構造において、あたかも寄生地主の土地所有系列と同義のようなそこの村落単位は保持されるものだった。共生空間とは夢なのであった。苛酷な資本原蓄を土にして私有、分断、利己の相喰む村空間を、幻想の共生が――転倒して共同の規範となっているものが包んでいたのだった。そこでは、「土着」と「流離」は対立するものとしてではなく、相喰む生の苛酷さの双面として、その底にいる民にはあったのだ。だが敗戦から再興された国家独占の高成長策のうちは、列島の隅々で村空間の皮膜を破る。いまにして、そこでのすべての規範と価値は国家―資本が与えるだろう。〈日本〉の村の、幻想の共生の二重構造的な単位は、国家―独占体の版図へ砕かれて吸収され、幻想の皮膜そのものが売られ破られたとき、むしろそこの本質的な流離のすがたが露わになったのだ。

味わわれたことはあるまいと思う。保田与重郎の地位は、先の石牟礼道子と見較べてみるとか、中野重治との連絡をたどってみるとか、その様々としては市民社会の顔を破ったという見得を切り得べくもないのだから、中途半端は当然的な領域にあってはかろうじて成立し得たものとしても、現前の場において、逆説的感性としての労働者階級形成の問題などかえりみようもなく、労働者階級を生んだのはブルジョアジーであって、農民ではないのだから、農業政策「都市と農村」などというのは、階級としては相かわらずの位相にある文化ではあり得ても、「土着」が続いて生き継えるような何ものかではさらにない——。

保田はこの場合にも身を捨てて利益配分にあずかるのではない。あるとすれば逆はなく、あくまで農民「土地」とおのが極みの抽象として死に、ひとえに浄めえぬかつての敗戦後の「土着」によって土地改革よりも以上に開明・普遍かつ人為的なものとしての油断——石油力のみによってけたたましく立った裸形の国民の国土の開明・決済・資本主義的支配から自らをもぎ放す鉄放胆の脈絡によるのみだが、これは天津罪と久しくまみえてきた罪がこもごも自ら犯せるたるわれ樋速開都牟久比売・速佐須良比売の神祇を介してのみ応えるほかない——という現況を真底から思うことのありうべき領土の国民列島の国土について、「……狛放はに神祇放はに重籐綜にて国津罪……」という大祓の祝詞と明治維新——即ちの列

文化とは、本当にいままで生産カテゴリの形成が成ってしまう原初のそれ自身一人の朗と美しく、そらに対人を実かれて支配を犯せる者の下に列らせる天孫にだけおいてもわれわれは現代以後にとって、ひとのとおう、その残意のは――開明の普通人——六〇–七〇年代の徹底して疎外される資本主義達しえない類の生類のものまた戦後のの「土着」は最初から文化別面として——また自然感性にいま戦後の根底においてからの土着人類は開明から別様にひらかれてゆくほかない根拠としては生類の営みにいたるまで形成にこそひらかれるもまた形成にちがわれることか乖

のいう「生類」の営みの奪回という根底性をもった戦線の創りだしのほかにはない。その主体は、いませびたる、せびつつあるものに自らを架け、そこで立とうとするもののほかにはない。

　正月の或る日、無名の一族生き残りの再会は終わり、老婆はまた大都市の片隅をなすわが部屋にもどり、老いた農夫は後継者のいない故郷へと戻っていったが、この際、人が生まれ育った地で死ねるらしいというのは、まだしもの慰めである。

歌 形 と 異 郷

　売りにゆく柱時計がふいに鳴る横抱きにして枯野ゆくとき

　晩秋にもまた「ドリ」が来た。季節はずれの旅芸人の訪れを、私の育った東北地方の最上川上流域など
では「ドリ」が来たと言った。この「ドリ」は何処から来るのだったか。青森の北の果か、それとも『伊
豆の踊子』の一行のように南の国からだったか。本人達に何度もたしかめてみたが、彼らが何処から来る
のか、何処へ去るのか、――そのことについては大抵うやむやだった。「ドリ」の人達はやって来ると村
の入口を通り、制札の立っている集落の中心にある鎮守の境内で荷物を下し、着がえ、荷車を押して村
を一巡する。着飾った彼らは大当りにあてられている者――たとえば村役場に勤めているとか、少し大き
な商店とか、近在の荷車の通りにくい野道を逆に振舞って見せるのだった。彼らはこうした儀礼など本気
ではなかろう「乞食」の筋からは見られないための、類似宗教の外れたいわば挨拶にあたるサービスの表
現の一つだった。制札には何枚かの男衆と少しの女
の子の写真が貼られている程度だった

（寺山修司歌集『田園に死す』より）

のものは、そこで両義的に生きられるのであることを知っているように、あたかもそんな立れなど目に入らないかのように「オドリ」の人達は村に入って或る家に着くだけだ――「オドリ」は、夜、その家の座敷に幕を張ったらいて演じられるが、近所の若衆、年寄り、家中の子供たちを連れた噂衆など、紙に銭を包みもって集る。例えば、五銭白銅の喜捨は「金五万両也」などと喜捨主の名前ももと大書されて壁に張りだされ、そういう張り出しがあった一面になった頃、唄と踊り、掛合いや口説などの演し物が始る。三味線と太鼓のひびきが闇にもれて、何か名状できぬ波だちを周囲の夜にあたえる。

無産の祖父は六十三　番地は四五九で死す　方より風吹き来たる　仏町　電話をひけば
一、五、六、四、隣りへゆけば　八は五六四　庭に咲く花七に四の八七　荷と荷をはせて死を
四五六九ぶ積みて　家を出るとも　憑きまとふ　数の地獄は　逃れ得ぬ！　いづこへ行くもみな
四五九……（後略）
（同『田園に死す』より長歌）

長歌と寺山修司が称したこの記述＝個人化された非自己性の語りとでもいうべきものは、まさに「オドリ」の口説に似ているが、民衆の紋切型と下意識の非自己性のコラージュ的共振の、その説く肉体をこれはもっていない。現今の演歌歌手の美声めかしとすれすれながら、遂に声のキッチュになりきれない音声＝下意識をしぼりだすもの、日毎に土地々々の聖賤の関門をくぐって声の直販となるそのカラダをもっていない。

歌い手、踊り手とともに、福助や女角力がりの巨女などを連れていて、芸と共に自らの身体の異形そのものによって「オドリ」は存在の見世物となることもある。土地々々の聖賤

あつた（ドリ）「オリ」なる近代の表現者——即ち有能の芸人の関門を くぐることによつて来るべき自由喚発の身振であり音声であり体から来る異風であり、その到来したものは「」の両義的な生れよ、り自由自在としてあるとすれば彼は何処かへの快楽としてあるのか。彼は何処かから来たのだ。その異風を「」に来得さすべき作法のアドレッセはいさゝかも明かでない。「ドリ」の儀はいはゞ肉体の道具である。「オリ」はそれを仕口説きしてゐ歩ませ待たせ見せ負ふたやうな仕方であるが、それらは何かが知るだらうといふやうなものの見立てとしてあるから「ドリ」と「オリ」の人達にはそれは当然の土俗の列物と見ゆれど、「オリ」から「ドリ」を想像する者は否な「ドリ」から「オリ」を想ふ者は——斯くへし何人かの列の萬儀であらう。故彼れは日本の野蛮にたゞ一人のだ「オリ」を（禁忌の）悲悼れて何気なく来たのであつた。

（『田園に死す』同）

しかし（ドリ）「オリ」なる近代の自由喚発の行方をアドレッセげようと意義でき道筋に立てる者にあらゆる者、「オリ」なるものがあれよりもさらに萬像とあへる「ドリ」の列に来得るとあらうか。故彼は何処かな想像の列の「オリ」の人達に「オリ」を（禁忌の）野か来る

考へとでもあつて素材にも野寺山修司野にも想念のひとつの手相とあるらしい。想念の野よりその憧憬鴨目目の群立ちあり。想念の野ともいふべき目目の群立ちあり。

ごうしてか「ドリ」は何処から来るべきものか自由自在の存在と音声と異風の到来したる「オリ」に来る力であるアレスを表現するのと拒絶しあの意識下彼の神の塁の村のコトバの村のコトバのトパ を述べたのだ

290

ていたのであって、決して「自由」の〈に〉からではなかったのだ。「オドリ」の道の
辿られようの関係の涯に術れ置れられる彼らの異郷が浮びあがっていたのである。
（「オドリ」の口説や祭文語りの来る野の道は、「国境の町」や「サーカスの唄」などの〈ヤ
リの世界〉の下にあって、そこを「オドリ」の人達が辿りやって来ることで、なお宿る家か
ら演じられようの様式、総じて或る村の入口の制札の意とその両義的な生きられようルー
トも、よび醒まされるのだった。その「オドリ」の道が絶ち切られたのは、日本近代の
十五年戦争、日本帝国の近代総力戦の動員過程によってであった。戦後の「やぐざ踊り」な
どのルートは〔移行である……）

　ところで、一人の悲しく輝かしい才能者の云々と述べたが、かつて津軽産の才能者など
と寺山修司をよんだことがあった。歌人でも詩人でもなく、演劇者というにもとどまらず、
いわば彼の現存在の見えると思うままをそう呼んだのだった。
　その才能者は、「……縄目なしには自由の恩恵ははかりがたいように、定型という枷が僕
に言語の自由をもたらした」と、最初の歌集『空には本』（一九五八年）の中のノートに述べ
ているが、短歌形という表現の枷が自分にコトバの自由を知らしめたとは、たしかに彼の
「詩」（ジャンルとしてのそのことではなく）の秘密と、彼が短歌形によってその出発をしたこ
との一方の或る負目とを、言い表わしていると思える。それはまた、寺山修司がもう数年
も年長で、戦後のもう少し早い時期に表現と上昇意識の出発をしていたら、短歌によるそれ
はあり得たか、などとも思わせるが、辺境生れにして新教育制育ちの戦後派というおもむ
きでの才能者の若振りは、時代の縄目を知的趨勢にしたがったエリュアールやアラゴンの

であろう。彼の見たコートにはなぜかチャックなどという名前を口にさえしたら死にたくなるような部分があり、それにはなぜかチャックなどという名前が与えられていたのであろう。彼のため加賀四年にすでにコートにはなんとなく、しかし明らかにヒューマンな自由を制御する対刃の地平を裂くということ以上に潜在的な自己の欠落をかかえて生きようとする自己修司と対談したことがあるが、その時「唄を歌うべく生れた人間は短歌をつくることで消滅していくのだ」と言ったことがある。彼はテーマを持った人間だった。「唄」というよりは構造を持った人間だと思うにしても、彼がテーマを持った人間だったということは、「唄」というある意味で非常にアイデンティファイするような一つの中心からだけ、自己表現の欠落をかかえてきた人間が山形県に生れたということ、あるいはそういう意味で自分がここに気がつきますね「……」。短歌をつくりた状態にしていったならば、アイデンティファイしたものをあえて無意識に参入させるというだけで短歌を何度でも書けるというような詩の表現をとるようになったのが自分自身に周遺だ行為『所収』一九七四年。

——「……」。「……」。
超人とは別れたいなあということがあるとすれば、あるいは好きな人は別れて、あるあるいはないという意味であり、あるのだと思うよりは、自分がそのある部分だけからいうことがなかなか言えないというあたりからだろう

(同 『田園に死す』より)

いては、書いている自分と、思っている自分との間に、常に秩序が保たれないということがある。ところが和歌の場合だと否応なしに形式を前提にせざるを得ないから、書いている自分が無意識であることは絶対にあり得ないのであって、つまり思う方の自分が常に主体である。そういう意味で、自己肯定が前提になるので、本当は超人的な思考をもった人間だけが和歌をつくれる筈なのに、実際は誰もかれもが事もなげに和歌をつくっている、そういう印象を受ける……」

 ここで、一方の「戦後詩」の側をいうなら、所与の詩人(個人)が対象へ慰藉の型としての抒情の分離をなす擬自然態のような(精神の)定型性が壊滅し、まさに寺山のいう思考と叙述の分裂、発話とその発現の乖離といったコトバの実存を含んで、詩人の主体のなりたちまたはなりたたぬそのことの全体性が対象との関係の詩のディテールたらざるを得ないという戦後的なやみなさにそれはあったろうが、さて詩として寺山が発表した作品は反作品的な主体なしのアフォリズムか、身体なしのモダン所学口説とでもいう他ないようなものが多かったのだ。どうやら、そこでの才能者は、詩の主体形成の思想的造求や、下意識の社会現実への提示による論理化のような非有効性の時間に耐えられぬ自己肯定への渇き、欠落としての己を処しあぐねた態であった。

 他方、或る時の私との対談での、「短歌の閉じられる構造は、自己肯定的な要素と応じる」というほどの寺山の言には、しかしながら、「誰もが事もなげに短歌を作って」生活日常の中の自己充足の手だてとしているとの嫌悪と否定のみならず、俗人の日常性における自己肯定的要素そのものへの彼の齟齬と否定の意が出されていたと思われ、しかも同時の「超人にこそ短歌は作られるべきだ」というほどの言は、そういう彼自身の自己

寺山修司は、「短歌」という短詩形式による表現から決別しようとしたのだろうか。近代短歌の自由詩形への飛躍的な生成と消滅の伝来的な求めの表現行為としての「芸人」（売り物としての者たち）がそれにあたるかのようにみえたのだったかもしれないが、この区分は成り立たない。切実なる者にとってのあはれさを余儀なくさせられる非情な余儀をえたのだから、「超人」を得ようとする芸能者に生成し得ない知の表現のそれは切り離れないものを、彼の表現行為は得たのかもしれない。

悲しさであろう、戦後リリシズムの自己にとってあるだろう、モリエール（モリエール）

──もちろん、そうあるべきだろうとして述べるのは、「超人」として生まれたとは思われないということである。欠落としての土地や経歴や風土（沖縄版）『寺山修司全歌集』も日本的な私的経歴などとして見立ち、意味するものであろう。彼がまさに存在する「根拠」として自立関係にあるというときに、「──」という反の呪文、定型の文、短歌の呪文の基底を透して詠木邦雄に指する。生成と消滅をかたどった「生成」と指摘した記号的記録によるものは

彼のまま自明として、「故郷」という彼は、ようにあったが肯定されてあろうこと故郷という彼のうなが掲げるからのことだ自己にとってあるだろう、飛躍的な有効性の求める消滅とかたどった。「──」彼はという短歌、定型の反の呪文の文語的な根拠を透して、寺山修司の呪文の彼という有効性の求めた生成と消滅をかたどった幻視行為

定めていくものとしての表現そのものが、それが得ることが知としてのものを、表現行為者に生成し得ない才能者に区分する肯定された者に見えるほどに、見たことえ、見たとほぼそのようにおぼえられるのだ。人（「芸人」）の表現者の飛躍的な自由詩形の短詩形への消滅と生成の有効性（近代短歌形式）だが、その際に一回性の生活・生活者の目的として掲ぐものというときに、表現行為としての「超人」の有効性を求めたのだ。しての自己のあり処としての言であるだけにしての幻想だとしていうこととなるような意味化する幻想としての幻想としての実

294

そして十八歳の寺山修司が、超人にこそふさわしいカタチとする短歌の作品を初めて世に問い（一九五四年）、「ふらここをサラブレッドに擬し、比類のない爽やかな勝利を獲もと」、「燦たる光に包まれた戦後九年目の希望の象徴」（塚本邦雄）となってから、『田園に死す』（一九六四）と題する自らの「生れ」への到達まで、この才能者の最も自律した作品世界をなすといえる短歌形の企てを通じて、しかしそこに見逃せないのは、短歌という形式の所与性に対応する「（近代の）個人」の所与性の抹消のようなありようである。

　　大工町寺町米町仏町老母買ふ町あらずやつばめよ

　　間引かれしゆゑに一生欠席する学校地獄のおとうとの椅子

　　売られたる夜の冬田へ一人来て埋めゆく母の真赤な櫛を

　　老木の脳天裂きて来し斧をかくまふ如く抱き寝るべし

　　死児埋めしままの田地買ひて行く土地買人に　子無し　　　（いづれも『田園に死す』より）

歌集から特別に選んだのではないこれらの作品を、これまで引用のものともども、「日本の土着精神の根源を思わせるような壁」（中井英夫）と言い、あるいは「故郷……即ち修羅、そしてそのまま地獄」（塚本邦雄）と言うとも、いづれもふさわしいだろうが、しかしこれは

感性が作品の意味的な転移の成熟から生まれるものだとすれば、「すべて最初歌集『向日葵の粒子』の巻頭をかざる作品だが、わたしはこれを本書の冒頭に引いておくとよかったかもしれないと今は思う。というのは、この歌は土俗深部の肉体を手段と気分から成る超人として生きるという可能性のなかった日本の近代人の一個人化・記述化というレアリスムの有効な場の納得のならない敗戦者にいたるまでの全能性の残照時代をおおいつくしているいかなる時代にも可能だった「私」を編目として受けとめるべき日本的肉体についての瞑想にいまだ住みつかれているよう。」だとすれば、この歌は、例えば荒野を死地と見るようなかたちで、『田園』を死と呼びつつ生きた詩人の生涯にとって「田園に死す」という最後の歌であるとさえいえる。」として作者の作品の前提にある意味の定立はこれにつきる。「空にまでとどきそうな男性的な総体を見ていたのであろうこの田を買ったとは、見取る男世界の見物としておぼえがきとしているとさえいえようか自分を買いとる男の修辞的な再帰帰として気絶したーーという次元にならなくてはならない。」(周引)

例えば作品「田園に死す」のようなのはともかくとして、「すべて最初は実は歌形の肉体部分にもたらされたものだ。そのとき歌形の肉体部分が土地買人だったという意味でもそれはあらゆる写実作品の意味的な再帰帰の片隣りにあるものだと思える。しかしこの解釈は体な解釈だが、男性体立ちの定立でしかな女が男と取り組むというようになって作者男物性は日常的な定立としての成熟した子無し体である『空』にたくして瞬時の物体とみなした男物性として歌いたいではとあてられてあるということは、『田園』というにいたる瞬時に「私」をくすべて有効性の納めの場のもと作者能力のなかの個人化・記述化されている様式としたあるたものが世に見たらしいと思えた。ではそれもとれた土地買人もそれもとれなかった田園はどちらも周引の日常の限界限りのようばるく生活と主体性の次元にすぎない。(男引の日常の限りのようばるく)生活に移るのであろう。

ものは行動するものだ。それが「すべて」のか能力に熟した土地買人彼は知らな

296

な表現の質を分離しようとするもの主体の定在は、生活・生そのものの幻想化との不分離としてしかありようがないだろうということひびき合うのであって、先に、欠落としての自己からの飛躍的な有効性の求める云々、との部分に関わって述べたのはそのことであった。

　勿論、短歌を作れるのは本当は超人だけの筈だが、超人とは合唱や民謡を好まぬ者だからいうのは、この才能者の覚えな近代(モダン)ちょっけの言だったと思うが、ここで生成と消滅をくり返し得る形式の所与性といった問題意識は、短歌「定型」に内面化されている非個人性（合唱や民謡の本質）や集合性が規範の方へインきされるか、そうそれつつ他者たる身体性としてもインきされるか、という重層する問いとして深められるかどうかだ。所与の形式に対応する所与の個人の如何にふれる方法も、そういう問いにかられなければなるまい……。

　寺山修司は、定型詩において形式が前提されるから、記述する自分が無意識であることはなく思う主体との分裂もない、とも言ったのだが、それが誤りであることを、『田園に死す』に到る彼自身の短歌の行為が示していることが見えるわけだ。そこでの生成と消滅をくり返し得る存立の形成とは、つまり形式の所与性を超えるか、はみでるということではなかっただろうか。

　さらに想うに、和歌＝短歌定型とは、『田園に死す』の作者にとって手段であったか、必然であったのか。コトバの巫者と先に言うのだが、巫者とは即ち演者であり、「詩」の発生母胎にはるかな共同体社会での祭儀的語り、「神性」の自叙・憑き語りの律動性などを考えるとすれば——例えばアイヌ神謡（ヤイエ・ユカㇻ）の原義の「ヤイ・エ・ユカㇻ

297

知れない。

　だとするならば——本当にそうだったとしたら——この「超人」のカタルシスを表現するてだてとしての最初の舞台は、他ならぬ短歌形式の記録ではなかったかと思われる。

　短歌形式が個人の所在を確め（自己表現といういわば自己への下意識的に本質から直立し得た人間の全体性＝社会的・生活的絶体共生の全体性（上田三四二）、塚本邦雄が「地獄世界」と死すべき作品に漂う幻想的な邪悪な物々しさがあったこと、それは空無とさえいえる氣ままに作者である彼のわれへの憧憬をそそり、一個人の納める自然とも作者という存在者に真似た神に似たものがあったからだと思ったかもしれない。自分が自然と似せたのだから彼等は自分と同じ作者（土田園）に対する超人の私がその表現をみない下にあることに嫌悪を感じるのもたまには発唱者が短歌だった、それは則ち故郷だともいえるのだ。

　この形式に対し、角ばった形の短歌形式のうち、納めうる所のものが納まらなくなることだろうと予想する。そしてその性格としては性体を延ばした魎魍の表現外演ずるトとが短歌だった下である。

　寺山修司——この最初の短歌形式から他の形式に舞台を移したのは、私の記録なら最初の舞台としての反映舞台経験したことだが、原体験として反映の舞台へと変貌してしまう。（とはいえ、彼はそれに見合った手段としての祭儀の形式を欠いたところから、自己の才能としての自分ができないと言うたところから、自分が何処から来て何処へ行
　
羅化するような才能の修
羅無空であり、コトバス
並列化近代的個人の所在
を表現するためのてだて
として、作者としては短
歌形式から発生したまま
の自然であるからなお描
いていくことはできな
い。それはまた自分を描
き映すことはできない。
それゆえに空無なる「神
＝巫者」は自分に

こうとしているのかを尋ねる行為」と述べた『田園に死す』のひとつの到達には、次のような「超人のカタチ」もある。

　　鋸の熱き歯をもてわが挽きし夜のひまはりつひに首無し

　　孤憑きし老婦去りたるあとの田に花嚙みきられたるカンナ立つ　　（同『田園に死す』より）

　上下句対応の響き合わせによる歌形の本質的な有効性を舞台にして、例えば前者で演じられようは、発唱の単次をこえる非自己性・超意味のちからと魅惑のままに、自己である他者の切ない詩の見世物を表わせているが、その見世物は歌形という舞台と照応している。——しかし、相似た後者に演じられ現われているは、カタチの有効性を手段にしてそれさえ空無化する舞台の裂けた空間である。俳徊する狂婦とか、婦に嚙み切られた花とかの反生活の見世物が場に立されているが、逐にその場とは、物に憑くコトバが意味と倫理の否めらた物の身振りとなり、俳徊する異存在自体となってきりひらいているところの空間恐怖の傷さらである。そこで演じられているは、裂け目である舞台そのものであり、無いものとしての枷をみてる見世物の時空のずれだと思う。

　このようにして、舞台（短歌定型）に内面化されている非個人性は、コトバの巫者に規範の方へと意識されわれる造わすれて、それを他者性の身体としても意識されわれぞきされているのが見えるのであり、即ち、裂け目である舞台その空隙には、定住に対して「来たり去るもの」の喚びだしが必然とも言えよう。その反舞台の裂け目空隙の、想念の野の道に、自

の動態とでもいうべきものか。

〈戯曲〉の言葉から寺山修司の異郷へ——の言葉から。それは他者であることから来たのかもしれない。たとえば定型という鋳型から来る〈オートマティスム〉の自由が見えて来るように、次のような事実の言語上の反映だとも考えられないか。私は映画「二〇〇一年」をニューヨークで発車した。映画「二〇〇一年」は、よりによって中年男2人の言葉ではじまっていた。エレベーター、高層ビルのアパート、舗道のスピードなど……なんとしてくれる壁や待ちうけてくれる散髪屋などが。素晴らしい映画館の壁やここに仮寓するためには、自分にそれを見せてくれるだろうか。そして、それが、自分にとっての素晴らしい美意識を得られないとしたら、それは他人の顔だったはずだ。……それは他人の髪にしてしまうべきでもない。シャンプーのとき、自分に「散髪」よりも「自分ヨークの市民ヨークのニューヨークでは、刑務所から……」

『田園に死す』の証したとして他者の参与しないこの歌形式のもののとしての『田園に死す』の最初の歌集で斯くある他者。自己の現在の拠点とする現代詩であることがあったとしても、他人の本質的なそれと生きがたく、「一切の能者山修司が「……私が誰に似ているかと……」私が自分を見たとしたら、私は数十年周囲に一度作り笑いを……［……］自分が他人の居の無いもの内的な在り方

としての狂婦という異風の空間の演じなどは、やがてあったこと——それを見ていとしか行方を歌形から反舞台へ間おうとするような者のしかし作られはここで、彼の詩の秘密と行方を歌形から反舞台へ間おうとするような者の実は出発点に立ったのに他ならないことなのではあろう……。

……………………

　差当りはこうだ。——おどろおどろしくも貧しげな孤憑き婦の去って空けられた舞台の空隙の道から、「オドリ」の人達の列がやってくるのが見える。列の先頭に寺山修司に似た寺山修司を「ヤ・イェ・ユヵル」＝自ら真似てもらしい河原童児が一人いて、チラシを道ばたに播いている。チラシの口説めいた文言は次のようだ……。

　　かなしき父の　手中淫　その一滴にありつけぬ　われの離郷の日を思ふ　ふたたび帰る
　　ことのなき　わが漂泊の　顔をきる　つばくらめぞ　九二五一四　されど九二一なき家
　　もなき　われは唄好き　念仏嫌ひ　死出の山路を　呪ひゆかむか
　　　　　　　　　　　　　　　　　　　　　　　　　　　　　　　（同『田園に死す』より長歌）

　見事な、個人化された非自己性の語りと言わなければならないが、やはりこれも、民衆の紋切型と下意識の非自己性のコラージュ的共振の、再帰的な主体と括して説く肉体をもっていない。定置と移動の形成的同在をおわりなく求めようとしていた才能者の、むしろ悲しみの声はもっている……。

意識を自身のものとするような原体験(質)
の衝動を対話ですること等々(身体を含めた
ではない。それは、接触のモチーフ反動
に逆上せようとする現在、成
国家独占――それがいま、日下、必然にして切実なる潮流としてあ
近代化の超克のなおかつ必然的な先験として発見されるだ
ろうということはありうる。ケータイありえない
自然破壊の危機状況に出会した今日で
幻想のシンとが昭和十年代のそれのよう
想のそれとどう異なるのか？その後では
内の復古的動向がみられる東北の農民図が
容を充足してゆくのでなければ、民衆的な感性の基
の通俗的な動員なしには――自然回帰と行為は所収『黒田
欲求の方向が現実的なる日本回帰正
――国家独占によるとされる
の必須のものであっろう。

   〈人にはそれぞれ生涯というような自
   分だけの歳月を生きている。そしてが本当に
   生涯を創りだしていることがみえない
   ……〉

反面の条件にかかる表われなんだということですね。だから勿論、それはいまの破滅的な危機の現象であることはいうまでもないわけですが、そこに表われる自然回帰の求めは、まさに日本近代をここまで押しすすめてきた総過程の（感性的）基盤である統合自然——自然という規範や歴史意識の統合性を異化否定する動機と行為をともなわぬゆえに（ともないえない限り）、それが或る心情的なやむなきを負って切実に現われれば現われるほど、破滅にある近代化過程の充足のイデオロギーとなって構造化されざるをえないということですね。『一人の彼方へ』は、当面する課題として、その危機と救済の表われへの感性的な根もとからの闘いの手がかりを自分でさがそうということなんですが——。

つまり自然回帰＝日本回帰の衝動や潮流は、現なる戦後国家独占渇きを求めてやまない支配の自我としてのナショナルアイデンティティ形成の内なる危機のアロニカルな表われなんであって、いうところのその自然は、いまの破滅にひんする近代化の戦略の突端で「天皇制」の感性的基盤（擬自然）といえるものと自己同一的にかさなり、そこに回帰され親和されるものにほかならない。そして、もともと天皇制は日本近代にとって遺制ではなく、それによる総括・統合自然化においてはじめて日本の資本制近代は成りたったものだというのがここでの動かせない考えであり、その一帰結である昭和の十五年戦争の敗戦を経る戦後の過程の現在は、天皇制の統合自然化による日本ブルジョア独裁のかたわれは世界（資本）内の構造において最もらんじゅくした危機に入っているというのが、またわれに動かせないことだと思うのです。もう少し端的に云うなら、見るところの自然回帰＝日本回帰は、いまの日本社会のしんじつの肉体で例えば「水俣の病者」からだに到達しようとするものでは決してなく、自らの肉体にほかならないそれから逃避し嫌悪し、逆にそれを憎悪・排

（賞）

ですから、われわれアジアをふくめた基盤というのは、天皇制の時代ともなった基盤というのは、天皇制の原初的な意味における日本、——日本独裁の世界像の同義性のようなものでしょうか。即時的なままの原初的な感性の根ぶかい恐怖の体験といいますか、あるいはその悲惨の体験、そういうものをぎりぎりに自分が貧困として、根に抱いた体験、そういうものへの衝動といいますか、戦後のスピードの過程における近代化、自他の差違を見、まさに述べ、抑圧非対称の内面化の飛躍様相の突端にある経済もないよう、支配の側から強いられた「自我」の統合といってもよい、支配成長の意識、そういう意味では、現状における基盤などは見直すべきなり、われわれは昭和年

という仕事のうちにも、批判の形成をなしえたという実感がある。ともあれ、彼はアジア——『短歌的叙情の収束』の方は隠されているところにあるにあるにしろ、大衆意識（異物）、その同時代の民衆の「支配の自我」を、内在のまま——ですから、もうひとつ、われわれは、一方、東北農民の代表というか、全体像といったり、わけにはいかない。われわれは、日本市民社会独占国家というかたちに占体制から出できた国家日本にたいする衝動というか、われわれは、日本市民社会独占国家というか、根ぶかい社会の側から錯誤したく、ここでもそういうふうな根が、統合しうるかどうか、トロツキーとの場合であれば、わかることで、わが国家が表象した天皇制からの来たわれわれの全体像と

意識しないでいる化したものはなかりますから、無化体験やんに以来われわれがいだいた肉体的のなかった原因でもあって、自然的基盤の解体をなしえない。例えばかれが彼方としてそれがあったとしても、そうでもないとして、それが自分にとれられた意味性、ある一時間思想そのうちの内にあります。私の場合であれば、感性の統合意識になり

いったものについて話していただきたいのですが……。

——ええ。自己史ということになりますと、しかし本当はいまだに不充分ながらやってきた表現の行為というもの自体が、じつは自己史というものをこの地からこの世界から立たせようとすることと不可分だと私には思われるのですが……。ということは、それがまずわれわれにとっての「自己」の条件なのであり、じつはこう云っている「私」という主格の意識も自明な所与に定立しているものではないということ、自分に「自己史」というものがもしあるならば、その逃れられない条件として置かなければならないと思うのです。

現に生きつづけながら、つまり個体としては歩一歩と消滅に近づきながら、自分はなにものであったか、自分はなにものであるかということの証しの軌跡をかたち取ろうとせずにいられないのは、この世界に生れた（受苦・被拘束）ものたるわれわれの許さるべき悲しき滑稽さであり、しかもそれでいて、それは生きてなにものかであろうとする人間の闘いの根底を形づくる切なるものだと私は思いますが、ここではしかし（価値的な）自己という主体が所与に自己充実して先ずあるのではないわけですね。あるいは、吉本隆明氏の『共同幻想論』の主題のように、あらゆる位相の共同の観念や関係を生からそぎ落してゆけばそこに真正な自己が在るというような肯定が先ずあるのではありません。勿論、とは云っても、自己とは諸観念や諸関係の函数であり、それをそぎ落してしまえば在るのは空無だというような、思弁的なさかしらに立とうとするものではなく、ここでは例えばあらゆる観念や関係をまわりからそぎ落してゆけば、そこに現われるのは（先程の言う方で云えば）自らである自己なるものの過程を見ようとする他はないということです。

この場合の「水俣の病者」という比喩は、直接の要因はちがっていてもわたし自身、生理

われわれは支配と被支配という関係を廻って自己を創出するというただそれだけの民衆として日本近代史の底にいつでもよこたわっているわれわれだ。

彼岸としてある自己解放という生と死の主体を掌中にするためには、反自己である肉体の部分を内々と語るごとき自然主義がただ一つの行為であったということ、その行為だけが無意義の集積である民衆の生活の逃走を許すただ一つの場合であるとしてみるならば「自己」とは例えば村の小さな組合のような所与の生活条件から普遍的な人間化を獲得したと思いこむだけの自己ではないかと思わざるをえない。深沢七郎の『楢山節考』にいたればこれは即ち共同社会（階級社会）の捉身的掟からもう一つの国定化された固定した「自己」にすぎないのである。所与の生存が肯定の自己として現出するとはその行為の主体としての他者の不在を視ることであるからだ。自己変革が身を売る肉体労働者たらんとするのは、所与の無を自己化することによって生きようと不得要領の思想にすぎないのであって、社会を廻るあらゆる観念のうち最も逆説した世界を創出する行為として自己の無関係を視るからに他ならない。以前だったら私は

これが自然としてまず当り前であり、支配被支配という関係のなかで修羅の苦悩に悶え苦しむとしても、底辺に在る民衆をひきずる肉体の場合のなかの一個体ただそれだけがただ病者たることが現象的な負荷であるようにオレは病者でいたい——病者であろうとする肉体の病があるとすればそれが許されるのは社会的に病気したこととして「自己」が現出しただけであるとしての無を自己として視ることができるからだが、当然被支配者の個体として

しようとしたのだろう自己知識としていわば所与の自己ゆえの意識の無縁にこたえるべく自己という文字的な細部にまで到ったのであるから、ただ即自の自己たることを視したければ自己における見身を想身するにすぎない「自己」を現出しただけで、これは肉体的に被支配者の無を自己とし、社会を廻すという行為では近代の奴隷主題を廻る私はあるにすぎない私においてはがわかります。

従ってここで「自己史」をかたどるということは、民衆である一人としての生涯にわたる「自己」現出のたたかいと別のものではない筈なので、それは本来不定形足らざるをえず、またそういう意味で、そこでの表現の行為と分けられないものにもなるということを、一先ず前提に置いておきたいのです。

（質）そうしますと、一方からは、黒田さんのいままでの表現作品は、自己史的な事実出来事にそのまま重なっているということにもなりますか？　そのあたりに関連させてもう少し話して下さい。
──それは、いままでの自分の表現が体験的な事実の記述と同じだというようなことではなく、例えば「事実」ということに関しても、ここでのやむなき自己史の不定形や表現行為との分けられなさの根もとには、それを規定して、支配の自然化された時間としての日常（事実）があるということです。
　ということは、この支配の自然化された時間（日常・事実）は、所与の自己の無をつらぬくと同義に、現なる社会の人のいわば「営みとしての自然」をつらぬいているということです。つまり先程の自然回帰の求めに関していえば、現在の国家独占の危機の表象に憑かれた自然回帰の思考はこのじこうを見得ないのであり、自然化された支配の時間をそのままに「自然」として、それを自己同一的に肯定しているのであるわけです。
　ここでもともより、人＝民衆の「生活」の中はどんな観念や制度の中よりも広く第一義的だという命題の根源性は動かせないものでしょうが、しかしそれと同時に、自然化された支配の時間の内で根源性自体がそもそも逆説化・両義化されてしかあり得ないということと別

307

資本制商品化の国家独占段階の日本資本制度を異様なる「国家」(国家)として成立せたとしても、これは支配の無差別・同時性ということではない。労働力商品化を得ざるような再生産過程についてだが、それは労働力商品の絶対的な再生産源としての家族のもので一、二(一)所有関係の創出所有とは別のものがあるとすれば、それは労働力と生命とを心場として家族の

動力ーたとしても、現在に在るまま規定されたとしてはかり出された同意制度の下に具体的に生命ともはや支配される側にはないということがありえないであろう。先取的な資本制(階級的)支配の再生産制強制らしたものとしても、国家の先取的な資本制支配の再生産制強制をもったものとしても、意味制の擬似的な自然化が「国家」の成立した近代とはわれるような幻想の共同体成立と恒常化しらしたがあるだがそれは時間の集積化の可逆となったる自然化可能なもの——自然=現在の「自己」「自然生産=現代」「自然生産=現代」労働力の再生産を可視にする下における制度

とで自然化・商品化の矛盾を考える時に、同じく自然=現在の自然のと見なされるが、それは自己の自然とみなされないような制度として生命にまで帰回した人生きさせた自然への回帰過程されたがあるとしても、それはあくまで人生成の自体であるから、それは体生きさせた商品としてよ、「営み」化したが、切り離された商品となるその——自然=自然=資本の破滅的危機に瀕しているとに資本の論理を直達せざるを得ない。だとしたら労働力商品化たとしてもそのままこの自然を肯定することはわれわれにとって労働力商品化のそのままの現在の自己肯定にならざるはないか。つまり労働力商品化の現在を根源的に変革するのは所有関係の創出=所有の取得そのものである同時に生命の再生産の再生産過程、(国家)国有共同体、(地域)地域共同体

たはどの近代化・利潤社会化により、当の生命＝労働力の再生産の場と文化的・感性的活力が解体にひんして、ために日本的ブルジョア支配の自然化のいわば筋骨の両義性が内的に崩されるが、より危機を含む超統合のがわからと構造が求められるという、そういう段階についた戦後再編の突端のありさまにほかならないと思うのですが、それでまたが「自己史」というものがここにあるとしたら、いずれにせよそれは日本近代のいまのこの崖についた過程の内の民衆史──多数の「営みとしての自然」の場の或るところの片隅の、自然化された支配の時間につらぬかれるその小さな個別からの表われとしてしかあり得ない筈です。それはまさに、わが民衆の一人が所与の自己無を視るところからしか「自己」の現出〈出発できないと同義に、その片隅の被支配の肉の逆説・両義性をそこでの否定変革の関係の創出において視るかどうかによってしか、自らの個別の時間の表われをかちとることができないところの、その一人の史の他のものではないでしょう。

　別にいえば、そこでは、私なる一人の時間はついに「他者」の発見や獲得においてだけ表われうるものとなる。そして私をそこに生んだところのひとつの「営みとしての自然」の場──わが家族（共同体）の過程を、その逆説化・両義化されてあるがゆえの根源性と視得るかどうかは、そこで（自分を生んだものを）最初の他者──自己である民衆として発見できるかどうかということと同義だろうと思われます。その発見こそが、おそらく具体的には、もし自分に「自己史」というものが成立つのならばそれへの出発の通路となるものだろうと思われます。

　ところでしかし、われわれに例えばここでどんな病める肉体、あるいはどんな極限的な状態の生にもそれにとっての日常──その相対的な時間の具象がありつづけるのはどうする

「自己」を条件とし、あるいは出発点として日常──日常とは内実（事実）がおおむね生じるとおりに自己を得るときのことだが──を得ようとするがゆえに、日常が得られなかったときには「私」は逆説的に「自己」を失うことになる。それは同時に、日常の現実性を無化することになるのだが、その無化された自己、「私」の現実（事実）を記述するための方便が、「自己」──実現されざる日常の「自己」──の表現を限定したものとしての、極限観念としての「自己」即ち

というものでなければならない。「私」がおおむね自己を得るような状況を生み出し得るものであるとするなら、ここで云う労働力「商品」なるものをどのようなものとしてわれわれは想定すべきか。生命力の全体として人の自然が生きるのであり、その限りにおいて、人の自然は疎外され、支配されうるものなのである。労働力は人の自然の他者的な

面的な管みとしてあったとしたら、そこにはあまりに重大な生の理由が離れ去ることになる。そこでの逆説は、何故自然が自己同義化されるか？一方的な人の生活による支配が被覆された自己同義化された自然──両義的な自己同義化──人の生活による支配が被覆された自然の時間の内の生

きる時間なるものがあるとするなら、それはあくまでも「私」が自己を得る日常に帰着すべきものであり、そのときにはわれわれは自己の日常親和的な表現を限定しなければならない。その限定されたものがわれわれの意義の生の瞬間なるものである。われわれが先程の死義を逃れることが出来るのはこの意義の生によってではなかったか？それは述べたように、われわれが述べるべきでないことを述べたということであり、いまのカギに述べられたというような形は取り得ないのだが、一方にあるいまの生活における自己同義化された自然の時間の内の生

きる時間と、他方においてそれが不可能だとして逆説的にあらわれる自己、──の表現を支配したものが「自己」である。支配することと管むこと──あるいは管むこととしての表現となるまでの行為だとしたが、それはわれわれが管むことがそのわれが述べるという形では述べられないのだとすれば、そのためにいきぬきと述べるわけにはいかない。われわれが述べるべきでない自己、その表現が時間を支配したときの時間だに、その日常の時間を支配し得る可能な事実として出現する「自己」、即ちこれは

のようなものとしてあらわれる。斯くてわれわれは、労働力商品表

としても、ですが……。

とはいえ、それはまた逆に、自己史的な記述が表現作品のようにフィクショナルなものになるということではもとよりありません。——あらゆる観念や関係をそぎ落したところに現われるのは、自らである「水俣の病者の身体」だという視点で私は自己の過程を視るほかはない、と述べてきたわけですが、こう云った限りのことでは自らの事実のどんな一片にかかわる表わしです。以上のような想念に対しわれることなしにはそれを為しえないだろうということであって、だからここでは、本当は自己史とは語られるものではなく語り（得る）ところ、刻々に生きられるものなんだということでもあります。ところで語り得るところとは、所与の自己の無と「営みとしての自然」の逆説・両義性から現われて、そのやむなきの総体の自己対象化を生きぬき闘うというところの他にはないでしょうから、一人の「私」——民衆の個々にとっての「自己史」とは生きつつも述べがたいもの生きつつも遂に述べ終らさしてしまうもの易いのは、それこそ現存でのやむなき悲痛な事実であるだろうと思います。そして、この民衆の一人にとっての当面の「私」の述べがたさこそ、それを当事者が意識するとしないにかかわらず、また現存のどんな知的分立からの感傷的な意味づけにかかわらず、じつは被支配民衆の「沈黙」というものの正体にほかならないと私は思うのです。——つまりは、この「沈黙」の正体の意味をせおって自分は語ることができるかどうかということです。語り得るところ〈生きよう〉としつつの私は語ることができるだろうかと、これが自分に「自己史」を問われて、ここで思うことの根幹であるすべてだということです。

父の街へ、母の村へ――幼少期から

村――（一）

父の語る物語と語り得るもの

 質（?）

「私が生まれたのは、いまは街となっているらしいが、もとは村と言った方が生まれ得たらしい私は、生きるというよりしっくりくる話だ。語り得るとしても、生まれるとは――だから私が語るとしたら、生きることとしての内実が伴ってきたのだと思うのだが、幼少期の移るときにはそれは――六歳のとき米沢市（山形県）に移り住む、と年譜にはあるのだが、一九一六年――大正五年に生まれた黒田さんの行為であるとしたら、生き得たかどうかという動機モ

――というしだいで、私は一九一九年（大正八）十二月、青森県上北郡七戸村に生まれた。私の父母などはそのような市の土葬の墓地なり、火葬場とその周囲の墓の感じとは、先程述べた私の先祖の墓、あるいは父母のそれとは全くちがうものなのだが、父自身のまだ記憶にないときの話を、私に語ってくれた。自分の記憶のなかにないのは、ほとんど例外なしに語ってくれた。私が最初に自分がたしかにいるのだと感じたと――自己史のはじまりと記憶してるのは、東北地方都市「最上屋」（山形県米沢市）という旅館・下宿屋で生まれた。三歳上の見よりと一緒に、私が記憶している町並みとしては、例えば道筋をしたひとり旅館（という表屋の家屋）に向かうときは鉄道筋の家屋とのあいだの記憶をしたが、向かうとしたら一回さしもどし、記憶したが、回想していったら、もとの道筋に市があったとしたら、もとの道筋に市

が今でも暮らしたいが、人々が生まれた初めての市、その市にはならないか。その途中の下車した自分の自己残った時間、その時間は父の……

ホームをまたいで記憶があるなどあかじめ初めてブラットホームと自分がするもののために何回も」越えたくなく感じた。その改札口の入ったたくない町を通過し、たくない町を通過し、駅を出るようにかつての母、たい感覚に差し押さえられるから、たくない人の間にまみれ入りたくは、たくない人の間にまみれ入りたくはない……

改札口の向うは、見ようとして惑乱に喚ばれる空間、自分がなにものであるかということを「自己」の現出く立たしめ得なければ、決して見定めることのできない不足の町並に拡がりがあると思われた——。

　勿論そこは、通常にそこに生き、通常に往き来する人びとには変りない遠近の所であり、出羽・吾妻山系岳ぎわに城下町の歴史をもった一都邑の他のものではありません。そこはいわば私には「父の街」なのでしたが、父はしかしこの際所与の喪失、多分意識せずして初めて覚えた喪失感の象徴であったものでした。父は大正年代の初めにその市をかこむ出羽・吾妻の山中で下駄木地師をやっていたのですが、やてその市で下駄屋にはじまる生業を転々として、昭和不況のはじまりの頃に、けっきょく土地を離れそこにいたって者の死を遂げたのでした。——もし（想念の）改札口を出るとしたら、駅からしばらく通りを任って右に曲る山路に素瓦ぶきの小家があり、そこには小さな座敷と暗い便所があって、或ると母は、——夜、お前だちが寝てから着物を縫っていると後うから父さんが家に入ってくるのがわかる。だからお灯明をつけて、わたしはいけど子供だちには姿は見せないでけらしやいと頼む、と云った。家の前には「電気会社」とよんでいた変電所か何かの建物があって、昼間はその建物の横を通ってもっと町並の遠くへ歩いてゆくが、負われてゆく。

　それは母が昼間は団子やあんびん餅の行商をやっていたからで、私は商売物の岡持をさげた母の背中から、しばしば通って覚えてしまった道筋を母の前に立って歩きながら、この市のきぎれな断片の夢のように連なりと移りを見たのでした。見連れの団子売りの婦に唱うような調子で同情をのべる鉄道官舎の内儀さんたちや、「オカチャン、オカチャン」と何事かよからぬ口調で婦行商人をからかいながら醬油団子をしごき食らう土木出張所の男だち

313

わたしくれ

わたしを葬ったのはたしかに生きた人達と同じに

かれらは空から道へ落ちるまでに道でゆたかな味わいを自分で出すためにあった草の上に思われたが三枚の皿の上にあった団子を盛った時どれがどんなに残っていたかと母が市の何処かへ歩いて行ったその日々多くの家々の戸口とは不意に知らず知らぬうちに乾いた町並ぶ見知らぬ家の群像の接写路上にへいで見るどの見知らぬ家へも自分が住んでいたかもしれぬ幼な見たイメージが先に歩く自分にとっては同じように宜しくもあるしこの辺りでは小学生のようにけだるく見えた一軒の家の軒先に甘らしい不安を思って

部屋消されぬかと思う移動の感覚もあって虚行商人の婦行商人の如く素焼の厚手どんぶりにとうふを食べた地面へ何処か岡持をさげて本当にまっすぐだった美味さそのものあった醤油味と思われるにがだらしい感じもあってそれあてへ——そのとき素焼の大道何処ともなく風景の大きさにまさるようなものがあったが皿だったかは全く覚えもしないがかれこれの米粉を取って売らないか家がうにすべて甘げうにうとにほな郡

成消するなかへいが道に時々曲り角数の間を

冷やかで暗い素焼の甕の
　　肌に抱かせて眠らせてくれ

　　とばりかける年月に
　　生命はかくされ覆われるが
　　時の水面をうって
　　愛と絶望はきざみ残る

　　かたく焼かれた土
　　緑色の丘の霊よ
　　同胞たちの血と夢
　　わたしを生んだものらの太陽よ

　　素焼の甕　土よ
　　お前から来てわたしはお前へと行く
　　息絶えたとき　お前のなかに
　　土の粉にまみれて横たわりたいのだ
　　……………………
　　　　　　　　　　　　　　　（アタワルパ・ユパンキ「素焼のかめ」より）

これは、自己にあるひとつの「素焼の甕」のことをうたった南アメリカ原住系の詩人・唱

315

見えた。アケビ・ヤマブドウ・草（詩）の表現としてのさやけき「素焼」の皿「素焼の詩」ですが、それはまたわたしにとっての逆説からの物象逃れからの意識のうつけてあるような虚のうつけた底のふかさのようなものであるかもしれません。──それはすでに廊下にきて日常をひきずったままの先程述べたような想像ではなく一跨ぎにといったもののようでもあり、それはもしかすると「素焼の皿」の詩からわたしにやって来た以上の自己解放的なものだったかもしれないのです。それはわたしの幼い日々の記憶を直接に手にふれるかのようにきりりと締めて来たようにさえ感じるのです。わたしはこの国へ焼きつづけて来た土の物質的な素材やさんさんとした時代的な不安の表現とに支えられたものをいま主題としてわたし自身に連続させようとしているようにさえ感じるのです。──赤石衛門の黒いリアリスムとは切りはなして、それは日常のなかの幻魔のようにしてわたしに映像する雪層に目覚めるのだ、というような、自然・他者のなかに在る「自己」の現実と理由を生じさせるものとは相対するであろうような自然感覚の肌観の時代の多くの情緒を得さすのが自然感覚の時代の道具ものであるというしかわたしにない道具うのであるという感覚の点から──

──これは「最上屋旅館」あたりのあすこであったかと思えるのですが、長い廊下にいるのか手洗いなのか誰かに手をひかれた朝々のひどく幼児であった頃からの不安な風呂のいく時間だったのかも知れません。故郷の多いなりなく、わたしは自分自分覚をなくしてしまうほど母の病身の状態に連れ添った母に、黒い自分の残像たるリアリスムな母に造成したりしたのだと思い浮べられるのでしょう。

本線でもある。あるのは溝明であり、自分があるものを左沢線へあり、周囲の具象は木製管具でありますが、——間もなく、父の着任の街とあう便器に捨てた。それは市の中の具象で軽蔑した。支線鉄道というのも何か不安なものとして一市民の父母の家へと移る母である村のほうへと連れに往ったたびにあどけなく気にと造られてあったのでしょう。奥羽山脈

河の沿りの血族たち

（賀）その市は「父の街」であって、しかし父は、そのとき所与の喪失、初めて意識せずして覚えた喪失感の象徴のようなものだったと言われましたが、その辺りをもう少し……。
——そうですね。そういう状態でまることになるその市は、わが日本近代の始りの片隅みを、落ちのびようとして落ちのびきれなかった一農民としての父の、終の、希望の街であり敗死の地となった街だったでしょう。
　その市中は、最上川の上流にあった松川という川の流れがあり、父の死後に移ることになる母の生地の村（現・山形県寒河江市皿沼）は、最上川が出羽山系の間を縫ってもっと下り村山盆地という平地に出たところの岸にあるのですが、父の生家のあった村も、母村の少し上流になる所で（町村合併後、同寒河江市中郷）、そこの豪農であった父の生家は、明治期・近代の始りの頃に地租改正などと符を合せるように没落の事情におち、同時に母（私の父方の祖母）を病気で失った父たち家族は、一家離散の状態でその地を落ちのびたということです。
——落ちのびたと云いましたが、この家族は、何故か河の上流の方へ、何か山にひかれる性情でももつかのように上流の山へ山へと分け入り、当主、私の父方の祖父は出羽三山（月山湯殿山、羽黒山）の霊場の登山口で小さな行者宿を開いて隠棲し、男児三人の長兄だった父は、さらに山地へと分け入る生を求め、母と連れ添うようになった大正年間には、現在国定公園になっている磐梯・吾妻山系の山中で下駄木地師をしていたことは先に云いましたが、この山中の彷徨の生の切れ目となったのが私らが生れたその市であり、その市や福島市の下駄屋に木地をおろしていた父は、自身も下駄屋の店をその市にもつことから、終の街での生活

じつというのは、今度の場合の打ちのプランとしては、月山はじめを打ち上げを開いて東京地方を含むかすかな終息を信ずるような共に農家族と逆に、今天折したので山中へ登って行って口を登りたかった祖父にしてもそれを信じながら生きてきた得るべきものが次第にそれは長男ではない死の時期を知らないが、やがて意気を不審だった祖父が参加した吾妻川系の一大勢の関東の大地震を受けるか、大震災後になりそうな街のそのの方で何か求められる山中——華津浦に求めた父が山系のうちを明かしてやるのはただ大正期の関東大震災であり、近代国中華川浦土中へ行くひとつにしたことをそうした方がを強いるない、旅宿の頃は所谷なく求めて近くの目本の田舎のような地にて、そこでも拡大ばかりだと思った。というのは、大正期の日本大地代のようなもののどかの避難を求めて日本の田舎近代のような土地の悲劇はもう何か求めるなかった、新たて土地をたててしたそんな大震災受けていない気持かな何かを強いるよれあっても離れあいるものかとしたが、それをたって取り着の上流に上に着いて、吾妻川上流にうのしていよいよの山系の山中へ逃げ込んで、その末定着したものの上流にが山中、旅籠の父一山中「最上屋」としたしかし大正期のうちに火事は文化的な文化の図るかけて店の復興の意図をしての、夢の登り口を失っただけでの店の農を失ったこと、農民と切り離しが深い生業とを失って崩れる家族から、駅近くにも一家族などと家と東京地方の帰宅をしての父祖父にとともに、すかにそんな住居へ遠方の大震災を受けた地の移りの波をうたたまに大地震を受けて父それでも気持ちなかったが、そうした時期の大勢の関東大震災を受けたり、所請関東大震災後にも拡大イメージを変容したそれは、と希望な農と、とか、平安な地土の近代の都市の転機だった生業と

だったろうで、そのかげには、村に望みを絶って山へ山へと彷徨してゆくような流離へのぬきがたい想いにふれる要因というものがあったのかも知れない。

　父は死んだとき、もう一軒の旅宿兼料理屋と大きな負債をもち、そこで死んだ。そこには母以外の女人が居り、その人は、やはり村から流れてきて芸者をやっていたひとだった。父の死は、平安な拡大と変容を求めてきた生の何ものかからの荷重と葛藤と負債のすべてを解決した。「最上屋」はか一切の資産は他人にゆずる去られた。

　母の生地の村に移ってからの後年、母の長兄である伯父が——お前のオヤジの死に方は無理死にだったかも知れない、と幼い私に云ったことがあります、死に様からそう感じられたということです。父は私が生れてから一年間、赤ん坊の私を負って過したそうですが、私に父の記憶なく、自覚をもるはじめた時、駅近くの小路の小さな借家に母と兄と三人で暮していたことは云った通りです。私は父の覚えを直接にはもたなかったが、しかし母の行商の路を先だって歩きながらきざまれたもったその市の町並の不安な印象などは、本当は父の影のつながりのようなものだったでしょう。その死とそれをめぐる葛藤の記憶はふかく新しかった筈ですが、母はそれを語らず、父の葬式のとき小学三年生で、その時会衆の面前で振舞いの料理の膳を無言でひっくり返し故知らず暴れたという兄も語らず、父のことを話すことは母と幼児二人の家族には当時まるでタブーのようで。しかしじつは父は言葉のうえでは姿消されていたが、小さな借家の座敷や暗い便所のあたりには父の影が遍在していたようだ。あるいは昭和初年代の不況下の地方都市での、挫折家族の生活基盤を失った存在としての時間の陰の主格としての父が遍在していた。その時、団子売りの行商や縫い物仕事などという手段となって私たちの生きのびるようになったのは、結局母の農婦的な生活性のつよさ

はなからあとむりと思っただけで……夜になって市民に戻り行商や縫い物仕事を仕なんともいえないほど自由を感じたそうです。それは母にとりまたしても子女の自姓を運命とする市民の子女の自姓を

その夜母は目を閉じたが眠れなかったが、何かがあって寝るときに枕元に灯を点けて眠る習慣があった。ある晩母は決心して灯を点けずに寝た。母がそうした「寝床の中や自分自身のまわりに何か変わった様子があった筈ではなかったか」と言うと、母は床について目を閉じる寝た。ある晩母は決心して灯を点けずに寝た。母が云うには着物を縫っている時でも何かが起こるのではないかという気持ちは母をいつもつきまとっていた、子供だった私だってとしては父の姿は見せず家族の一員に入っているにもかかわらず、父の病を待ってそれに即してとしていく生活のたやすに見やすいのです。軽快な基盤

仕事をしているときには浮ばなかった顔の感覚が以前のように見えた子供のときに枕元に灯を点けて眠れなくなった自覚があると思った目を閉じてみた。するとどうだろう見えるのだ母の顔が次から次と藁の中で色々の顔つきを見せた、あるときは男であったり或は青紫に彩るものだった。母は眠っているうつらうつらする場合だったとしたら、見えるものは私の目のすぐ上に私の顔を覗くのだ、母としたいとしたら、意識はもちろん全身大人のように考えたとしても、私の弱小だった意識が家族に入っていた事実を重きにしてくれて、ことでいったん私の顔は半ばに叫がり闇の闇と化するとに浮んだ顔が

お前は父だと願ったしお前は父だと思ったら化しそう見せた……夜に目をかぶったんだ。そう思ったら目を閉じて思い出してくれて中里という地に映していた父たちは明るい光線をきらめく父たちの子供たち。私にはいとける父たちは、いけないけないだが、何を、しばっていくとに気がついたと私は続けただ、思ったら、けれども、それが続いた私には、というにこういうことで意識を持ったのとして、無言。私は灯をけれども一方にかに、そんな灯を自覚したのだろうから灯をひるがえった光はあたりもの大人のように光までも閉じるといぎまいものを閉じている光までも自と笑いが、誰か中里山浮と闇の

う出来事は、私がその後村の幼い者の生活に没入してゆくにつれてなくなったが、この夢幻の、私の場合の喪失としての父の表われ、そういうときの怖れや不安のみならず、見知らぬ戸口にふと見した異常感などは、ところでほとんどそのまま、その市の町並の曲り角や見知らぬ戸口への不安や異常感と重なり、それと分けられないものだったと云えるでしょう。

　想うに、われわれの被る歴史性の内では、生れたものである子供は、先ず「自然」との間の母親（＝家族・共同体）の介在と、「社会」との間の父親（＝家族・共同体）の介在という構造によって（これは当面の文脈により単純化したシェーマですが。またこの母親・父親は性別異体の両親を意味するだけではない）、生れたものの怖れや不安と世界との原初的な了解をかたちづくる方法・ちからを得るといえると思うのですが、それが（例えば社会との媒介が）失われているとき、生れたものの怖れや不安のままに子供は社会に剥き出しにされざるを得ない。別面から云えば当面社会は分かりがたく自然そのものなじみなき怖ろしさとなって襲いかかり、かれは不可解にして怖れある世界と何とか親和し合って生きのびるために、そこに自らを介在させ社会を見ようとせざるを得ない。つまり現在から想い見て、私が母の行商の路を何故かいつも先だって歩こうとしたことなどの底には、そういう自らを社会との間に介在させなければならない（喪失としての父を現わそうとに立たなくてはならない）理由の余儀なさがあったのだったかも知れず、いずれにせよ、そういう子供はそこでネガティヴに後向きに歩みすんでしまう（そこを退き根源的な齟齬の構造を内的に作ってしまう）ことを含めて、まことに「母親の行商の路」を先だって歩こうとせざるを得ないものだと思うのですが、しかもそれは「見知らぬ戸口戸口」の不安や異常感と「見知らぬ父の幻」を見ることの不安や異常感をつらぬくその自分の世界の要因から造われ、また

321

何故か国が大正文化期の流行歌の、それも明治三十五年文化戦争から満洲事変までの余韻のやうな、つまり例の日露戦争の始まる前弘前第八師団の歩兵聯隊に入つたびいきが京感あふれる甲田山雪中行軍の不況の中、たまたま昭和にかゝらうとしてゐたしかな反軍的気分の調子で最近映画化された事件の、東北の地方都市の母であつた周市都もなく日本帝

たゞ山々を意識しだしたのは、代社会生活的な居心地なき無產階級の一人の女であつたといへるだらう。家族は父の表像を失つた物夢幻を見失つた一步も父の片鱗を見ず、生涯の道を追ふ術を知らぬまゝに生き進んできたかのやうな家族ではあつた。私のその後の家系支配がその失つた父への依存であつたかも知れず、六歲以上他に知れた父だつたゞけに大きな衝擊ともなつたやうで、母とては折角ここまで擁えてきた母の農婦と日常から日蔭の防危をとるもの防危化を余儀の母となる行儀の

父親の自覚意識もその実際のころには知る道をも覆はれ死んだ私にはそれを追ふのは童兒生してご覺えてはゐない。童兒の実感つた日々─そしてそんな時の父幻像を見ただけでたゞ別面かゝらの市町に置かれて、ゐた場所を侵してをらぬことだけはある無力な農婦の母としかでき父は無力であり幼年小学の私が

雪はますます降りつもる
　　橇もゆくかタまどひ
　　タヌギノ(?)村をあとにして
　　すすみ出でたる一大隊……云々
　　………………………

　そして唄といえば、小学生の兄がその頃うたっていた文部省唱歌、例えば「冬景色」――さ霧消ゆるみなと江の……とか、「落葉の踊子」――机の上に忘れた／赤い人形が目をあけば……などという歌を口ずさむと、今もその市での生活の気分が浮びあがるということがあるのですが、そこでの私たち家族の生活がそのような暗さにあった一方、その市でのいわば空間・色彩印象は総じて何か白っぽいもので、それは家の前と電気会社のコンクリートの建物の灰白色や、兄とよく遊びに行った駅舎(そこにはかつて最上屋に下宿していた駅員だったSさんのペンキの色や、あるいは駅の方から松川の橋に至る長くまっすぐな往還と河川敷の辺りのしらじらとした何か拡散した様子や、母と団子売りによく行った土木出張所の白ぬりの建物や、何より周囲の近隣の人々との関係の(あとの村での関係に比しての)市民的な平明さから、取混ぜてそれは受けていた印象のようでした。――その白っぽい印象の拡がりに、時折り、何か特別に黒く土臭く、生々しい親近さとそれ故の羞恥を覚えさせる感じをもって入ってくる老いた男の人がいて、その老いた人は、いつも突然駅の方からほとんど百姓の野良着のままで(黒いという印象はそこから先ずあった)現れて家に入り、背負ってきた米や餅などを座敷に下すと、兄と私を自分の前に坐らせて、――むうっこい野郎ッコべらだナ！(哀れなどというふうな小児どもだ)と呟き、あとは黙々と煙管でたばこをのみ、しばらく

すると、その表装の華やかさに似つかわしくない黒い大きなものが、私の耳もとでたしかに鳴ったと思う。それは母の実家の父の来店の近所にあった店屋だったが、従兄弟や従姉妹たちに交ってたくさんの見知らぬ子供たちもまじっていた、その大勢の中には初めて会ったばかりの幼い友達もあったように思う。それは母の黒いシャツを着て歩いている女だったかもしれないが、そのとき母がどこにいたのかはっきり知らない。ただ、大勢の人たちの中にまぎれこんでしまった自分ばかりがひどく大勢の人の中にある孤独な子供となってしまったのだと自分でも知らずに思いこんでいた、そのような気持のまま、幼い私は茅屋根の家と木立と杉の木立の破風――前後の邂逅を巡ってこの黒い米俵のようなものが何人か歩いて行くのを見たと思うが、しかもその米俵が何人か樺を持って行ったのかもしれない。

その人は確かに、私の母の実家の父の方の最上川の岸、天童近くの村へ必ず米を持って行かねばならないような祖父だったと思う。その祖父が根っからの農夫の出身だったと思う時、祖父は非常に生活力のある、強い意志と骨の強さを持った人であったらしく、祖父は汽車を乗りついでその他人の子のようになった私のために、汽車で向きかけた二三度、私たち家族に折に触れて来たらしかった。私の祖母の方の祖父は細川家に仕えていた士の人で、祖父に挫折して帰村してしまった人であるが、挫折してしまって帰村した人の老人の家にいて、私を背負って村へ行ったのだろう。その村は死んだ父の親しい人たちを訪ねて行ったのだっただろうが、その死の報せを受けての市へも向ったのでもあるだろう。その父の死後、私の母の祖父が訪ねて来たのだろう。そして葬式のため母の実家で、喪服を着た人の群が多くそれが交錯するように葬儀の式であったにせよ、葬祭のあるときでなくても村の祖父の息吹が現れないだろうかというこの黒い人の出現だったとしたら、祖父の鬼の話のとき、自分が母の歩みを辿ってついて行ったと思うように、その時の黒い米俵のようなものは何度ぐるぐると茅屋根の周囲を巡って待ち得た年月にいるのに気づいたのかもしれない。――しかし(実は)私の黒い米俵の中にひそんで歩いて行きながら、大勢の中に交ってたくさんの樺を持って行く何人かの人が行列を歩いていたのを知らないままに見ていた外からその行列を見ていた自分、知らぬままの行列を見ていた自分、樺を持った人が何人かは樺を持って歩いていたらしいその行列を見ていた私とも、大鼓を先ぶれた可愛らしい女――それは対面しているものが大勢いる可愛げだった近所の店やの子供が、それは同時に同時代のいまの家の外から見て取られているようなもなかがたり混雑す私の対面していく大勢の人たちは、その対面にはあたかも大勢の人と、そのこれがあの人たちなのかどうか知らない友達との血縁の繋がりであった幼いものの時が対面しているのであっても、時差があったという面持ちとそれには反して歩みをして行ったように、友達と自分をその瞬間に対面しつづけた、自分でないような違いであるときにも、自分と相違するような境近き違うはずみから反して行こうとする自分とを目差しいまは、ここに私の叔父・叔母の中、叔母の親しい人たちにおし迫った気配の中におる私におこる夢の衝動を、目指して創り出した世界だと歴然として目ざめているにしるとも。

きらびやかな華やぎの対面に鳴り鳴るしきものが、かすかに、しかしたしかにきこえている。

日常、それは日常の記憶の恥の非日常的なもの良き愛着

おそらく、この祖父の葬式の覚えはしばらく後のことでしょうが、さらに症状（今から考えると過労と鬱的な神経症状）をひどくした母は、遂に父の墓とかつての旅籠「最上屋」の建物のあるその市を発ち、二人の幼児を連れて、最上川の沿りの自分の生れた村へと帰ったわけです。

これは、その前に母に連れられて行ったときの事や、祖父の葬式で行ったときの記憶と入りまじっているのでしょうが、スチームの通った奥羽本線の汽車（その生暖かさと何かガスのような匂いに酔って吐いた）に乗り、しばらく行って、今度は煙突の長い小さな機関車にひかれた客車に乗り換え（客車には、だるまストーブがおかれ亜炭がチロチロと燃えていた。冬にかかる季節だったのか——）「サゼンナガサキ」という駅で降りて畑の中を歩き、人家のまばらにある通りに出てしばらく行くと道がのぼりになって前方からごうごうと河の鳴る音がきこえてきた。坂をのぼりきると、中州をはさんで両側いっぱいにはげしく流れる河幅が見え、欄杆のついた木造の橋を渡ってゆき、橋板の破れがあってそこから下を覗くと次から次と葛湯の盛りあがりのように渦をまきあげては流れうごいてゆく水面が見え、誰かが——下は見るな！と云い、橋を渡りきると道が下りになり、両側に茅屋根や杉皮屋根の家々と木立があって、そこが母の生れた村なのであった。しばらくして覚えもなく藁ぶきあら壁の小さな小屋のような建物の前に着き、板戸を開けて入っていった。それから間もなく薄暗く夕方になり、母が変った形のや大きな電灯のようなものを廷の座敷のうえに吊り下げ、私が——そのデンキは何処から電線がきてるの？ というと、——こりゃデンキでなくランプというもんだと云って、母がそれに火をつけると溝あかい灯りがぼうっと小家にともった。

党著者の右翼的な社会的ひらきなどということはそれといってはあたりまえといえばあたりまえのことだが、私どもにとっては先にとりあげた中上健次との対談で黒田さんが何歳の頃河沿いの生活が始まった――ときかれていますが、自然と何年頃かということは不況なり、例えば「所得倍増」など五歳の頃というと昭和四、五年だから、私にとっては『所詮』（三上健次氏所収）。この中で五歳の時といえば、私が村を出たのは日本が満州国を作ったとき（中国東北部の占領地）、昭和一六年一九三一～一九三二）年頃だった。日本の大家族だったらしい黒田さんが何歳に加わたりしていたことに直接結びはなかったが運動に加わたらして五年戦争の頃、当時もと村の仕事を思い出しての論議と得られて、例ののまま受けたことがなかった。この中で五歳の頃というと、私が村を出たのは、他者として流れの時代の片隅にいた左翼労働運動の終焉であり、この北方の対話がそれである。この埴谷雄高十代の意識が及ぶところ、三・一五事件が起きた戦争前でもあったそうです。そして、その件の中には、六事件が弾圧された時期であり、婦人運動、農民運動の非合法が戦前のそのまま地下にもぐるという丁度昭和六年頃などが生活場面な非合法ながら私には他者のところ、前方へらもう他方から、他方からの地方などかなりかかろうと近がその起きた上海事変、六事件が農民運動の非合法ながら戦前の年農民解放の運動にしようと若者共産平野謙期

者として活動しているのに合したことなどがあるわけです。

　当時のそういう解放運動については、もう少し年長になって小学校に入った後の頃に、その村から少し北の方の「ヤチ」という所でサント（無産党）の人だちが捕ったとか、何処かの「オダシ」とかいう所で、百姓だちが赤い旗をたてて「旦那」の邸におしかけて大勢捕ったというような話を聞いたことがありましたが、一方、総じてそういう話くの村の人々の対し方は、子供の目からしても避けるというより禁忌的であり、またそういう運動の側からも現実の村の現実の生の場面に弾圧をつき破って入ってくる方途をもたなかったようで、それはいつも何処かの村に起った或る恐れある想触れてはならない出来事として、村の人々に伝わっているもののようした。そして私の場合は、後年小学校卒業のあと上京して大都市の年少の労働者になって、当時残されていた文学・思想の本などを読むようになった時はじめて自分のいわば下意識の中で村の禁忌にもかかわらず（あるいは禁忌の故に）、深く潜まされていたそういう運動くの共感を自分で発見したというようなことがありますが、これについてはまた後に述べることになるでしょう。

　　　自然と他者

　一方、そうして村に移った家族に、そこでは市よりも生活の方途があったのかということしたら、父をじし「最上屋旅館」を失ってから、母の団子売りや裁縫仕事などで私らは暮しをたててきたということまで述べた通りですが、けれど誰等のみというこになれば、そこに土地はもとより、もはや農生活のどんな基盤ももっていないのには、昭和初年代の東北の一寒村の中での生きがたさは、都市部でのそれ以上のものだったことも解っていただ

のな漂けあ
と泊あ辺
。者るで
のい唄
たはを
め日唱
に本え
な海て
り側移
まに住
す通し
。じた
　てと
　住いい
　みうま
　つ者す
　いが。
　た何そ
　ん人れ
　だかが
　ん通い
　だり つ
　とまか
　 いしら
　うたかこ
　こ。う
　と勿変
　で論化
　あ何し
　ろ人て
　う通い
　。過つ
　　しの
　　たま
　　のに
　　かか
　　考自
　　えら
　　 るが
　　 こ住
　　 とみ
　　 はつ
　　 でい
　　 きた
　　 なよ
　　 いう
　　 がに
　　 、な
　　 或っ
　　 るた
　　 象の
　　 徴か
　　 的 、
　　 な或
　　 例い
　　 では
　　 すそ
　　 。の
　　 　よ
　　 　う
　　 　な
　　 　生
　　 　活
　　 　 を
　　 　 す
　　 　 る
　　 　 村
　　 　 で
　　 　 生
　　 　 れ
　　 　 育
　　 　 っ
　　 　 た
　　 　 の
　　 　 か

食べものを食べられないというのは、極度の困憊の中で、少しの神経症状に陥った母

一軒の家で食事が出された時の話ですが、「ホイト」というのを聞いたことがありますか。私のところにはホイトという言葉がありまして（一寸ホイトという風であります）、それは本当の「乞食」を指したのだったのですが（ああいう村では取り敢えず、農婦の姿にうつったものだったかもしれない）、誰かわからないのがあがり込んで一膳食べさせて下さいと言ったときの記憶のシチ ——

たとい食べさせて下さいと頭を下げて、出来るだけ何かを食べさせて貰ったような、そして回復したのだが、そのまますっと旅に出ていったという話でした。お皿に一杯の米。その人は、不思議な様子で見られて一一口二口、ごはんを食べたらしいが、ほとんど食えず、お門口になった。それから乞食らしい人が見られたが、その人は日毎に交って消えていった。

その村に何時頃となく比較的身分の高い人達が村の道端に屯すると、どこからともなく、その行方知れずの「乞食」が現れて、時には日街道を六里越えた母の生地の村は出羽内陸・山形村山盆地である。その山地から山羊系の最上川（月山）を支流越え

て、その村はある日街道に通じた六里越えをの母の生地。

つまり兎も角も或る共同体域の内に家族・生業をなして定住しているものと、もはや一所不懸命、通常の人の生活を追われるか捨てるかして流浪しているものの間のいわばこの世での存在の差は、決して日常自然にするりと越えられるわけのものではなかったのですが、しかも日本近代の層をなす底部の或るところでは、地にある暮しの者と流れ生きる他界人のようなう「乞人」の様態ところは、まだ紙一重に接していたようでもあった──。

　先ほど言うた石油ランプをともす小家──その村で私ら家族の住むことになった家は、本家──母の長兄である伯父の家の敷地内に建ち、別の叔父が分家するときに住んでのち、農小屋として使っていたというわくつきの一軒で、その家は外からはどうやら人が住むとも見えなかったのか、それともこの家に恵みを乞うても仕様がないとでも思うのか、村に入ってくる乞食たちは大抵通りすぎてしまうのだしたが、時としてその戸口にも佇つホイトがあると、当の小家に住む者たちは、むしろその食を乞う人から人間扱いされたような気がして、自分たちのあるやなしの米びつからいそいそと皿一杯の米を戸口に佇つ人に差しだしたものだった。──先には、その上流の村の豪家だった父方一家の、かつての離散の折りの社会と農家をつらぬいた取返しのつかない衝撃の深さということなどを述べ、そして例えばどんな時代のどんな理由でにせよ、そこでの定住を失う流離をせざるを得ないものがもし在るとすれば、流れ去る者と事実上それを追う者との苛烈な関係、またそういう例になくしも、そこで所有と非所有のせめぎ合い、村内とエタムーとなる苛烈な階層関係などは、その最上川の岸の村のみならぬ日本農村の恒常性の一つには血の噴きでる内実だったといってはなわけですが、一方そうでありながら、その血の噴きでる恒常性のなりゆきの内のいわば所を得てならば、そこでは例えば村に流れ入ってきてまた流れ去ってゆく日々の

とすが様々と言句に想像されるのだったとすれば、民のつとした姿であった。それはつまり日常生活風景のひとつであった。そう言ってよいような修相にあった人たちは次第に家族がそれに宜しいと考えたというより、父といえばむしろ「一人の豊婦に語り得た最上の岸」から（かつか回復したどころか日々の被差別部落にはなお流浪という生活様式を待つ人々が、日本近代以降にあってはトホームレスの人々をホームレスとする人生の余儀なくされたトホーム」という位置から捨てられた、生活風景のひとつ日本人の様相というべきであるにせよ、東西ならびに関東以西に定住した農耕人たちから離脱しての部落も例外はないような野宿生活者として流浪を余儀なくされた木賃宿に伏した者や大黒舞のほか、歳旦にあたって風師、風俗芸能者であれそれが上方や万歳などの流浪にしたがい、日本の農村の最底部へ至るような自由なようにも見えるのだか、一所訪民線は――ベつの日本通常の民俗学的な範疇かな、修苦のまま何か理由があったため、修苦のたようなあるいは――その主旨を追ってみる自由のあった人たちもあた。ここしとい家族あった――風にいうたろうか。修苦があった人はもそれは、ひとりの生からみる由があるたとはそ正体がつかめないような――主な型であるかとも思うあり所であった。――日々をまと生活待に極度の困惑と、暗く食物、風俗的な食ものだ不懸命として定食のひとさえままと夢様

り、これもい、神経症の症状々に即ちそれあれは

330

それにしても、幼児二人を連れて村に帰った母を農婦とか農婆とかいままで云ってきたのですが、それはその身についている生きる身振り、生活感性の表われなどが農婦という他はないからそう云ってきたのであり、しかし乍ら、農婦といっても、「農」では生活する基盤を失っている無産の婦が実際にそこで生きる手だてとなし得たのは、通常には日傭取りと稲の節おらで編む草履表作りくらいのものでした。——おおよそ百戸ほどのその聚落は、二戸の大地主、二、三軒の大農と、戸数の大部分をしめる自小作・小作貧農から成っていたが、その他に何軒かの非農の戸前があって、それは「バクロウの阿母」とよばれる未亡人や、何故か「アブヤの小母さん」とよばれる病夫を抱えた婦や、ただ「小母さん」とよばれる農募婦やの世帯と、村内で分家したもの耕地をもたず戸主が四季に出稼ぎに行っているよう小前の家々で、市部から流れ帰ってきたものたる私ら家族は、そういう階層の間へ、つまりは血縁のよしみをもってその村での所を得たということになるわけですが、またそういう小母さんたちの仕事であった日傭取りと、けれども村内で農作に雇われるのではなく（田植期や蚕の上ぞく期などには当然血縁筋に加勢にでなければならないがそれは収入にはならない）、主にドツキ（関東辺でいうドヨウトマク）という建築現場の基礎工事や、河川改修の土方仕事などに雇われて近辺の諸所に行くことであった。このドツキなどは時折りの仕事であって、そういう仕事のないときに、小母さんたちは、村の大部をしめる小作・小前の子女妻女たちも含めて、稲の節おら（稲わらの中の一部分）で編む草履表作りを主な稼ぎの手だてとしていた。（この草履表は、大きな紺色の風呂敷包みをせおった仲買人が買い集めにきて、やがて藤裏などをつけた履物となって町場に出される。その十足分——一把が三〇銭から五〇銭で買い取られた。そこの小母さんたちの手練者は一日一把の草履表を編んだが、またド

北地方の飢饉生活の存在だった場合にある村落の有様を示し、その村落にとっては正体正体のとらえがたいものであった。内地米一升三銭から五銭であったところ、備中取りの日当が三〇銭から五〇銭であった。ところが、五〇銭の日当で米一升しか得られないとき、ヒエ、ソバなどの内地米の正体は米ではなかった。当時の米価現得は既得
既正体もそのようにして得たのたった村人中で生の飢饉とは関係のないものであった。とこれに関係する人々は、たとえその村が村落の階層村の内部の修理（一九六五年）以前にあって既得所における既得所が得られなかったとすれば、他にない場合もある。得ることができなかったことがある——見えるものと見えないものがあるときには、他の受苦の修練者に限っており、明らかにならない死の者たちの待つとして、他他の他にはなかったとすれば、得られないとすれば、他ない。得あるいはわずかにそのな者に限って、ただ、地域の共同体における「ギブ・アンド・テーク」の規則に従ったと考えるのが通常だった。アメリカの社会価値基準から見たとき小さな他者がある者は民衆のリアの共同体意識を持った個人作家としての者が、ここで反転した「見え」ない者として「見え」ない者は、民衆人作家の場所として見えていなかった個人作家とは、こちらの様相として、ここで見えたが、一個成或個人々の見ることがなかった視線の位相から見て、他のような視線の位相とは、話り得ることが、実像の体は近代の村落生活に刻みつけられたとして明らかに得られる者たちの生きているというというようにあるとすとし
具象の具象である「見え」ない人間「見え」ない人間の関係の内部、自己史、自己史の未了形だった具象の具象だった「見え」の具象の具象の肉とか人間はないと考えるのもなる——たの語り得る様態を、を、得ることがあり——。
民衆としてらのしでないとて考える者として村落の民衆界の内考える者として村落の地

のだ、という想念において、ここで私に見えがたいます。しかしかすかに一片ひときれと現れてくるわが自己史となるものです、が他ならないのですが、最上川の岸の村落でそういう小母さきの一人となった母の日々を通じて、そこで私が先ず見たといえる北方の村下層の人々の生きるさまは、苛烈にして、また時に嬉々たる様をもっていたように思われました。

別面から云えば、実はそこで所を得て生きるとは（見通されざる者として生きるとは）、そこでの生の修苦さ、条件を、階層（——階級）を、あたかも自然のように生きるということでもあって、その自然のように生きるという村落生活の装われた（強いられた）様式と、実は自然ならざる日本共同体社会（日本近代底部の村落）の血の噴く様態とのあいだにかもしだされる日々の覚えないきしみにつながって、例えばある一人の農婦の「食んにやぐなればホイドすれば宜いんだから！」というような言句が、そこでの生活テーゼとなる任りようがあったのだと、現在からは捕感されます。

そういう言葉は、本当は、そこの小母さたちすべての「コトハ」であり、「コトダマ」であり、そこの人々の刻苦と苦悩に直接つながる言葉でありながら、またその慰めの、危うい日々の逃避の言葉となっていたものでもあったと私には思われます。

さてここでは、そのように移り住んだ村の生活の覚えの始りからは、少し先ばしっての想念を述べることになるのかも知れませんが、例えばその——食んにやぐなればホイドすれば宜いんだから！　という村の小母さたちの言葉を、当の情意の崩れおとできたと思う村本来の農民層のもとく、もうひと返してみるとすなら、それは——食んにやぐなれば一揆すれば宜いんだから！　というような言句となってひびき答えられ、けれども実際は、それは村

思想・実践・信条などというものは本当はこんなものであったりするのだ。あるいは経験された「日本」「自己史」の場面からほぼ三十年近く懸命に展開してきた同じものが抱えていたうえでは別のアジアの論題に吸収されえないかもしれない。

反復さをあえてを想うのはいえさ述べつこのも想うのがままにではないようだ決してありえないまま存在されるとまあこの時間のとたして実践はたとえ対応をしていうるというのも私にとっては言葉で言うあまりなく隠さ思想・実践・信念なんとこのようなものはにくれな村の言葉でて言うとしてはまあ一緒するか、抱きょうどよっまない、なくてといっ言葉でこしたきなるいか。きりにさえ具体的何かの土俗のこだわりではをないかと知れない。

げ深性つまり更にはないかもしれない。おそらくこの想念はほぼ同調した場合その生活言語ホトとようたべるとしている自分からの「生活語」ニのよう決してなくない私にとってはかつて宜しいよをそしか対応する言葉と言うがあるかしれないと思うの一方ではひとしくおそらく無言とすれば宜しいしかし対応する三十年にやたたりがそうからたりしたともでは宜しいわけの生活ない。

しかない生活近い自然ののノスタルジアとな自分の先祖のような自分可能的な農耕（共同体）社会というかつてあ村の共同体の不可の懐きとの「ー」に至る深さに先達たと言っよたかに、「ー」食べたこの無音の「ー」と言ったと生きうる共同体のあるというと一つの時の代しとか共の日人の共ーの人とれた小さなとう言葉は百姓以外の住たとえば谷川雁氏の幻想の国家等の場面でたどり着いたことはない他の言葉にない想像に知かにそなない抱きしめすようにないまあ村の人のからを母以後な国家等の場面でたどり着いたことはない

なお未了の混沌に想い入って、当面は語りとだえる他はなくなるのかも知れませんが、けれども、この際は、どうしても村の小母さんたちの言葉からくる土俗のラディカルと諦念の不可分という想念を切に先だてて、最上川の岸の村でのわが覚えの始りを歩ませてみざるを得ないということです。――それはいま想うままに、アジア的共同体域の時間持続の反復性とか自然のように生きるとか述べたわけですが、つまりそういう想念からみるならば、「食（く）んにゃそれはイドすれば宜いんだから（一揆すれば宜いんだから）」という村の或る農婦の生活テーゼであるものは、まさにここでの生活日常くのきりきりの否定と無常の念の言葉、ほとんど最後の言葉でありながら、しかも同時に日常肯定のきりきりの言句、ここでは生きる慰めの切ない行句となっているものに他ならないでしょう。例えば、もしアジア的共同体域の時間の反復性とか、自然のように生きるとかいう視点の方から、逆にそういう一人の農婦の切ない言葉を見てゆくとするなら、それは村の貧しい婦の歎き節の一句となるのであり、それもまただここでの生活様式のひとつであるところのものに違いなく、そういう一つラブルを吐く者は、それを吐くというだってその時生きているのであること、それもまた村で「見通される者」の或る定型なのであることを、村に住む者たちはよく体得しているということにも他ならないのです。

よく、冬ではない季節の明け方など――、河沿いの畑地にむかう誰かの肥え車のわだちきりきり薄明の路にきしんだてるような時に、小母さんたちも何かの仕事に出かけてゆくのが見られたが、たっつけ（モンぺ）に紺の手甲脚半をつけ、真白い手拭で頬を包み鳥追い笠をかむる村の婦の労働の晴れ姿のまま、大抵は笑いさんざめきながら、近在の何処かへ通じる路を小母さんたちは連れだって行く。――小母さんたちのドツヅきや土方仕事が、そうして

方のしたちのものを食べながら底のみをすくい喰べさせ、事がえにしても母さな母と見たためる子供たちがいた。子供たちが小学校へ入学する時の母の村で移り住んだ

のしのどにもかも母なることは、ではらなく所有（者）とされて出たもの、その他のままもは村で出稼ぎ人夫仕事のあるところに集団労働苦役するもの（男も女も当時私自身が見て知っているもの、数えきれないぐらいあった――村「村の役場」が自然的に仕組まれた村の中にはほんたうに貧農ですらないのだ。

ばならない、それはたとえば、その家の雇われる仕事、ないのだ。私の母たちにももえなくてはならなかったのだのだが、それは母たちが、どの位いなく喰べものが渡らないのから。そしてあの母親の子供のため、その頃のある時、最上川の古い木造橋を鉄橋に架橋するは、土方仕事があった時、私は――小学校上級生の頃だったが、村周囲の老若男女切り立った地で土方仕事をしている母親を見て、
あるのを見たこともあった。自分の母親のみるのに見つけだのではなくて、ただ一人自分の母が見つけだのでもなくて、村の若者達の中に立ちまじってキツキに土方仕事をしている事実だ。私は目前で見るのはほんたうにびっくりした――母が絶壁の中にいたのに気付いた。

しかし、それは母たちがそもそも労働者（の所有者）ではあるまい。ましてやそのような一切の事は自身の目前で見たのだから――、やむえなかったのだ。母の知らない土地の中に、自分の身の周りのものを持って行ってやらなくはならないのだ。土方仕事に出かけたのだが、大分ある頃だったがあった時、だったかに、母親も自分の身の周りのものを持って行って渡されるほど、土方のものといっては、自分もあわてて自分でそれを用意して立川の古い木造橋を鉄橋に架橋するは、やはりキシキシに土方仕事をしていた事実だ。私は目前で見るのはほんたうにびっくりした――母が絶壁の中に立ちまじっていたのに気付いた。

体験したのでもあって――嘗ての村人関係の苦しい辛酸の噴出というものは甚だしい血の関係であり、現実にあっている人間たちの前で渡り甚だしく嘆きすぎに喜ぶ気持になるとかいう気配がしたのであった。とてもしたわけだ。その土方労働は通常の作業ではなかったので、その作業へと働きに出てしまったのは、教えにしたきやのいっそう、救いらるるための

別個の一つのようとしたような点はあった土方労働をしてみて体験したり者のではたちに喜んだとしたとか、また、ある人は日頃なら笑ってわからない日頃陽気な人々はあまり、日ごろ陰気な人であったりしても、同調してずんと深く感受する差異なる言葉や同工

そして現実にはそれほどものとしては同工例の

それからないたのはあるまい。みんな私たちにとってはほんとうに幼くても村人や同工

刻刻なのは土方役所の四期ペンツキキの農作業にキキとした峻烈なる土木

酷烈なる土竜作業にたびたびをきましたに

に比べたら、決してひどいものではなかったかも知れない。——即ちもしこう想いこむとしたら、私らが「父の街」で父とすべての資産を失くし、昭和不況下の地方都市の挫折家族であるまま、母は疲労困憊と神経症におちいり、追いつめられるように最上川の岸の村に移り帰っての、少くともそのように母の症状が回復してゆくほどの当面打開が得られたという、べき事態のしんじつは、そこが母の生れ育った血縁の地であったという以上に、その地が一人の無産・無力の農婦に——「食んにゃぐなれば首イすれば宜いんだから」という得しめて、おそれが日常自然の風であるようなところだった理由にこそあるだろう、というわけにはなりません。それが日常自然の風であるようなところだった理由にこそあるだろう、というわけにはなりません。

　関連して、そういう一人の農婦の常住の言葉が、そのかげに「食んにゃぐなれば一揆すれば宜いんだから」というような無言をもってただろうと、先ほど述べたのですが、それは、そういう言葉は——日々の糧が現にあるならば日々は任る、というひとつの情意のみならず——では、日々の糧が失くなったらそこでは自然（の営み）がある筈だ、というような、この際のひとつの無時間的（非有為的）にしてしかも時間依拠的（成ゆきの自然に投身すると言う）な生の情意の性質に、実はかかわってもくれたところの言葉であると思われるから、に他なりません。釈き得べくもなく、しかおそらくは、小母さんたち——一人の農婦のこの際の「……ホイすれば宜い」とは、そのままに「……自然（の営み）がある筈だ」と云っていることに他ならないと思われ、そしてまたその「自然」は、自然であるところの倫理とか天意とか、最後の正義の世（非有為的な共生の時空）とかいったものと分けられないものでありましょう。想われる「……一揆すれば宜い」とは、「……ホイすれば宜い」のほんの少しの村の時間くのさかのぼりとポジティヴくの返しなのであって、そして取りも直

最後にもうひとつ述べておかねばならぬのは、天皇（天皇制）がある意味で自然と照応しているということである。「見通す」者にとって「宜しき者」とは、当然ながら「誰か――なにものかがそうあらしめたのではない」ような者だ。人間の無産者相すなわちプロレタリアートを考えていたとき、マルクスは生産の――あるいはむしろ生産関係の――定型の底深さ、あれほど最上川の岸辺の農婦の模様に時を忘れたというまでに深かったはずの農耕（共同体）共同体的日々の、その繰り返しの時間の持続しているようなところを、あれは禁忌に直接したとでもいうべき時間の持続だが、一切視野の裏面に押しやっていた。当時のまわりの村で、あのように自然＝幻想の世界に住んだ者たち――例えば普通選挙下の時代の民衆が探すことのできる最後の属性としての自己権力の日々の幻想としての天皇、あるいは昭和の普選下政治信じたところの天皇、天皇「運命」が失われるとすればそれは現れる「運命」なのだが、そうあらしめた何ものかを探ることになり、諸観念が深化しておぼけて即ち宜しきは日々の母なる小さな反復応のみにがあるということ、反復応の原理の他を直接指示されるだろうから、この共同体（社会）の関係ざるをえなくなるだろう。（「食うべき詩」……）と五山上に示した芭蕉の「さすればこの幻想＝自然がなおも宜しき実在と思わなくなるわけであり、そうなれば左翼農民運動なども先して日々の民衆（日本共同体社会）「天感」が返しくれるはずである現実・現世へと、即ちそのような宜しき母なる小さな反復応の継――の他をくれたすれば地上に天命が失

起惰質としては生かなかった修苦したことへの反応応でもあった性（つまり母なる小さな反復応応の継）

の生の原理というようなもの、想念からなお想いらさきれて浮びあがるものであり、しかしながら、そこで自然のように生きるとは、つまりはそれぞれの所を得たそのリズム、自己同調性の現前において生きることに他ならないということでもあるほどの、それは抜きがたい筈のものなのである。——そこで所を得つつ（見通される者となりつつ）そのシンクロを破らないこと、自己同調から自己異化・異物化くと様式のなかの様態を顕わさないこと、そこでの修苦の様態は、身体から、それぞれ所を得た様式としての「村」の時間持続をどのようにも異化・対象化したりしないこと等々、それこそが、そこで自然のように生きるということらしいのであって、そのようにして、日々「食んにゃさなれはイドすれば宜いんだら！」などという放ち得るその地は、昭和不況下の「父の街」から流れ帰った一人の農婦と幼児らにとって、それから、日々生き得る「母の村」になってゆくかのようであったということです。

　ここでは当面、そういう村の小母さんの一人となった母の、当時の生活テーゼにして繰り言だった言葉から、少し先き走って、村で所を得て生きるということ、あるいは自然のように生きるということ、の腑分けにまで到ったわけですが、ここで触れた村落生活の様式とか時間持続の反復性とか、総じて日本農村＝共同体社会の性質にまで関わるような想念、思念には、いずれにせよ、これからも先途のどこかで（特に戦後期のどこかで）二度、三度とたちかえり、更に想いこらざるを得ないことでありましょう。けれどもまだ、これらの想念、思念は、後年の知解をまったものにかかわらず、このように最上川の岸の村の一人の無産の農婦の児となった者が、そこでの生育の刻々に、幼いまま感受した村落生活のいわば

から移住してきた農村の昭和十五年頃の反"復讐"だえたい知れぬ幼児的な様式とその無意識の過剰な自己"癒着"した様態とあいまって——はるか遠い戦争に日本が反"復讐"していた当時のような無意識の過剰な自己"癒着"した様態とあいまって——

遺棄事件の「母」だった母は、そのとき不況のどん底にあえぎ、一方村人たちの別離れの夢としての天意をなし最悪の不作にあえぎ、常住反"復讐"する中心を失いすでに文字通りの貧農の境遇に陥ったあらゆる種類の骨肉の争いにまきこまれていた。当時の東北農村を中心とする四季折々の所詮前近代的な仮構の時代性をもったジェ作であった——そしてアジア的時代性をもったジェ作だったが、それは荒廃する東北地方の村や共同体どころではなかった。父以外「街」へ深く教出された母とて村へのいたる切なる表実された家族団らんの発想言葉から見ると、私にとってかくべつな行為だと感受した見ると、私という「人間」見えたことを見出したのだが（池田以来の差別的与件でもあっての自覚意識の余儀にあるとしても、この言葉過ぎる自己の自覚によるものでもあった）。そして見ると、私という「人間」見えたことを見出したのだが——

文字通り「街」へかく身近な人の「街」へあえて現実的境域の、いわゆる信仰社会の生み失い感覚、深い何かの受不安定推性——日本時に帝国持続していた社会的生活

落着いてから何日目かの頃だったでしょうか（家のすぐ裏は桑畑になっており、桑畑の向うは母次弟の叔父の家の入口に通じる路になっていて、その辺りには近所のアネサや女童たちが群れてチユサゴ──お手玉やまりつき唄などでさんざめいているようだった）台所の油紙を張った窓の破れから裏手を見ていると、桑畑のところに集っていた二、三人のアネサ（子女）が声をそろえて次のような唄をうたった。

　　サーミくアラクサーミィ
　　ムーコオーくサアドーヨオー
　　　………………………

　それ以上の歌詞はおぼえられなかったが（北原白秋・詩、中山晋平・曲の「砂山」）、その時その何の唄とも知れない曲調のそくそくたる寂しさとアラクサミというような語感の未知の非親和性など、アネサたちの斉唱のきんきん声のよじれとなって、渋のついた病葉の多い桑の失枝のあたりにあるのを聴き、何ともいえない衝撃を受けたことがあります。その時のアネサたちの声と曲調からの荒れた寂しさの感銘の気分──それが、以後の「母の村」での一人の小児の生き育ってゆく基本的な気分と分けられないものになり、じつは覚えなくとも、それがひとつの時代とひとつの領域の状況に照応していったといえるほどのこともあったように思われます。

　　　　　　　　　　　　　　　　（未完）

解説　黒田喜夫の動物誌――「辺境のエロス」をめぐって

鵜飼　哲

　「詩」と「反詩」――あの時代、この短い対語に託された闘いの時間を、今日、私たちはどのように経験することができるだろう？　病床の黒田喜夫、その影像には、彼が実際に生きた時代よりも、さらに、はるかに遠い時代、遠い国から届けられたものの感触がある。黒田喜夫自身、晩年、同時代に向き合う意志をけっして失うことなく、時の流れを、しかし、遙か遡ろうとしていたのだった。奇妙な魚のように、と言うべきだろうか、いずれにせよそこには、彼の詩のいくつかに散見される、動物の表情、あるいは身ごなしへの、所論の公言されたモチーフを逸脱する、ひそかな憑依が働いていたように思う。
　『詩と反詩』。黒田喜夫の業績の最初の集大成となった一九六八年のこの著書のタイトルは、埴谷雄高の『振子と坩堝』や吉本隆明の『模写と鏡』など、同世代の思想家の著作のいくつかと同じく、この時代特有の香りのする接続詞「と」によって、二つの項を、分離したまま結合している。しかし、二つの異なる運動を重ね合わせて、一つの思考のイメージを与えるのでもなく、二つの類似の作用の間に思考すべき一つの差異を喚起するのでもなく、弁証法

343

『現代詩手帖』の座談会「詩とはなにか」で、黒田が「反詩」ということを言い出したときの発言——。

増剛造の発言

 田村話を聞いていたんだけど、黒田さん見ていてふと考えたんだがね、ほくらの時代というのはあまりにも言葉が輪郭がはっきりしすぎているあまり、獣でいうなら家畜みたいなものになっているようなきがする。もっと不思議な次元を見て黒田さんだとか離れて

彼はまさに正しい類人門固有のしっぽをつけて自身もうろたえますが、秘密に完全に敗文のなかにいたとき、詩の特異な反「詩」を担ったのであった。反「詩」とは何か？黒田喜夫の弁証法的な対立物であり、教科書的な図式をそれにあてはめるなら「詩」と「反詩」の生みの生類の当時の散文のなかの言葉を使ったとき、何の差異もないのではないか？おのずから近代人が詩書いてきた言葉に対する結作の揺らぎを覚えたのだから。それを保証するためには黒田喜夫の言葉をどうしたらよいのか？黒田喜夫の言葉を名付け換えなくてはならない。そのとき黒田は「詩」のための批評の書き手となっていた。その時期の彼は「詩」と「反詩」の葛藤を引き受けたのであろう。一九七七年だった彼は——堀川正美／北川透／岩田宏／増剛造／田村隆一」があるのだが、この座談会でも彼は自由に使うことになったのだ。覚えている限りでは「反詩」の概念的な言葉「詩」と「反詩」の対立を起反

てしまうような気がする。ところがそれだけではなく、さらに黒田さんの穴、裂け目や割れ目があって、それが昔の黒田さんの詩の中にあったじゃないか、そんな読み方をして、反詩と微妙な接点があるような詩行が出てこないだろんじゃないか、そういう意味で読んでいるところがある。〔……〕

「空想のゲリラ」の中に「抜道」という言葉が出てくるんですね。この「抜道」という言葉がぼくは好きで、なんかほっとしたりするんです。〔……〕ひじょうに鮮烈な反詩が詩のなかに入っていた、その道ですか。

ここで吉増は、「反詩」という言葉を、その使用自体によって再定義している。「空想のゲリラ」に彼が見出した「抜道」という言葉は、それ自体、黒田の作品を、作者の自己解釈をも含む同時代の解釈、この座談会の他の参加者が形成している解釈の共同体から抜け出させる道でもある。逆説的だが、このような詩的遂行による以外、「反詩」という言葉を、黒田から受け取る方法はないだろう。ここで私たちがしようとしていることも、別の「抜道」を見いだすこと、「反詩」という言葉のもうひとつの再定義を通して、黒田喜夫の世界にあらためて接近しなおす試みである。

とはいえ、「反詩」という言葉、「詩」と「反詩」という対語が、ある固有の文脈を背負って生み出された事情、その歴史的位相を閑却することはできない。この対語を含む表題を持つ評論「詩と反詩の間のコミューン」の初出は一九六七年である。谷川雁への公開状という

応答をもつおもむき、それに応答するさらに別の文章は想像はしうるとしてもひとつも書かれていないのである。黒田喜夫は、その前年に発表された谷川雁の論をまったく知らぬ人であるはずはないが、それに対する反応はどこにも引き出すことができない。谷川雁『大地の商人』や鮎川信夫『鮎川信夫全詩集』の書評ノートは文学とは以上のようなものだと以上のように見ているからである。私の知るかぎりで、その前後の出来事としての死はいくつかあった「アジア」という同時代のひとつの場所での死として、「詩」の無価値化のあまりに広がりのなかで深く人を掴まえたことにおいて、この二つの死はそれとして新たな特異性をもつ個性としての全体を語らねばならぬ必然性を要求する当時の論があっまりに多いという反対の抗議を引き起こすだろうとしても、そのように反応する日本語の詩評はついに書かれなかったと私にはみえる。東ア帯察と黒田喜夫との紹介や応答がにのような同時代響をもったとその当時近代史的にか考えらえてかつサドロット対する指標としれないとしてたかといえば、日本語としていたのに対語としてサの発言たの詩語と目立った解明規定ある歴史的解釈として、詩ことは重層化の必然性とに対しておしいうちのたしかに触れたの同時代の世界の文章を跡づけえりるれか子供たちあっけないとがサルトルる、そんな命を感じとはサるくらの、「瓶詰」にわたがシドロッ新たに全体として対れる自然的な破しるはいう周到な提出、れにとつのにといえるなって、冷戦とベトナ植民戦後を受どなって文章をしいりもいる谷川雁だな戦後世界と言うととなっるう枠組みで世界戦史的な挑発的な断にとなっな見出だされる明第二次世界戦後史の見出たされるる場戦後思いにあ

詩は滅亡するなら子供の前でサルトル論しなくてはならないと書くときに、
詩と文学を論ずることそれ自体以上に、
東了察の黒田喜夫自身のあり方と資質的にのあり方のようなもの今と見過ごせない資的響代史と反を担うえた日本語の詩はうサルトルがとしてもたその詩はかといえば、他の到達であとだろう。その他の同時代の同時代であり、世界の文ろ学がなしたの跡議論を経た世界性を跡賭けた谷川雁だけらもまえる世代の詩人たちの詩はいない。

たものの特異な性格も、ようやく明らかになるだろう。それらの思考のなかで、さまざまな錯誤を含めてひとしく問われたのは、一言で言えば、詩の他者と呼ぶほかないものだった。詩が他の何もの（社会、政治、倫理、科学、哲学、歴史、世界、宇宙……）の他者として自己を定立し、絶対的に無力であるがゆえに逆説的にも全能であるかのごとく、全体であるうるかのごとく振る舞いえた時代の終焉。その他者との関係のうちに身を置き続ける以外に、詩がもはや詩でありえない時代の始まり。「反詩」は、そのような詩の他者を、この世界において詩よりも強力な任意の何かではなく、詩よりもさらに無力であるがゆえにすべて、その他者であるような何か、あるいは誰かを指示する言葉として要請されたのだった。

　この詩〔谷川雁「東京へゆくな」〕のなかの故郷とか都市の名は、もちろん現実の故郷や都市に重ね合わせていわれているのだが、しかしここで表出の指示が地理的な辺境や大都市にあるのではなく、いわれている辺境や都市は、実は意識の革新的な原発部分としての辺境や擬似意識の集中としての意識の都市を現わしているのはいうまでもないわけだ。その意味で、この詩が現実の社会現象の変動に決してストレートには影響されない普遍性に向かう内質をもっているのは明らかなのだが、それにもかかわらず、この詩の表現の〈原点〉であるところの娘たちは、おそらくは任ところの実在にいる（例えば、飢えと変革志向とが直接には背離してしまうような民衆の実存にいる）マラリアなきこの娘たちとは内的に拮抗しない〈無〉、ないしは革命性というよりも超絶性においてとらえられたものであるため、事実として社会現象の変動のまえでは、この詩固有の言葉の意味から入って普遍性と向かう通路が見えなくなるということがあり、そ

つ裂（分立）して見えるのだから暗示体現者或いは詩人に反映するものがあるとしての詩は、経済成長と高度化と農村人間の対極に表現されるこの対立場の対立表現の対からという詩人と他のいわゆる「詩人」との間の抗争なのである。彼は現代詩人として全体性の回復をかちとるためには、一人の詩人として、彼以外の詩人たちを、い解体性回復をうながらみ込んだものとして抱えつつ、全体的な指向性を持とうとする。彼は現代詩人として存在する条件がここに〈分裂〉があるというコミュニケーションの途上、詩人の死に立ちあう。すなわち破綻片とひきかえに近代詩人側の破綻とひきかえに大衆のなかから投げかえされる反詩のなかから自己を救いだすのだから、彼のとる決死の覚悟は表現以前のものとしての表現、意識しての意識放棄に耐えるものでなければならぬ。〔……〕最初の「反詩」の一撃をもって彼は一挙に政治活動へ弁証法的反措定の方途を持続するだけで足りるとしたとき、現実には詩作および政治活動の唯一の方向を持つ自発的思想の枠組みを具体的に止揚することをえずに、自己放棄的思考の枠を捨てて村に留まる民衆に直接・詩的につながり得たとしても、全体的表現を絶対であるとすることをすて得なかった民衆の間に自己を見いだしたのだ。これら民衆との反映の表現のなかから逃れられないものとしての詩はいまも思えるのだが

348

人間に起こりうるよりどころを全的な〈詩〉のように美しく底深い捕捉によって大衆に直接表現しようとするこの詩人ならぬ詩人は、谷川雁の一つの詩形態であるが、「工作者の死に耐える」とき、ここに表現される死のなかにしか詩人の現実を認め

の、ついに表現されることのない心情と、前衛的詩人の主観との分裂（分立）は、他のどんな分裂（分立）にもまして、予定調和的な止揚に至る単なる一契機とはみなされえないという認識がここにはある。止揚の運動に上昇・超越（超絶）のヴェクトルを禁ずることによって、もはや弁証法的とは言えない別の運動が、ここには素描されている。

というのも、この分裂（分立）に耐え、「反詩の詩」との拮抗のうちに身を置き留めつつ、なお詩作を持続しなくてはならないのはなぜなのか。止揚は実現されなくてはならず、人間の全体性は回復されなくてはならず、コミューンは建設されなくてはならないからである。矛盾に耐え抜く概念の労働、黒田喜夫はなおこの言葉を語っている。しかし、その思考の運動の力点は、圧倒的な印象として、こちらの側にはない。止揚が永遠に不可能であろうと、分裂（分立）を内に抱えつつ、この拮抗のうちに「詩」と「反詩」の間に留まり続けなくてはならない。ひとつの矛盾について整序されることのない差異のうちに、どんな目的のためでもなく。このもうひとつの論理が、声高な前者の論理を低音で二重化し、補強し、それを支えつつ、ひそかに転位している。

黒田喜夫のテクストに、評論と詩に共通しているのは、表題の拘束力が強いことである。表題に凝縮されたモチーフが反復され変奏されるとき、そこにある執拗さが現れてくるのは事実だが、その同じモチーフが、他の表題を持つ他の評論では、また別の、意外な横顔を見せることがある。「詩と反詩の間のコミューン」の一年前、「現代詩・状況の底部へ」では、谷川雁の同じ詩（「東京へ行くな」）をめぐる考察が、同じ批判的文脈で、さらに一息、意を決して言い足すように、次のように展開されていた。

鼻がたかだかと化けたり

読を始めたのだろう。
この論理のない
黒田喜夫の詩

詩と「エロス」は「反詩」であり先験的な「結晶」の世界へと崩れゆく別のエロスたちから個別的なものへと転移する辺境の

もう少し振り返してみただけで先の弁証法的な言語にうかがい見せているのは次のような辺のエロスと称されるものだろう。
「辺境のエロス」といわれる彼の言葉は「彼岸し主体」『人の彼方へ』とい射程は相当に広いだろうと感じさせる仕事を
俊年補強していたのであるが〈ことば〉の対称をなしている作品もあるようにも思える。
という言葉の位置転換すること幻変」作品である。私たちが先に触れ

有するエロスだがつまりこの崩れる世界のあり
て個別的な結晶による完結されなどさえている
のなきなきない意識を意識を決して保守的に支え
ての結晶な非綴織の時代における私にとって
をしなかった。
地理的環境のエロスへ思わせる
底的に根ざしつつ日常的営為として生活の均
整がとれなくなりフィクナルに解体つつ均
衝しているなどというわな実質をともなってい
るではなかったものである。
ではなかったのだ。それと言う世界とが現れる
私たちが転移そうとしている辺境は〔東京へ行
く〕の谷川雁に
ではないのだろうか。私だちがそこにいる
強調引用者
から固執するような存在であるだろう辺境は
 (   )

固

にんげんが虫になったり
したのは何処かの国の話だが
わが生地近在の口傳によれば
飢餓の国 飢餓村で
古来奇怪な出来事がある
享保年間に鼠に化けた百姓某のこと
遡って寛文某年に白蛇に化身した娘
松の木に生まれ変った老爺がいるし
時は明らかでないが 深さ
知れぬ沼になりおうせた巡礼の話がある

にんげんは鳥になることができる
にんげんは蛇になることができる
にんげんは樹に 水に
なることができる
おそらくそうではなかったか
空が落ちかかる
畑が持ちあがる
梁が崩れかかる
莚が 障子が

白蛇というおそろしきものは
おそれいるのは
このへびの内部は
どうも荒唐無稽の甚だしさ
血を
流すが集まりたる老松の

　《……百姓某の裏の鳥となき鳴きたりときは丈け三尺余
四里方の集なき鳴きたりときは
夜に

奇怪な鳥と内れがある
其処の壁に抜穴がある
変幻のとき錬型が
外に逃げむとすれば抜穴
から逃げる

押しおれは遂に立上りて
鍬がつぶされて動かしよせぬ
押しよせる

沈んだものを決して浮びあがらせない
沼が存在しているのではないか
おれは夜の鳥で夜に鳴く
白い蛇となって村の家々の屋根を這う
血を流す松の木となって立ちつくす
沼となって近づくものを底深く沈める
変幻に身をひそめ
怨念と夢の不思議に住む
けれども待て　おれはもう
還ってこない
還ってこないという変幻に
護符となって突きつけられる一枚の紙片がある
飢餓村々史編纂所　所蔵の古文書で
消えかかる墨はかすれ読めた……

　飢餓村名主××駿御組下某ト申者　申ノ御年貢不足申ニ付某当人質物仕　金子八両
　　慥ニ請取申ノ御年貢上納仕質物ニ指置申所実正ニ御座候
年期ノ内御気入不申候ヘバ　何様ニモ御せつかん被成御遣可被成候　例ヘ当人かたわ
　ニ罷成り死ニ候共　御うらみ申間敷……云々
　　享保元年申十二月

と身を翻り
その山の片側の尾根になるように
社会の余地がなかったために
この場所にとどまって偏愛することの斜面
山を分割する
前半の黒田喜夫は
登りの道を
慎重に
黒田喜夫は留まることにしか
その尾根を目ざすようなことにしか
できなかったように
尾根の折れ目ばかりに
目を向けたのだが
黒田喜夫の詩を半ばか
らへたどりつくにはそれほ
どの論理のはこびがいる
ということなのだろう。

　　　　長い列にならぶとかげとかげとかげとかげが
　　　　水樹からおもむろに歩き還り
　　　　蛇鳥からおもむろに歩きだす

　　　　　　　　　　　　…………

　　　　　　　　　　おもむろに歩きだす
　　　　　　　　　　背中に数百年来の夢としれるが
　　　　　　　　　　見知らぬ内からおれの身をふるえるが
　　　　　　　　　　伝説のおのれの内からおれは呪縛は解ける
　　　　　　　　　　みると
　　　　　　　　　　青中に一人の身をふるえる
　　　　　　　　　　湧く紙片へ呪詞の野から叫びときこえるが

らないことも事実である。
 「空が落ちるか」、「畑が捲きあがり」、「梁が崩れるか」、「庭が」、「障子が」、「鍬が立上がって押しよせる」とき、ふと「おれ」の目前に現れる「抜け穴」。それが「空想のゲリラ」の「抜け道」にはるかに通じていることは見やすい（「獣の棲み家であるような不思議な「穴」とも吉増は言っていた）。それは、一方では、数百年の間、飢饉と年貢の二重の圧力の極点で生きることを選んだ民衆がたどった逃散の道である。だが他方では、この「抜け穴」は、内部から外部へ救出するのではなく、反対に「外から内へ」向かう（「外から内へ」という向きの奇怪な鳥となって抜けだす」）。村という内部のいっそうの「内部」である、とここでは同じことだが、あらかじめ覗き見ることのできない「おれの内部」へ。そこはもはや人の世界ではない。黒田自身がその出自において農村秩序内部の農民ではなく、共同体——人の世界——の境界にくばりつくように生きる「あんにゃ」と呼ばれる土地を持たない下層民であったことは、黒田の詩と思想を構造化するトポロジに、容易な単純化を許さない襞となって取り憑いた。日本共産党への入党も除名も、離郷も帰郷も不帰郷も、入院も退院も、そしておそらくは、誕生も死さえも、この詩人のあらゆる運動が、そのため、とても不思議なループを描くことになった。
 「外から内へ」のこの移行は、存在に人の姿を失わせる。あるいは、人外のものの姿を獲得させる。オウディウス『変身物語』をはじめとするキリスト教以前の西洋の変身譚とこの点である程度共通して言えることは、ここで「変幻」は、出だしの「できる」の反復にもかかわらず、なんらかの主体ないし魂の自由の発露ではありえないということである。それはつねに、最悪の結果を免れさせる不幸中の幸というべき突発事であり、しかも、二度と

「変幻」という作品はどういう作品だろうか? 憑いているものが取れるときに異様な感じ、否、「呪縛」以上の変身を覚えながら逃走する〈きみ〉が、まず起こりうるだろうことは、その形での「呪縛」の形の持続である。「変幻」という作品はそうした「呪縛」からの束の間な喜悦にたとえうるような、その時の詩そのものであろう。黒田喜夫の詩の後半の局面転換から「闘争」の認識から成立するとき、詩は「反詩」としての詩の前半から、その「反詩」の解放の一つの波動として移行するのだと思わせる。その詩は「変幻」といえるような全体的な受け手からの意識的な側にもあくまでも人間のある〈詩〉であり続けてより深い〈詩〉の下で生まれ裂けにそれぞれに足もとで片側に存在する作品とこちら側に存在する作品とに言うべきであろうと言うべきであろうか。

名作「変幻」という物語はそういうものだが、蚕を飼育している老農婦ともう一人は大都会の息子との見るべき作品だ。夢を見ていると言ってもおかしくない土地で蚕を飼う老いた母は、ちょっと隅の方にその部屋はある。奇怪な姿にアレンジした四畳半くらいの部屋にあるこの二十年間喜劇とも同様にあった物語は、おおよそ三十年半で母と息子の関係しているが、ある物語を息子を飼っているあたかも息子を飼っているようなある意味で日本近代史の母と息子の関係を作用している。そして息子は男と女の深く背負ってきたスナップ夢のような子を得たのだったが、革命が挫折したということは、以上のような意味での第二の革命というものは、物語の意味深く続けて読む何だった。土地で再び蚕を飼育しようと言い出した母は、蚕と毒虫になるとすれば、蚕と毒虫とが再開する物語にならないはずはない。戦後日本の農村と都市の歴史と母親と息子を見るとし、男女は親と子、母とし、息子にと、

やと土地に卵を産む職を失うた日、蚕虫飼育「毒虫飼育」というものはそのひとつの見たこの物語の息子がもうひとつ見たくなる一つは、夢を見てしまって再会する都会の息子には隔離しかできない。言うことはなくなる。あの毒虫になるのと離してもいない、息子を飼っていると、彼が夢にまた母と息子は永遠に夢を見言う。

人間と動物といった一連の強力な対概念に支えられているからこそ要約可能である。だが、詩「毒虫飼育」は次のように始まる。

　　アパートの四畳半で
　　おふくろが変なことをはじめた
　　おまえもやっと職についたし三十年ぶりに蚕を飼うよ
　　それから昔茶を刻んで笊に入れた
　　桑がないからねえ
　　だけど卵はとっておいたのだよ
　　おまえが生れた年の晩秋蚕だよ
　　行李の底から砂粒のようなものをとりだして笊に入れ
　　その前に座りこんだ
　　おまえも職についたし三十年ぶりに蚕を飼うよ
　　　［……］

　三行目と十行目はほぼ同じ句の反復である。そしてこの反復そのものは、それが定義上要約不可能であるがゆえに物語をはみ出す。詩はこの反復から始まると言ってもいい。詩は反復し強調する、この母の発意が、息子の就職を動機としていることを。七行目から知られるように、三十年とは現在の息子の年齢、彼が生きてきた生の時間である。妊娠、出産、育児のために、三十年前母は生産の現場を離れ、その間に土地を失ったのだ。だが、そのような

357

一九九九年網野善彦が亡くなったとき、東アジア列島に蚕がもたらされて以来の母から娘に代々伝えられる絶え間ない養蚕の歴史が途切れたとある雑誌が強烈な印象を与える暗示的なことを述べた。すなわち「日本列島各地の女たちが代々織り継いできた無数の絹色の息子を代わりに手放してしまうかのような状況の開示を通して、このまま死なせてはいけない時が来たのだ、つまり蚕が死ぬと蚕の母である女たちもまた蚕の代わりに蚕と共に死んでしまうかのように、彼女たちは卵から手がかじかむようなのだ。」（=Un ver à soie）このような議論は、少なくとも女たちが近代東アジア的世界の結節点だった時代の女たちと蚕との興味深い系譜が浮かびあがってくる。女たちはまさに親しくそして特異な位置をそれぞれに占めつつ、フロイトの発明の起源論（『新精神分析入門』）が編成したように蚕と親しく接してきたのだが、まさにその生きて暮らす動物的自然を認めておきながら、自身を自然と仮構し自分自身をも含めて偉大なる昆虫に喩えることによってもまた、女たちは興味深いある種の男根的思考の範型の形態へと近づくのではないだろうか。そして蚕たちから紡ぎ出される必然性にとりつかれた「衣服」の編成した仕組みを示唆したように、それが蚕の自然に還元される関係ではなく、蚕紡織の形態にとどまる仮設だとしても、野蚕の関係から「蚕」（毒をもつ虫）と結びつき、絹糸に特殊な形態へと向かう社会的地位を引き受けて生業を担ってきた女性の地位に関して、「女たちは一同燃え立つような」同列の地位にいた。女たちは三十年前、危険であるにもかかわらず、ほぼ水平に桑の葉を見ながらも吸いあげる幼虫、蚕であり得たのかもしれない。息子は母代わりになれなかったのか。息子は蚕の代わりに暗示したのだが、息子は蚕の代わりになれなかったのだ。時が経ち母がいなくなってしまったからだ。息子と手がかじかむような開示を通して、

たち」は、そのような蚕を「模倣」することで、最初の技術者＝発明者になる。すなわち、創世記の物語に反して、最初の「人間」に。いずれにせよ蚕は、形態において男根的であるばかりでなく、その生態において子にして母でもある奇妙な虫なのである。

　蚕という動物のこの特異な性格に着目するなら、「毒虫飼育」における「蚕」もまた、「毒虫」と対比して単純に生産の側、〈正常〉の側に位置づけてすますわけにはいかなくなる。「蚕」がすでに〈異常〉な動物であり、要するに「毒虫」なのだ。そのことは、「毒虫飼育」の裏あるいは表、あるいは兄弟か姉妹をなす作品「ウ・ナロード」と重ね合わせてみればはっきりする。

　〔……〕
　うずくまると
　蚕座をふかく
　夢みがちな目で覗きこみ
　あまりにふかく覗きこみ
　末端拡大して現れてきた巨きな虫の貌を
　眼前にみた
　怖い
　これは怖い
　かぶせられた桑の葉を下から
　食い破ってくる蚕の貌は怖い

未編だ爬虫を言うのは華糸が反革命党はもうわからない闇から
ただ拡大編みなおしたおのは蚕糸価を維持している
繭をなというのはお蚕さまがおえない声が
編みなおしたではないから
おしたきれないは
ていたきではない
おり現れた
ばれた虫の
を兄弟の
造った姿が
た変貌し
た

この数行もまた四行の
これらは書き取られたか
農民組合を含む若い詩人の
一文字を名から取ったう
Kの生涯のことではある
すよしあるような反復が印象に残る
大きくテークストをかすか
後半で詩人ともあろうK音の
作品のことだとし、詩を見上
品のKの書記のこ
後半の詩人の反復が
そう思しえばわずかな母
彼ははすべてにより外に
姿を変えていく言葉だにはない
かするようにの印
てあろう。残酷な対照であ
であるとしてい
こと反復される。
評論「死にいたる
彼の詩田の黒い飢ゑ
言葉な彼は「早早喜」
のだろうに縫いたますの
た飢ゑの
に縫いたし

怖い
これは怖い
かぶせられた意識の皮膜を下から
食い破ってくるものの貌は怖い
………………

「ただ繭を編みたい」と言う「おれたち」「従兄弟たち」とは誰か。「毒虫飼育」の母とはちがい、戦後の農地改革で土地を「楽園」を得た農夫たち。「飢えと変革志向とが直接には背離してしまうような民衆」「反革命党」の支持者たちである。唯一の革命党員である「おれ」を迫害する親族たちである。「反詩」の核心に棲む存在たちである。だが「毒虫飼育」の母とはちがい、彼らは蚕を飼うとは言わない。「繭を編」むと言う。ということは、この男たちは、養蚕家ではなく「蚕」なのだ。ここには「変幻」前半の論理が深く貫徹している。「反詩」が「詩」へと超越することなく「反詩の詩」となるのは、おそらく、このようなときだ。この構造を軸として、この作品は、母の欲望のなかで蚕と息子が置換される「毒虫飼育」と親族的な表裏の関係を形成する。この蚕への「変幻」が「おれ」にも起こりうるからこそ、「おれ」と「おれたち」は親族なのだ。この作品における畏怖も、「サ・ナロード」（民衆のなかへ）という表題の苦さも、この関係のレベルで、はじめてその十全な深さに達するように思われる。

黒田喜夫の作品における動物の諸形象、それが引き起こす特異な情動の質に注意を向けた

論者は、私が知るかぎり、清田のこのような論として沖縄の詩人清田政信の同じ部分を引いている。清田は次のように論じている。

　異術の存在の内にあるのが心性の異術感を表現するにいたった古代人の自然への畏怖といっていいが、必然的に原郷を保持する原郷を遠く隔たった我々現代の生産性の秩序化された事物を批判的に盗視する強度の目常の暗部を深く静かに展けてゆくことによって可能になるとしか言えない。欲望の原質にひそむ隠微の系としてしか畏術は村田のおれよう示さないが、畏術感はどこかで生命へ感じられない形に化する夢みたちの異術感はおそらくおそるべきものは存在するのだろう（歌と原郷──「人」のゆくへ」）。

　酷薄な感じがここにあり、清田が〈異術〉と呼んでいるものは、尾根の山立場を示すようなものなのだ。それは文章であるよりも必然であったのだ。黒田の後期の作品にあっては意識化されたした章であるがしたのでも、「異術化」したのが要因としている。最終的には自然と動物との統、がわかりかけた詩論として引き起こされた人間的意味に降りられまま、還元されえぬ侮蔑を考えている「虫」は反対側の未端拡大の関係について述べらあるのだろう。そうみてくると村田清田解がかぎり「虫」はきわめて重要な示唆

　（ナ・サウンド」の同じ

ある。にもかかわらず、「辺境のエロス」と彼が呼ぶ畏怖と隣り合わせの官能が、この人外の世界に、その根の少なくとも一部を下ろしているのだとしたらどうだろう？「反詩」「詩と反詩」「反詩の詩」といった表現で黒田が言おうとしたものを思考するためには、「変幻」前半の斜面に、それと同じ傾斜を持つ他の作品の断片ひとつひとつに、しばらくの間でも、しがみつき、踏み止まるべきを見つけなくてはならないのではないだろうか。

　黒田喜夫のテクストには、ある硬質の、やさしくなることも残酷になることもできるユーモアが、一瞬よぎることがある。自己省察に支えられた厳しい認識に、それが微妙なゆれをもたらす。一九六六年の「現代詩・状況の底部〈七 詩人と肉体〉」は、『現代詩手帖』の特集「詩人と言葉と肉体」に触発されて記された。その一例となるような忘れがたい展開がある。

　また、あの特集のなかの、性についてのアンケートに関連して想うこともある。昔話になって恐縮だが、例の性三メザメ頃に、私などが何より啓発されたのは、かずかずの動物の性行為をつぶさに観察することによってだった。例えば兎である。わが家畜としての兎の性。ハコと称する藁の籠に発情した牝を入れて、種兎の所有者である友人の所へゆくと、幼い生殖の支配者は器用に牝のしっぽにひもをつないであげる繊細エをしたうえ、牡の箱に入れるのだった。兎の性行為は素早く烈しく、牡は牝の背後からかぶさると、早く、ものすごく早く腰を動かす。そして深く入った瞬間、どちらともわからずキィーッと高く啼き、バタリと横に倒れるように落ちて終るのである。そのときカレラは戦慄を覚えるほど美しく、その行為のなかでカレラは完ぺきに自由だっ

ねとでシきな燃燃あ
があべさと、ャ賞ええのる
らるしやン能るるし（
、。こ病く・表とと私
のと床、コ明きい）
考にしコンし、うに
察ある・たあ私こと
もってばベじなとっ
ま同た。イが、たは動
た時そケ分、何、物
、代の、か動と何と
支のと官のら物動な
配読きな「なと物ん
的者のく神いしなと
な、黒、経。しらい
立思田こ症後てで直
場索が触性年のあ接
に者ふれ」黒自るの
なにとえと田由私こ
いまちば呼が活にと
だでかさんあ動はで
け見さしで、こはあ
に逃れたいた完るる
、せたリたエ全。。
よなジル黒ッにと実
り、ャケ田セ支い感
独危ズの的イ配うと
自機的文ななさと私
の的な章身書れもは
色なリでのた体くたこ動
彩身アあ表「な。同の物
を体リる象危い動時能で
与的テ。がし機的物に的ラ
え条ィー体的」はと、なッ
て件「にあで身何一自こプ
いをあ触りあ体事人由と始
る危いれ、るを行のでに動
と機んるし「「完活あ直物
い的のそかなぜ全す接の
え身仮のし何ひす動支性
よ体面言、とてお物配の
う」」葉そかもりで」ろ
。とからに「、」あさう
し見最身わ例六れる音か
、よ初体かえ〇てと、と
そうの的らばて行いな
れと 萌なな彼年為うあん
は、 芽現い は 代しこたと
ハーて象ので、のと人か
一九い形あ模楽をの、り
ド六る成る索観知肉例と
コ〇のをまし的っ体え
ア年でう、た身たが反
な代はな六肉体上完芻
性を な が 〇体論で全し
的超いすで年のも、にて
境えかる彼代最動性と
界てとのの後初物的ら
の参い肉述半期ので行え
解照う体懐 と の のは 為た
放しこは そ身萌あを こ
へた とで 芽る犯と
の「だあ の さは
通ス。る ニか れ 、
路ノ コ ュ らたし
をブ ロ ア にだか
差Jの ナ とお しし
別し別 誘 って、
　 と彼
し たは 見の美
て言 て 身のし
葉 い体よく
と お方は
違 う 的自
和 。 行己
で あ る 為 に
が を
　　 する
36４

はあまりに明らかだろう。その躍動感は、自説の論証のための引例の域をはるかに逸脱している。「例の牲ニヅメル頃に、私などが何よりも啓発されたのは」という表現を文字通りに解するなら、この作者は動物だから性を学んだということになる(蚕を「模倣」する女たちのように)。だからこそ、現在のおのれの性が、家畜の性と同様、徹底して管理されうることも、性というものの内側から知っているのだ。黒田喜夫の人外の世界は、けっして無垢な自然ではない。いくつかのエッセイに綴られているように、山形の気候は冬も夏も厳しく、自然と歴史が骨がらみになったその風土は、歌のない共同体の深い寂しさに呪縛されていた。その寂しさから必死に逃れようとしてかえって深く寂しさのなかに入っていってしまう。幼い心の歌くの予感を、詩人はこう回想している。

　もしも夏の光の無音の世界に、遠い外の方からではなく、そこらの茂みから裸の子供たち、まだ犯されない歌たちのざわめきがきこえてくるようなとき、はじめて寂しさが破られ、かすかな歌のきざしが感じられることがあるのだ。彼らのリズムと言葉だが、受動と宿命の音楽に少しも犯されていないといったら嘘だが、それはまだほのかな風土ともいえきれない声が、方言のリズミカルなシラブルと原メロディの抵抗としてかくされているからだ。逃れようとしてかえって深く私が帰ってしまうのは、おそらくその鉱脈のなかにだろうと思う。

　　　　　　　　　　　　　　　　　　　　　　　　　　　　　　(「故郷の歌」強調引用者)

　反復されるふたつの代名詞「彼ら」の第二のものは、「方言」を話すだから「子供た

ち」だけを指しているように見える。だが、第一のものは、「言葉」と言われているにもかかわらず、前文との繋がりから、ある形で「獣たち」をも含まざるをえない。そして、同一の代名詞の反復である以上、第二のものにも動物の影は残る。「変幻」における「外から内へ」の「抜け穴」は、自然の世界と人間の世界の間にこんな形で広がる識別不可能性の「鉱脈」に通じていたのではないだろうか。

だが、ここで私たちはもっとも困難な問いに突き当たる。このような「辺境のエロス」の官能は、黒田喜夫の飢餓の思想と、どんな関係にあるのか？　さしあたり、基本的な論点を想起することから始めよう。黒田が物質的な飢餓のみを問題にしたのでないことは言うまでもない。精神的な飢餓、あるいは飢餓の精神的側面を重視し、その構造を分析し、そこから独自のスターリン主義批判の論理を錬成していった点にこそ、戦後詩のみならず、戦後思想の領域で彼が成し遂げた独自の貢献があった。「中国核実験成功についてのアンケート」（『早稲田大学新聞』一九六四年十一月）への回答は、そのアクチュアリティにあらためて驚かされる文章だが、この数行には、黒田喜夫の飢餓の思想の、思想的、政治的位相が、このうえなく簡潔に表現されている。「現在の世界情勢の中で、とりわけ、中国の核実験は、世界の人々に大きな衝撃を与えたと思われますが、核実験成功のニュースを聞き、何をお考えになりましたか」という質問に答えて彼は言う。

中国核実験成功のニュースのうち、特に中国民衆が熱狂しているという部分に心打たれました。彼らは勝利した。そして飢えからの解放のためには、飢えたる者は不正義も

許容するという飢えの鉄則も勝利した。彼らの勝利は、そのため勝利の重さと同じだけの負の荷物を背負わなければならない。われわれはそれに耐え、それと闘っていかなければならないと思います。中国民衆とではもちろんなく、飢えの鉄則の現われ自体とです。また次にくるのは、日独の核武装ではないかと考えられます。

「詩は飢えた子供に何ができるか——サルトルの発言に」（一九六六年）は、詩（文学あるいは芸術）と飢えの関係について、黒田がもっとも詳細な論を展開した評論のひとつである。はじめ黒田は、詩に飢えという現実の問題解決の手段以外の位置を認めないスターリン主義と、詩と飢えの間にいかなる関係も認めない審美主義の両者に対し「少しばかり苦っぽい笑いをもらしてもいいという気がする」と、この論争に対するおのれの「裂かれた」立場を強調する。そして、詩は飢えと無縁であると主張するサルトルの反対者たち、イヴ・ベッジュ、ジャン・リカドゥなどに対しては、彼らの議論が「生の意義の死として映し出された生の〈飢え〉」を不問のまま前提していることを笑きつける。また、サルトルに対しては、論争の発端となった彼の発言を「文学とは何か」でかつて展開された創造の必然的関与者としての読者論の線に引き戻すことで「人間の言葉の根源的な性格により、他者の内にまた飢えた子供をひびき起させることで自己の内なる飢えた子供を充足しようとしている」（強調黒田）という形に定式化された、自分自身の詩作についての自己規定をそこに読みこみ、その上で、伝達過程に力点が置かれているように見えるサルトルの議論を、表現（表出）過程のもうひとつの理論によって補足する必要を指摘して論を結ぶ。

この最後の論点を、当時の黒田は、吉本隆明の『言語にとって美とは何か』に着想を得て

強調し論ずるにあたって私が指標としたのは「辺境のエロス」における差異を硬直したまま自分自身で受けとめた評論家、黒田喜夫である。思春期より晩年にわたり吉本隆明と激しく衝突した子供の遠因を抱えていた彼は、自己規定の「飢え」と言うべきかそれを深刻な悲劇的な詩をもって言いあてた。飢えというのは自己言及の内部に籠って飢餓を主張するという他者との関係性において法則化して規定したものとは別のなにかのあり方である。官能的にあぶり出された規定であるかもしれない。なぜそれが私たちにとって重要な評論なのかを知らずにはいられないのはたしかだ。

（田
　黒田〔……〕
動物の飢えに参加する人間はいない。あくまでも動物の心のうちに飢えというこだわりが生ずるのだから、彼は飢えて絶対的なあり得ざる存在となったときにしか飢えと相対しないのだ。彼は飢えの階層に出発したといっても、飢えとは動物としても人間としても相対的に位相を異にする精神の苦悩やわれわれ次元の恐怖といった別次元に待ち得るのであって、動物に飢えはないのである。

だが、そう言うべきだとしたら私たちは動物と同じ次元に飢え、自分自身に飢えるということ自体が徒労のようにしか思われなかったとすれば、もちろん彼の自己衝突した子供の遠因を抱えて、黒田の仕事について即自然に麦畑の草の実、役立たぬ飢えの行動でしか、飢えにおいてすなわちそれは人間には飢えというものはなく、たとえ飢えていたとしても生存はあり得ないということになる。飢えを満たすことなく彼は生存ないし、彼は飢えそのもののうちに参加するというより、ただそれを観るものであり、心のうちには飢えがありうるのだとしたら、動物の心のうちに飢えは存在しない。

たしかに展開してみてもよい。考えてみよう。彼らは自分自身を誤認して、主題としてほとんど黒田の仕事の関心となる。彼らの他己論に立って自分の飢餓を餓の他者にどこで関与を主張したいと、彼らは他己に関心をそそるというほかに関わらないのだ。自らが飢えとひとつの関係をほとんど会麦にあるべきだが自然

飢えを意識することは単に飢えることとはちがう。飢えの記憶につきまとわれ飢えの予感に怯えるのは、飢えの社会的次元に、その幻想に反応するのは、ただ人間だけである。ここにあるのは、アリストテレスに芽生え、ストア派によって強化され、キリスト教によって不動の教義に高められたのち、デカルト、カントからマルクス主義や現象学に至る近代の哲学の諸潮流によってさまざまに主張され固定化されてきた西洋的な人間中心主義の一つの形である。この図式は、黒田によって、他の動物に対する人間の優位を言うためではなく、人間固有の病理としてスターリン主義を規定するために要請されたのだった。そのことを十分考慮した上で、ヒューマニズムの一般性を一歩も出ない凡百の反スターリン主義を黒田の作業がまさに飢餓の思想によって超えていたからこそ、その飢餓の思想そのものが深刻な人間主義である事実はいっそう重く残る。ここでは彼は、もっぱら「変幻」後半の斜面からのみ語っているのである。

　だが あえて逆説的な言辞を弄するなら、黒田喜夫は、ここで彼が述べているよりはるかに豊かに飢えを生きてきたのであり、飢えを知っていたのである。ただし、その〈知〉は評論の言葉には容易に翻訳されなかった。もはや人間的とは言えない飢えは、彼のいくつかの詩に、かろうじて居所を見出した。例えば——。

　　〔……〕
　　また河のなかのもつれた糸
　　海からのぼり

369

と「耳」の与えられることのうちの第二の「耳」。「耳」は、詩の言葉にしては人間ではない動物の耳として他者の音を聴こうとしている。飢えた兎の反復としての木霊の

［……］
鼓膜の凍えるのを
身をひそめたまま凍結するものを
寒気の波のとどく波うぎわの皮に沿って音が聴こえる
矮樹の皮を刻む音が聴こえる
矮樹が冬の皮を刻んぐ河べりの雪塊からうっすらと見える
歯がひとつ欠けた痕のような力と血をともなってかすかに生み流された卵を生み棄てていった鮭たちの暗紅色

（「筆の遠い原っぱで」）

「心の飢え」、その情動に開かれている。このような場面では、動物の飢えと人間の飢えは、自然と意識のよう、けっして絶対的に分離されていない。その証拠に、同時期に属する他の作品では、兎が齧る「矮樹」は、いつのまにか「わたし」の「肢」に変貌するのである。

　小さく
　あごく
　尖り揃っている歯牙
　目は絶えず動いて底でひかった
　明らかに齧歯族の生母の姿は
　原野を知らず
　愛を知らず
　飢えのなかの飢えを知らない
　道ばたで肉を売るのではなく
　ただ道連れを求めるといった
　獣の膿も血も流れず
　白昼の都市の傷ぐちは彼方へひらく
　蒲田区糀谷二丁目の路地の木の足痕から
　南千住のしめった夜風の蘭草の
　地の穴まで
　投げ込み寺は近く
　小塚原は近く

負けども負けども
灼けつく日ざしの人一人
迅く迅く昔よりもはげしく彼方へ
檳榔樹の葉の茂みへ
わたしたちは
何処からか鳴いてくるぬばたまの
夜に落る荒川河原の
苦しい膊時の交叉しき
たたかうたわたしは凍え
瞬時にしてまたたくまに死ぬ
購野のとばり
しのび愛はおわり
偽の女郎たちは遠く
寒の河原の
冬のタ方を語った
彼らの見たのは
見た様を語った

——と

冬はふけていたの
だから歯族がひびく
匹の冬の鷺の
そのみなみの冬の枝を
たまたま捕えたみごとな鋭く夜半に
捕え補う裂け目
眠りやすた夜に
あのとき歯牙失せ
小さく血のたまり様に
ごうごうと倒れを
膊倒れて

野兎の銃をあげて女はいつた
　　〔……〕
　　　　　　　　　　　　　　　　　　　　　　　　　　　　　　　　　　　　（「原野へ」）

　母の顔つきの兎との相似。それが作品の発端である。だが、東京の下町に暮らす母は、「原野」も「愛」も「飢えのなかの飢え」も知らない。この最後の表現は、動物的な飢えと区別される幻想をともなった人間的な飢えの比喩ではない。私たちが瞥見してきたように、黒田の詩的言語では「原野」と「愛」は兎の世界に属するのだから、「飢えのなかの飢え」も、兎の飢え以外ではありえない。この表現が暗示しているのは次のようなことだ。兎にも、「飢えがただ飢えであることなど」はあり得ない。人間的な飢えとはまた別の、しかし単に「飢えの自然」に没入しているのではない他者の飢えがある。その「心の飢え」は、衝動は、飢えのなかに隠されたもうひとつの飢えは、しかし、もはや知の領域には属さない。
　母の後を追っても、そこには「獣の膿も血もながれ」ていない。それでも彼女の「足痕」をたどり「地の穴」に至りつくのは、それが「彼方へひらく」道だからである。「けれども一人の彼方の／負と欲望のくらむらは遠く」。

　「葦のうらぶれた湿原のかなた」と「原野へ」。このふたつの詩は、いずれも『一人の彼方へ』に「譚詩」として挟み込まれたものだ。大部分が散文で書かれた評論でありながら、構造において詩であるこの作品で、「譚詩」は評論の単なるエピグラフではない。「譚詩」と評論の間の隔たりに、思考すべき事柄は暗示されている。いま引用した「原野へ」の、評論の表題が織り込まれた一句は、評論がその周りを回りながらついに触れることのできない何かに触れている。

373

「辺境」論がその周りを回り続けただろう。

葉だ。「人」と〈人〉は、同時にこの内部にあるような言葉のものである。〈人〉のように、彼方から触れられることがなくてはならない。この日本語りを、性が分節されにくかったにもかかわらず必然的に人間の言葉として人間の言葉を超えていくに分節された人間の言葉を超えていくに必然的に〈人〉が書き込まれるような場所に触れなくてはならない。「人」が日本語よりを回りつつなくなる欲望と、その欲望を食べて食べて退却する性が〈ロス〉が「ロス」を回り続けるようなだろう。

即ち、彼方の〈人〉とは、〈人〉のようにもの、しかしその根拠に執拗に検証の刃を向けるような内的な根拠を検証し、ねじ伏せていかなくてはならない。評論は続けるべきだった、評論のなかった評論の作品のなかった評論のなかった彼方にある。あるいは彼方〈人〉と呼ばれる彼方〈人〉を失った彼方〈人〉を呼び込むように、〈人〉を書き込んだチェー純粋なエロスとしての彼方〈人〉が誰かに知られたとしても表現のものを持ち得たよう、知られたとしても表現となるよう、〈人〉にとって西洋的な詩的事態は、今や古代における歌に回帰してロスを引き受けていくような歌のありようを逃れている。寺山修司の歌のありようを逃れるこの「辺境」の成立という問題の意識を、列島的な視線を横断しようとしている。「辺境」のエロスの成立意識を彼の近代的な評論と近代的な自我の手前に見ておくべきだろう、そのように仮説を目撃することがなかったか。その助詞的な「の」の両義性が見い出したように黒田日出男と勤めたように「辺境」のエロスが、両義的な集団としての「私」〈人〉であるべきだろう。そのよう、そう記述することが言えばあるだろうそれだけの手前になるのではないか。

本学的東北成立ということであるようにしてヤマトの中央の文化的関心があるとしてヤマト総体が示したような現代のエロスが偶発的に示したようなことであるようにしてヤマト総体を得るようなエロスに逃れている歌えるようで古代における歌はやがて回収されるようなエロスとして歌えるようで今や列島における歌えるようであるよう「辺境」の成立が歌にあるようにヤマトの蒐集意識を東北侵略戦争を繰り返してヤマトの「ロス」が反、いつか回収に直面して黒田日出男と同時に日本文の

原野へのエロス境界のエロス 評論
〈辺境〉〈ロス〉ー賞いと動物性の欲望へ

374

きらら」は、体毛が獣毛に「変幻」する場所あるいは時間のことではないだろうか。このような領域は、飢えとエロスの関係をもはや見ることも、知ることもできない。「原野」へ至る「抜道」はひとつしかない。すなわち、食べられる側に回ること。

　この作品に現れる「肉」という文字には、すべて周到に二重の意味が担わされている。「道ばたで肉を売る」という一句では、売春と食肉としての兎の姿が二重映しになる。また、「樹肉」とは、冬の原野で兎に食べられる「矮樹」であり、その身代わりになる「私」の「肢」の肉である。食べられる植物の「痛み」から、兎の飢えと「私」は近づく。「樹肉の傷みは僞女郎の河べりにあり／獣たちの死を抱いてわたしは／見知らぬ次の朝へ沈んでいった」。

　人間的エロスが、精神分析のいくつかの理論が主張するように、幻想の介在による、あるいは言語という象徴回路への参入による、生理学的な欲求との決定的な断絶を経てはじめて成立するのだとすれば、人間的言語のなかは「エロスの辺境」としてしか現れえない。「辺境のエロス」が、動物たちの性および飢えの方へ、いやおうなく引き寄せられていったことは、けだし必然だと言えよう。そして、これらの理論の支配が及ばない領域にいくつかの光を投げかけたことも。蚕という、兎という、黒田喜夫の動物たちは、たいていの場合飢えている。しかし、その貪欲さにかけては、彼の詩のいくつかに現れる、名前のない形さえ判然としない生き物たちにまさるものはない。この意味で、「原点破壊」は、黒田喜夫の詩業の、一方の頂点に位置する作品である。

夢中でもがれて生命をあずけてゆくまま
もう横にもなったとりあえてあげる
お産が群のなかにあれて造りあげる
乳房のあるかのせかみてとれる
肺がのあるうあげる

婦人は歓喜のあえぎ声をあげる
貪婪だ
吸盤がある肢で這いすすり
台所でたべたミミズのような声がとびへ
屈伸すするとキリのような鑢をさしこみ
所どころしたのが野菜屑におしつけたり乳が足ら
ライバルはおたがいにたべ物を取りあって軟体群の
くれおれとのはじゃくしからが似たよう造りな
なり袋へはすれた袋のなかをみまわしながら
ひとたびあえ声音をかけるとひと種類似た軟体群の
ぎっしりとつまったのが鑢を押業角にいうように足りな
鑢えた食べたくなる

お産声はのようにあたるべ婦
肢しょくぶん破れとおれはいただくないね
座敷破れとそへはいただく袋をへあめ
べくさんあがはいっべたいにおたべ
おれとへはべたいようのようにあめ
脂肪や肉とのような色もうのが包みに造いり
軟体がみたいで現れた
軟体群がように這いた
群体がおちてきた

肢しょくぶんのようにぞろぞろ婦
お産声がのあたりの
肢しょくぶんのようにげふ

沢山のちいさく軟いものが
　　首や四肢に吸いつくのを覚え
　　ふかく血縁に憑かれてしまった
　　〔……〕

　「みんなあなたの種よ」これはこの作品の、みつの反復される句のひとつである。一袋の包みから這い出た無数の仔たち、人間の女の胎からの動物的な分娩、奇妙な証言によって母権がみずから父権を呼び求める瞬間、〈種〉と〈土地〉をめぐる原義と転義、現実と幻想の交錯する暗示が女の口から洩れる。男はこの言葉にいかに応答すべきか、異様な責任の切迫した感覚が、だが、底の抜けたようなユーモアを誘発しつつ、この作品を満たしている。
　女の声に、男はいくつかの異なるふるまいで応える。まず、世間の父親よろしくミルクの心配をする。この仕草は、事態の異様さにおよそ見合わない。次に、差し出された超越の権利を辞退するかのようにみずから仔の水準に降りていく。そして、ほとんどその一匹のように女の体に囁りつく。しかし、軟体の仔たちは、横たわる父の体にも無差別に吸いつく。このとき男は──この詩の論理によれば、おそらく女と同様──、この触覚を通して「ふかく血縁に憑かれ」るのである。
　限りなく視点の低い、水平の体どうしの絡み合いに終始する、女がほぼ言葉を独占しているこの作品で、唯一男が立ち上がり、発言するのは、女の胎の奥に「人の形をさぐりあてた」ときである。近親憎悪が芽生える。「父」が「立ち上る」。直立する「人間」の出現だ

血縁としての始源の土地を想
い起こそうとすれば、ミュンヘンの甘蔗
畑の雄大な分化されぬ夢のなかでの自己陶酔
雌雄未分化のアスペクトにおける合体とは裏
腹に、グロテスクに似た奇妙なもののうちに解け
生みつづけるものなのだ
故の巨大な鳥賊のような回想いつしか溢れてきた

な責任は、母権によって「土地」から自己を切り離す声を抹消するためには無分
転倒による不断の自己処分する父権とは何の論理を
幻」の単純化についての同時に植民地的な身振りを生命を
「種」の始源の土地からの否認に応答する父権は自己を肯定する(「……」
絶対的な廃棄される「種」と「土地」の両者から過去からも未来からも救いなく民衆に内
無責任致すにいたる。——いくら過去および未来からと農夫的な自己肯定の「倫理」であり
絶対的な〈土地〉と〈種〉の始源の土地からの否認する弁証法的比喩の体系が成立する状況でもある。少なくも芝居がかっている父前の手前の遡行がその同時に男女による断種決断を下す帝国植民地の夢
父権の土地についての自己肯定する倫理的な責任を解除して「ファシ
な権利が生じたのだ。絶対的分業による男女の性に二重拘束し
女とするのだ。男性同士の居ならびの男性の責任を「」ズムの造

否定もない
反抗もない
軟かい幻境に溶けてゆく
生んでいるのか生まれているのか
溢れる回想のなかにわからなくなった
〔……〕

　飢えは回帰する。そして、飢えとともに、異性もまた。「みんなあなたの種よ／本望よ」。「乳房を嚙み裂かれ」「群がる仔どもに埋まっ」た女の声だ。餌を食いつくした仔たちは「共喰い」を始め、親たちをも貪り始めたのである。仔を捕らえて男は必死に嚙みつぶす。だが、そのとき動物の悲鳴は、男自身の「喉のなかから」あがる。それにしても、ギリシャ神話のクロノスの、遠い東アジア版のパロディのように、男はなぜ仔どもを嚙みつぶすのか。女を救うためか。第二のふるまいを反復しつつ、おのれの内なる女に対する食欲を、その口唇的な攻撃性を、貪欲な同類に向けることで否認するためか。みずから食べられるにまかせることのできる女への畏怖、あるいは嫉妬からか。彼自身の言い知らない飢えからか。どんな責任に、どんな他者に、彼は応答しているのか。いずれにせよ、女の言葉に同意の連署をするかのように、その仔たちにまことにふさわしい父のふるまいで、この一編は幕を閉じる。

　「辺境のエロス」は、最初に見たように、六〇年代の一時期に、黒田喜夫がその詩論のなかで、谷川雁の作品を古典的事例として位置づけつつ、彼自身を含む地方性の詩人たちの作品

そこで、黒田にとっておいて、日常的空間をもって規定するのだろうか。私たちが転移をくりかえしたがために生きのびてある源的な非緻密世界を見てそれとなっている。

さて作品に即してこの点を考えてみよう。「空想」のような方法をとりえない彼の作品群は、何かしら固有の出没状況がありとしてもそれは直接的社会浸透ではない。むしろ、ハンガリーなどにも注目を試みたくなるような、近くの出来事と人間のかかわりが、「黒田詩」に描かれる。ほとんどがそうだから「黒田詩」の論じられ方はそれを例証するようなものばかりだった。しかし、私たちとしてはそこで何か奇妙な血縁のようなものを見いだしていた。例えば他の詩人たちの作品でならば、読者の側で結わえつけられたはずの全体を視野にねじ入れた一方的な照明が群像の頂点にあったとしても、作中の詩業全体を委ねられていることが、黒田喜夫の動物群像にはある。それは異種の動物群の造形的無数な生命の示唆を手がかりにしなければならないことが深く、政治の黒田の他作

個別のモチーフを結晶させるエロスであるから、私たちは前もってそのエロスの死を宣告してしまってはならない。黒田詩の言葉が詩の言葉として存在するためには、私たちがそこに住みつくことがあるとしたら、きっとその時代を同時に生き、そのとき同時代の詩人谷川雁の詩の言葉との照合によってもう一度引用してみよう。「情況論」とは谷川の詩滅亡論まさに根底的な解体理

品に対するとき、反対に考えるべきことがあるだろう。私たちが固執していたのは彼の作品群に登場する人間たちのにぎやかな笑業のなかにたちこめる他ならぬ血縁の詩的照明が頂点にあたる。それはその動物群像の指の当たっている群像の生命への愛着を深めた他はない。

彼の作品群には、即身すぎて国有の相互作用を抜き出してみたとき、私たちの高次な論につなげる任ではない存在であったかもしれないといたく保守したが、それは非緻密時代の詩の言葉との同時代的なもので、その見えるならば、それは谷川の詩の言葉ではあるものでは、私たちの辺りを言葉の辺りを言葉の見るのものでも、

出会いが遅かったため同時代人として生きた時間はわずか数年にすぎなかったが、私の父とほぼ同じ誕生の日付を持ち、母方の祖父と同郷であり、そしておそらく決して遠くない境遇の出であるこの詩人に、私はいつも不思議な魅力を感じてきた。しかしその一方、黒田喜夫をめぐる言説は、同世代の詩人や批評家によって隙間なく埋め尽くされてきた印象があり、私自身がいつか黒田喜夫を論じる機会があるなど想像したことはなかった。

彼の世代と私の世代の間には、戦争と高度成長という不可逆的な時間が横たわっている。体験から詩を読むのではなく、詩によって経験するのでなければ、この時間を、黒田の詩のなかの鮭のように、『一人の彼方へ』の黒田のように、命がけの旅によって力強く遡っていくことはできない。「反詩」という峻厳な言葉と「辺境のエロス」という蠱惑的な言葉の間に感じ取られた微細な力学から、私はこの経験への通路を探ろうとした。レイトカマーの奇矯な論と見る向きもあるかも知れないが、黒田喜夫の不朽の作品の群が、さらに若い世代の読者と出会うささやかな「抜道」になればと考えている。

　　＊　本稿は、当時刊行が予定されていた『黒田喜夫全集』の解説として二〇〇一年に執筆され、その後未発表原稿として拙著『応答する力』（青土社、二〇〇三年十二月）に収録されたものである。

解題

* 詩撰・散文撰、いずれも原則として初出誌紙を底本とし、発表年月順に掲げたが、一部に例外がある。また、初刊単行本との異同については主なもののみ記した。

冒頭に掲げた一九六一年十二月三十一日付の日記は、詩人の没後、ご遺族によって丁寧に保存されてきた未発表の日記から抜粋したものである。「B―C」とは、一九五九年末に代々木病院に入院し、六〇年四月に左肺に埋め込まれたまま化膿していた合成樹脂の除去手術をおこなった黒田自身による苦痛度で、「A（死と対決した日）B（苦痛多かった日）C（普通の日）」をあらわす。十二月二十七日に「共産党中央委員会より除名通知がきた」とあり、その四日後にあたる。

ここで言及されている詩「除名」は、本書では第二部に収録された「死者と詩法」に全文が掲出されている。なお、一九五〇年代から晩年の八三年まで全二十七冊におよぶこの日記の全文も『不安と遊撃 黒田喜夫全集』（全四巻）に続いて、共和国より刊行される。

第一部　詩撰

最初の無名戦士　『詩鑪』第一号（一九五三年十月）の巻頭に「秋」とともに掲載された。既刊単行本には未収録。『詩鑪』（のち『詩炉』）は、山形県西村山郡左沢町の結核療養所、左沢光風園の療友たちと創刊した同人誌で、創刊号の発行所は詩鑪社。編集は今田郁夫、清野正秋、黒田喜夫、清野俊二の四名。第二十号（一九六二年七月）まで刊行が確認されている。詩人の生前に企図され、没後に刊行さ

383

夫婦のうた

 核模様の朝日にたえる

 野間佐十(安東次男+安藤一男+瀬木慎一+飯島耕一+木原孝一)による詩集『列島詩集』(一九五四年一月書肆ユリイカ刊)にも収録された。編者代表の伊達得夫に結ばれている。

素餅

 「素餅」号(移動する全国文学集団詩話会機関誌『詩炉』第四号、一九五三年一月)に発表。「黒田喜夫詩集」(思潮社、一九五八年四月)に収録された詩の細目を「黒田喜夫全詩」(思潮社、一九八四年八月)所収の『詩炉』(一九五三年一月)の「素餅」号(第七号)によると、『詩炉』第七号は一九五三年一月発行で、「素餅」と改題して詩人の民族」を発表。

 「移動文学集団」の「詩炉」第四号(一九五三年一月)は『詩炉』第七号(一九五三年一月)の記述を踏襲したものだが、この号『詩炉』(一九五四年四月)は阿部岩夫編による『黒田喜夫全詩集』(思潮社一九八四年八月)に収録されているが同書では「詩炉」第七号(一九五三年一月)として契機となった最初期の代表作の改題、詩人の「民族」を発表。

詩書をあとに

 「詩書をあとに」は山形の詩誌『新日本文学選集』第四号(一九五三年四月)に掲載された後、『風に鳴る樹々』(書肆ユリイカ、一九五四年三月刊)に収録された。今回初めて編まれた伊達得夫の詩集『風に鳴る樹々』に収録された。

降誕祭

 詩集『不安な愉しみ』(一九五六年一〇月書肆ユリイカ)、『黒田喜夫詩集』(思潮社)に収録された詩集には加えなかった。「不安な愉しみ」と題する現代詩の詩集の冒頭に見出される一篇だが、これは一行目の初出稿から一行目と三行目とが同じ手によって書き加えられた。一九五五年十月の『列島詩集』(知加書房)に発表されたが、詩集『不安な愉しみ』(一九五六年一〇月書肆ユリイカ)、『黒田喜夫詩集』(思潮社)は、それまで再掲されておらず知られなかった。一般代表作として飯塚書房の戦後詩全集でも国際的飯塚

空想のゲリラ

 「空想のゲリラ」は一九五六年九月号『詩学』に初出。一九五七年十一月に詩集『不安な愉しみ』(書肆ユリイカ)に収録されたが、初出時には菊地進のカット絵画作品(題「燃える」)が添えられていたことは、「黒田喜夫全詩集」の初期詩篇および「黒田喜夫作品と遺稿」にもとづく。これは子供潮社所

燃えるキリン

底本としたのは、一九六九年六月刊岩井俊夫『製作の華奈』による装幀によるもので、井上俊夫、彦井好村・富士

見なされ、表現がより抽象度を高めることになる。この『不安と遊撃』ヴァージョンが、現在、各種のアンソロジーなどに収録され流布している定稿となった。

おれは間違っていたか　『列島詩集1955』一九五五年十一月に「空想のゲリラ」とともに収録された『不安と遊撃』には収録されず、一九六六年版『黒田喜夫詩集』に「i 初期詩篇」から「子供の歌1」の一篇として収録された。後者ではより多く改行が施され、細部に異同はあるものの、「燃えるキリン」同様、絵画的なモチーフが鮮烈な作品であることに変わりがない。

ロシナセ長靴　『生活と文学』一九五六年十月号に収録。一九五九年に『不安と遊撃』に収録された際に完全に書き換えられて詩形をとったが、六六年版『黒田喜夫詩集』収録時に「ろしなせる長靴」と改題のうえ、さらに全篇に手が加えられて散文詩の形式に戻った。そのテクストが前期黒田喜夫の集大成といえる『詩と反詩』(勁草書房、一九六八年五月)に収められたときに踏襲されたが、没後刊行の『黒田喜夫全詩』には、『不安と遊撃』ヴァー

ジョンが収められた。ゆえに、この初稿が単行本に収録されるのは今回が初めてとなる。結末部分が大きく変えられてしまうとはいえ、別の作品としても読み応える魅力がある。

『不安と遊撃』および『黒田喜夫詩集』所収のテクストは、いずれも『不安と遊撃 黒田喜夫全集』第一巻に収録される。

ハンガリヤの笑い　『現代詩』一九五七年一月号に掲載された。全篇にわたって手が加えられている。「ブダベスト」→「ブダペスト」のような固有名詞の表記の違いもママとした。

観念論　『現代詩』一九五七年十一月号に発表され、『不安と遊撃』に収録された。単行本収録時に改行が増やされ、字句の一部が修正されている。

害虫飼育　『現代詩』一九五八年十月号に発表され、『不安と遊撃』に収録された。圧倒的なインパクトと普遍性をもって、本作を黒田喜夫の、そして現代詩の極北とみる読者は少なくないだろう。「空想のゲリラ」「除名」などとともに、その後も多くの年鑑類やアンソロジーに再録/採録されているが、

夫詩集『ⅠⅠ』（『不安と遊撃』最終連中の場合もそれに連動）が、冒頭の「季節労働者のカフェ」以後の一九六五年版『不安と遊撃』では、一部変更して「※」に発表

ある加えた「不安と遊撃」が、最終連中の「ＴＯＫＫ」を「Ｔ愛」が

俊町で舞う

初出稿厳密にあるが推敲以降トが鳴り浮かぶが即除され、数行あるいは舞台がいだ女が見られ戦車のリズム天井のパネルに「不安と遊撃」収録時に異様に高度な抒情に全篇を通し肩に手を廻し

くもり日曜日

詩人もじしたとき砂粒（後者版は同人雑誌『詩学』一九五五年十二月号にあるが、改行が増えている異なる「夢」か「砂粒の数」か「然」と「ぼやけた」や「駅の」の「「夢」の

日曜日

疑われる。一九五九年七月号に発表された「日曜日」が、同次で表現したのだろう。『新日本文学』「日曜日」

非合法行為

『民族詩人』第六号に発表された不安と遊撃周辺のとき切線で群影が消え立ちすくむ不安と遊撃周辺のとき切線で群影が消えこれは逃亡者は、「同志」の意で、一九六五年版『黒田喜夫詩集』以後の「流散地」

サンに一月号『日本文学』に発表された「河口で五九か月九

憑かれる日のテッサ

記録さ（目次で省かれたことになり）、田後部

収録『撃』に加えられた未尾が「戦後の

望」と改題された。漢字の開閉など異同がある。

征みかえる 『近代文学』一九五九年十月号に発表された。その後のテクストとの大きな異動はないが、六六年版『黒田喜夫詩集』収録の際に、「このまま死ぬことはできない躰に夢は残っていないが」が、「このまま死ぬことはできない躰に/ないが」に変更になっている。

末裔の人々 『現代詩』一九五九年十一月号に発表後『不安と遊撃』に収録された。登場人物が母親から妻へと変わっているもの、「毒虫飼育」の系譜に連なる作品。単行本収録時に細かくいくつかの修正がなされている。

原点破壊 『現代詩』一九六〇年一月号に発表された。『不安と遊撃』には「毒虫飼育」「末裔の人々」に続いて配列されている。送りがなや一部の改行に異同があるほか、第二連終盤「アクション/すると民の街を指さす」の後に「ああ鬼児生むか/鬼の児うなるか生めよ」の三行が加えられた。

食虫植物譚 『詩学』一九六一年五月号（H氏賞受

賞詩人特集号）に発表された。初出時には「今夜は何か虫の料理でも食べさせてあげようかんでいるものをおれが聞いた」となっている最後の三行が第二詩集『地中の武器』（思潮社、一九六二年十二月）収録時に、「これが捕った虫よ/なんでいるおれが首をつきだしてみるのを見た」と修正された。この聴覚から視覚への移行が読後感を大きく変えている。

地中の武器 『現代詩』一九六一年八月号（特集「トロツキーと文学」）および『詩炉』第十号（同九月）にほぼ同時に発表された。ここでは『現代詩』版を底本としている。第二詩集『地中の武器』に収めるにあたって、サブタイトルが「元日本人民解放軍兵士の日記から」とされ、エピグラフも「おれは日本人民解放軍兵士だった。ひとはそれをコンデリィの妄想というがだとすれば妄想のなかにそれをおう現実と歴史がある」と——すなわち「日記」の主体が三人称から一人称へと変えられたほか、章タイトルが「白昼の記録・海へ」→「白昼の海へ」、「パルチザンは帰る」→「兵士は帰る」、「パルチザンの死」→「兵士の死」へとそれぞれ改められた。

十月の心

『文芸』一九六四年四月に発表されたが、一九六五年四月に『思潮』に発表された「夢みるとき季節がくだかれる」以降は、人称が「S」(黒田)に統一されている。本詩集『不饋郷』収録時に大きく訂正されている点は、細部においても季節がくだかれる」以降は、人称が「S」(黒田)に統一されている。

なお補修が数行加えられ、現行の『現代詩文庫』のときとおおよそ同じ形態となっている。ただ『現代詩文庫』版『黒田三郎詩集』では「バンジーの新語として「死」が吐出されており、全体の章前半

> きが色の撃を浴びせながら共同水田のくねる機にとまるとき防音壁に迫る不意打ちの章の末尾「バンジーは帰った」……」

> 手製の執拗な欲求を浴び白爆音を吐いたSが噓嘔吐低い由来の煙をひいた

までの章が「......」となっているのが、本詩集には、

> ぎを攻む草が色の撃を浴びせながら共同水田のくねる稲にとまるとき烈しい風呂敷をのって煙をふきとばした手製の執拗な欲求を浴びてSが噓嘔吐低い由来の煙をひいた

に改められている点が大きな違いだろう。

鍊鬼図抄

だ。田代未吉作の「ノート」には

> 『鍊鬼図抄』は一九七六年十月
> (鍊鬼図抄同人)二ヶ月刊に変更し
> 今回は記されていない。ジュ誌の表紙重役しているが、この号上演され発表さ
> れたものは本詩集未収録とされて
> いたすぐれた作品だとい変わったて
> 終わる

と一九六三年四月発表の『黒田』

沈黙の断章

『現代詩帖』一九六五年一月号に発表された『失語症においては、「秘蹟生れたぼくらはやがて死んで
至近距離の旅──一九七二年六月以後名をあらためる第三詩集『彼岸』に収録初出冒頭の「林の陰に」主体『深傷の日』河出のは三行以外はてだ。

落穂拾遺 における『一九六五年の短編集』房新社より大きな異動はない。こでは『詩と反詩」収録『小さな町の作家』(一九五四)は

六年五月号)のことだが、一-二三四

彼方へ 『毎日新聞』一九七〇年四月一日付夕刊に、上河辺みちるの装画を付して掲載された「夜に捧ぐ」(『文学界』一九七一年七月号)とともに「序詩」の総題のもと『負性を奪回』(三一書房、一九七二年三月)の巻首に収録された。そのサブタイトルが(四月のうた)とペンでくくられている。さらに著者没後の『黒田喜夫全詩』に収録時には「四月」と改題され、いくつかの修正が加えられたが、とりわけ初出では「背姿ふかくナートの幻崩れ/手の都市へのうまづき」となっていた三行目四行目が、『全詩』では「背姿にふかく永遠のエチレンの/幻崩れ/這う掌都邑へのうまづき」と変えられた。また、十一行目の「行為のことば喉を破」が、「行為のことば喉を破る」と二行に分かたれている。

ちょうど掲載日の前日、共産主義者同盟赤軍派による、いわゆる「よど号ハイジャック事件」が勃発し、日航機の動向が紙面を賑わせているなかに発表された。

原野へ 『ユリイカ』の連載「一人の彼方へ――わが回帰」第二回(一九七三年十一月号)に「三譚詩《原野へ》」として発表された。『四次元詩

と詩論』第三号(一九七六年五月)に本作のみを抜粋して再掲された際に「生きる娘の歌」というタイトルが付されたが、これはさらに詩集『不帰郷』収録時に「生きる郡児の歌」へと修正された。初出、『ユリイカ』版と『四次元』版では、一行アキの有無や、とりわけ後半以降の字句の修正・改行など少なくない違いがある。『不帰郷』収録版は原則として『四次元』版を底本としているが、なお変更がある。

遠くの夏 『文芸』一九八〇年一月号合併号に、吉田公彦の日本エディタースクール出版部より刊行された詩人の生前最後の単行本『人はなぜ詩に囚われるか――黒田喜夫詩論集』(一九八三年十二月)に「序詩」として収録された。

一九八〇年代の黒田は、終の住処となった東京都清瀬市を舞台とした詩やエッセイを連作のように書きはじめるが、本作はそれらの「序詩」にもなりうる佳篇で、作者死さえ訪れることがなければ、「清瀬村」を描いた単行本が編まれたかもしれない。

濁れ川の岸で 『現代詩手帖』一九八三年一月号所収。清瀬を舞台とした詩篇のひとつ。

を改めて深くたしかめ直すためであったと言ってよい。一九六五年六月、第一評論集『民謡——現代詩』を五月書房より発表、一九六五年九月に『飢餓の歌』をくれ・む・とす社より発表した。「日付のタイトルをもつ詩の初出誌は今回掲載の巻末行事にまとめた。

男の児のうた

用水は「見沼代用水」と表記される。埼玉県行田市から玉川上水の志木市新河岸川への分水路をさす。北足立地区を東京都へ流れ、「野火止用水」は十七世紀に開かれて近世に廃止された。

第Ⅰ部

伝統的な関心にむかうとき、黒田喜夫が民謡や詩歌にひきつけられたのは、武器としての自分の表現を、「うた」の表現としても発揮したいとねがったからであろう。また続稿の書かれた『飢餓の歌——民謡・現代詩』は、一九六七年五月に発

行のあとまもなく一九六八年八月、評論集『死にいたる飢餓から』が青英舎より出版された。一九七三年、第二評論集『死にいたる飢餓』を変えて、水野忠夫訳『文学の理論家の批評が成り立つ中で、文芸時評の立場からフォルマリストがクリストフィスキイ等をもアイヒェンバウムの作品を予想させる十五年の『散文の理論』等をサキイ・シクロフスキイの作品を予想させる。冬夏社より一九七四年四月号に四〇篇を収録、九月に発表された。

青すぎた牛

一九五一年一〇月号『詩学』に発表された単一篇。

第Ⅱ部

散文撰

老戦士の詩休学

『現代詩手帖』明治書房に発表した阿部岩夫詩集『戦士の詩休学』（一九七四年八月二十三日発行）の詩人の存命中に刊行された最後の詩集で、これに収録されなかった作品は、綾瀬病院東京国立病院へ退院機構した後、病死したため、一九八四年四月二十日にから出た。

年十月)して以降、日本でも広く読まれていたロープシン(ボリス・サヴィンコフ)の古典的名作『蒼ざめた馬』を意識して書かれたことは、のち同書が現代思潮社から刊行された際の書評(「テロリストの虚無」一九六八年一月十二日付『愛媛新聞』)でもうかがえる。単行本収録時に、第六パラグラフ前半部にある「お前はともかく誰か正義の士を殺したがっているというのは本当かね」の一節が削除された。また国版のツツガムシの天地の長さが「50cm」から「80cm」へと変えられている。

本文中の『われらの時代』は、大江健三郎の長篇小説(中央公論社、一九五九年七月)。引用されている詩については、松永伍一『詩集 いもの唄』(国文社、一九五九年十一月)、『合川雁詩集』(国文社、一九六〇年一月)、『井上俊夫詩集』(土曜美術社、一九八三年七月)、田村正也『時のうとましのこころ』(国文社、一九五七年五月)などについて誤植や改行の誤りを訂した。

死者と詩法 『詩炉』第二〇号(一九六二年七月)所収。このテクストは三章からなっているが、それぞれ以下の諸誌に分載された。
「I 除名」「II モノローグ」は、「死者と詩法についての断章」というタイトルで『現代詩手帖』一九六二年五月号に掲載された。そのうち詩の部分は単独で「除名」と題され、ほぼ同時に『文芸』一九六二年五月号に発表されている。『III 灰とダイヤモンド』『死者』は、同年の『現代詩』七月号に発表された。「II モノローグ」は、散文形式を詩の体裁に改め、タイトルも「死者と記録のモノローグ」として第三詩集『地中の武器』に収録された。末尾に「(1961年・代々木病院で)」と加えられた。

黒田の生前にこの『詩炉』所収ヴァージョンが単行本に収められることはなかったが、同誌の「あとがき」(執筆者記載なし)には「この原稿は『現代詩手帖』と『現代詩』両誌からの転載という形をとったのではなく、黒田から原稿を直送してもらったものであるが、発行に手間どったために、ズレが生じたわけである。筆者〔黒田〕の修正により既掲載のものとは部分的に違っている箇所があります」とある。病床にあって日本共産党からの除名を通告された直後の黒田が、これらを連作とみなしていたことも否定できないので、本書ではあえて採用した。それにともない、独立して『文芸』に発表された詩篇「除名」は本書では割愛した。校訂につ

る／旦那も労働と養生／美しき花嫁不良と遊／故里に雪の降るさま見たし／故里の山に早く帰ればよかつた／細長く郷里につ

づけり前にすゝめど足はすゝまぬ（……）」若干の一／十五時間

の詩誌『詩宿人』第八号（一九五四年三月）に存在について木村清

やアンソロジーに詩が掲載されたものを変更して付加したものだ

ジープ抄」「飢鬼図」あたりが代表的な批評だろう。「現代詩」六

飯田の続篇「飢餓」は虚無書房下ろし──一九六四年十月刊行

れた。スタイルとしては本書に収録したものをそのままタイプ発

応する数篇が見出された。各小見出しを参照した際の章部分の詩

かかって書き継がれたもので、その結実といっていい『詩論集　死

にしも好死』の第二○号に「詩ノート」として収録されているを底本として採

用した。「詩ノート」は、ほぼ同じく『詩ノート』第二号を収録した『日本人の

『死にたる飢餓』

これは、春秋社の『日本人の

「精神」とは何か

拒絶の

九月二十七日目の終りに

「詩篇反古」として掲載され、面

出紙『日本読書新聞』の初出

が見出された。『詩話』『サイ

収録された。

また

「或る夏」一九五五年

に加え『山形』一九六三年十月号

「野の手作」とした。

第
2
章
近世
物資参考人の生態

第二輯『貧物参考人の生態』（東洋経済新報社、一九五三年八月）に

収録された黒田喜夫全集第一巻『解題』によれば、夫人細部したがった

詩人の中央公論社が一九五五年に発表

それは「十六歳の体の中を

軍夫の影響が神彿とさせる「東

北の文学碑篇」と関係

引用した「慷慨する考えら

詩人である。今田信三郎氏によれば、「

道は次第にゆくあえあて」が「

沢田よ

もの作品には深く黒田

村山地方にも

詳細は前掲

"九五四年 表

な枝葉としての字句の修正はか、「われわれ」→「私たち」などの逆転化がつづいてきた」→「だから、次に、流亡の逆転化つまり革命の逆転化ともいうべき「大日向村」の流亡がつづいてきた」など、文意を際立たせる補足がなされている部分がある。

初出ではタイトルが省かれている谷川雁の詩篇「商人」は、『大地の商人』(母音社、一九五四年十一月)によって改行一カ所を訂した。和田伝の小説『大日向村』(朝日新聞社、一九三九年六月)からの引用部分後半は、現代仮名遣いに直され、大幅に省略されているので注意が必要。

飢えた子供に詩は何ができるか 『現代詩手帖』一九六六年十一月号に掲載され、現代詩文庫『黒田喜夫詩集』(思潮社、一九六八年二月)に収められるさいに「詩は飢えた子供に何ができるか」と改題された。直後の六八年五月に『詩と反詩』に収めるにあたって、サブタイトルも「サントと詩の間」となったが、これは初出掲載誌の特集タイトルである。黒田はこの年を通して『現代詩手帖』の詩誌評欄を担当している(『現代詩・状況の底部

へ』と題されて『詩と反詩』に収録)。その四月号、五月号でも同様のモチーフを論じており、本稿がその集大成的な役割を果たしている。

同年の『文芸』六月号に収録された討論会「文学は何ができるか Que peut la littérature?」(平井啓之訳・解説)を受けて執筆されたが、その出席者は、J=P・サルトル、S・ド・ボーヴォワール、Y・ベンシュマン、J・リカドー、J=P・ファイエ、J・セミプラン。引用部分の校訂は同誌を参照し、引用者が省略、改変した部分を〔 〕で補った。

読書遍歴 『週刊読書人』一九六八年一月二十二日号に掲載されたタイトルは毎号執筆者を変える同紙の連載からの流用だが、『詩と反詩』収録時に初出時の見出しをサブタイトルとし、「わが読書遍歴――"飢え"に応える本」へと変更している。送りがなはじめいくつかの修正がみられるが、ここに挙げられている作品も含めて論旨に影響はない。

詩と自由 『現代詩手帖』一九六八年七月号の特集「詩に何ができるか」を受けて『週刊読書人』一九六八年十月二十八日号に発表された。評論集『負性と奪回』(三一書房、一九七二年二月)に収

393

の評論集『自然と行為』（思潮社、一九八三年十二月）に収録された。本書には初出紙（『現代詩手帖』）に掲載増刊＝寺山修司特集』に発表された。従来、寺山修司の評論集には収録されていなかったが、一九八八年六月刊の『対談・寺山修司』が黒田に十一月臨時

歌形と異郷

本稿「歌形と異郷」（『現代詩手帖』一九八三年十二月臨時増刊）を参考資料として、括弧に入れた小見出しは省略した。なお、初出誌には『国文社、一九八一年六月）からの引用と見られる部分があるが、漢字かな遣いなど一部異なっているため、本稿に従った。また、彼方へ』収録時に略された『──ひとり漢学を学び南島によみがえる朝廷』の直後に「沖縄における付けたり五年十一月二十一日に掲ヤマトを北に彷徨い」（『東京新聞』一九七八年八月二十三日所収）は

ぼくは立つ

本稿は論「根拠地ではなくジョージ・ルイス──自人に何百人も擬人がいるたから」で擬人ジャズ・白人頭くチャーリー・パーカーしない）の声明文擬人太鼓を叩くの小見出しは省略したジョージ・ルイス太鼓を叩くの自人頭くチャーリー・パーカー擬人は「はぐれ

生涯のように

「角川文庫『寺山修司作品集』（一九七六年九月）および『寺山修司全集』第五巻（講談社、一九八六年六月）収録時には、「──ひとり漢学をに一人の好きな詩人を語る』（新書館、一九七三年十月）から引用している」「彼方」では吉岡実の不在が植が引用されており、本稿が彼の最後の黒田三郎、谷川俊太郎──一人の好きな詩人を紹介するにあたって、本稿で寺山批判をまとめている「『ユリイカ』

の鑑賞を踏まえた内一九七八年六月号の『現代詩手帖』連載「評論」を改題「創刊号（『一九七八年七月─一九八四年四月）第一回から第四回まで連載された最後の作品掲載誌にあたる。連載一九八〇年七月号で中断したが、翌年一月同誌に『タクシー』以後を加え「歌形と異郷」と改題し、単行本『現代詩手帖』に収録されたのが、本稿」「──ひとりの彼方は内容を鑑みて本書に収録したが、本書収録の最終配列としては先

1 9 4

（サブタイトルも「対話による自己史への試み」と変更）、こちらも八三年七月号までの十一回で途絶している。この『現代詩手帖』連載分は、『現代批評』版の続篇というかたちではなく、既発表分にも「改訂・加筆のうえ」、第一回から新しく始められた。いずれも既刊単行本に未収録のままだったが、本書には『現代批評』掲載の三回分を収録し、『現代詩手帖』に連載された十一回分については『不安と遊撃 黒田喜夫全集』第四巻に収録予定。

下平尾 直
（共和国）

編集後記

　本書は、詩人の黒田喜夫が生涯に遺した作品のなかから、今後も読み継がれてほしい詩と散文を撰び、一巻にまとめた作品集である。

　一九二六年二月二十八日に生を享け、一九八四年七月十日に没した黒田喜夫の生涯は、「昭和」という天皇の時間で呼ばれた一時代にぴったり重ねあわせることができる。かれ自身は二十世紀末のその天皇の死やソヴィエト社会主義共和国連邦をはじめとする社会主義国家の終焉に立ち会うことはなかった。しかし、まさにかれの不在と入れ替わるように訪れた「バブル経済」、「構造不況」を経て、ついに新自由主義が横行しはじめるとも、極右と戦争ビジネスがまたぞろ跋扈し、「戦後」も「民主主義」も葬り去られた。とりわけ日本では、二〇一一年三月十一日に発生した東北地方太平洋沖地震とそれにともなう福島第一原子力発電所の事故以降、詩人がこだわり、考え抜いた「貧困」、「アジア的身体」、「戦後革命」、「村／共同体」、「東北／ヤマト」などのモチーフが、ますます喫緊の課題となって日常を浸食している。

　黒田喜夫がその生涯を賭して希求した「戦後」とは、わたしたちが生きる「現在」のことではけっしてない。そしてまた、早くかれが透視していたように、日本資本主義は、着々といくどもかさねながら、「自然回帰＝日本回帰」へと国民を動員しつつある。黒田喜夫不在の三十年とは、わたしたちの敗北の年月にほかならないのだ。それゆえ、ひさしく彼岸へと忘却されてきた黒田喜夫は、これまで以上に、むしろこれから読まれ、反

397

書『詩集』所収のもののほかに、当時、発表されたままとなっていた作品が、没後三十年以上を経て数多く発掘されたことは、今でいうところの印刷研究のような、ネット上での有志たちにより、新しい作品が次々と発見、収録されたからである。

　これは当時、黒田喜夫は長い闘病生活が続いており、各紙誌に発表されたものが、きちんと記録されていなかったからである。本書は、『黒田喜夫全詩』（共和国、二〇二〇年四月）にまとめられているが、最晩年の詩人の自筆原稿を底本としたことによって、本書は、前述の『黒田喜夫全詩』とは異なる作品も含んでいる。あえて、詩人の言葉や詩法を手を加えず、かつての刊本を底本としたことから、当時の詩誌に収録されていた『詩以来――黒田喜夫晩年詩集』（思潮社、一九八四年四月）『一反詩的反祈祷集』（勁草書房、一九六八年五月）をそれぞれ一部と第二部として詩を配列し、第三部は散文的表現をまとめた。これは、詩人として生きた黒田喜夫の全体像を比較的手軽に読者に手渡すことができるように編んであるためもある。部分的には改変や修正を施したが、初出が確認できないため、そのまま校訂を踏襲した。

　解題は、初出以前の、三十年代の詩的状況や運動を反映した初出稿をも参照することができるように、編年体で採録した。ただし、改変後のテキストが本となっているため、あくまでも参考として扱いたい。それでも、そうした三十代にしてみれば、詩人の生誕九〇周年にあたる本書もあたれる。

　初出以降に単行本等に収録された作品もあるが、それら単行本に収録された黒田喜夫の著書にあてはめるというのが一般的な願いであったとしても、今回なくなったし、流布している詩人のイメージからはなくなるとしても、本書は遺稿、ノートから発掘された作品をも一部に反映しており、発表時における詩人、黒田喜夫の名義と実を今に伝えるものとなっている。

せて二〇一六年春より刊行が開始される『不安と遊撃 黒田喜夫全集』(全四巻、共和国)に収録される。この全集は基本的に初刊単行本を底本とするが、編集作業の過程で発見された貴重な作品も可能なかぎり収めるので、やがて来る完結のさいには、はじめて詩人黒田喜夫の全貌があきらかになるだろう。もちろん、紙数の都合で本書には収録できなかった珠玉の作品の数々も、そこに含まれる。詩人に関心をもたれた読者は、ぜひ、あわせて手にとっていただきたい。黒田喜夫の「復讐の季」は、ここから始まるのだ。

　本書の刊行にあたっては、多くのかたのお力添えを頂戴した。とりわけ、鵜飼哲さん、向井徹さん、そしてなにより、黒田憲さんと愛子さんご夫妻のご厚志に、心からの御礼を申しあげたい。田中千智さんのあざやかな装画に飾られ、宗利淳一さんの瀟洒な意匠をまとったこの一冊が、暗い時代を生きるひとりでも多くの読者の手にとって何度もなんども繙かれ、小口が黒ずむほどにようされるとき、けっして短くない負性の時間も、やがて奪回されてゆくにちがいない。

二〇一五年十二月

下平尾 直

(共和国)

黒田喜夫

KURODA Kio

詩人。一九二六年三月二十八日、山形県米沢市に生まれ、同寒河江市に育ち、一九八四年七月十日、東京都清瀬市に没する。

著書に、『不安と遊撃』（飯塚書店、一九五九年十二月、第十回H氏賞受賞）、『地中の武器』（思潮社、一九六二年十二月）、『死にたる飢餓』（国文社、一九六五年六月）、『詩と反詩』（勁草書房、一九六八年五月）、『負性と奪回』（三一書房、一九七二年二月）、『彼岸と主体』（河出書房新社、一九七三年六月）、『自然と行為――日本近代の意識下から』（思潮社、一九七七年九月）、『一人の彼方へ』（国文社、一九七九年三月）、『不歸郷』（思潮社、一九七九年四月）、『人はなぜ詩に囚われるか』（日本エディタースクール出版部、一九八三年十二月）、『黒田喜夫全詩』（思潮社、一九八五年四月）がある。

燃えるキリン　黒田喜夫詩文撰

二〇一五年一二月二五日初版第一刷印刷
二〇一六年一月一日初版第一刷発行

著者　　黒田喜夫
発行者　下平尾直
発行所　株式会社 共和国 editorial republica co., ltd.
　　　　東京都東久留米市本町三-九-一-五〇三　郵便番号二〇三-〇〇五三
　　　　電話・ファクシミリ〇四二-四二〇-九九九七
　　　　郵便振替〇〇一二〇-八-三六〇一九六
　　　　http://www.ed-republica.com

印刷 ……………………………………………………………………………………… 精興社
ブックデザイン ………………………………………………………………………… 宗利淳一
装画 ……………………………………………………………………………………… 田中千智
DTP ……………………………………………………………………………………… 木村暢恵

本書の一部または全部を無断でコピー、スキャン、デジタル化等によって複写複製することは、
著作権法上の例外を除いて禁じられています。落丁・乱丁はお取り替えいたします。

ISBN978-4-907986-25-4　C0092　　©KURODA Kio 2015　©editorial republica 2015